St. Helena Library
1492 Library Lane
St. Helena, CA 94574
(707) 963-5244

A Gift From
ST. HELENA PUBLIC LIBRARY
FRIENDS&FOUNDATION

Asesinos de series

Asesinos de series

Roberto Sánchez

Rocaeditorial

© 2018, Roberto Sánchez

Primera edición: abril de 2018

© de esta edición: 2018, Roca Editorial de Libros, S. L.
Av. Marquès de l'Argentera 17, pral.
08003 Barcelona
actualidad@rocaeditorial.com
www.rocalibros.com

Impreso por Liberdúplex, s.l.u.
Sant Llorenç d'Hortons (Barcelona)

ISBN: 978-84-17092-89-4
Depósito legal: B-7568-2018
Código IBIC: FF; FH

RE92894

A mi padre
Quienes lo conocieron saben por qué

T01 x 01

1

*A*l volante de su taxi, Rubén se está adentrando en la trampa. En plena hora punta, unos minutos antes de las ocho de la mañana, el núcleo de la *almendra* de Madrid es una auténtica ratonera para el tráfico. Son tantas horas siendo un solo elemento, él y su Toyota Prius, que debe ser una suerte de simbiosis la que hace que tengan la misma autonomía el motor híbrido y la capacidad de aguante de sus nervios, por muy de acero que aparenten ser. Ambos andan a esa hora ya al límite. No avanza ni un metro. Rubén va de vacío tras una carrera que ha terminado en la plaza de Chueca. Intenta distraerse repasando los giros de guion del último episodio de *Modus*. En un mes se estrenará en Calle 13. Anoche vio el avance que les facilitó la cadena. Mentalmente trabaja en la entrada que haría sobre la serie nórdica en el blog. Graba en el móvil notas de voz que podrían serle útiles: «No es *spoiler*, o sí, pero si en lugar de Estocolmo fuera en Madrid, el asesino andaría por la calle de Hortaleza y el mercado de San Antón».

Empiezan a sonar las dotaciones de ambulancias, Policía, bomberos… Truenan. Los demás vehículos permanecen quietos. En procesión de atasco. Monumental. Y las sirenas van tomando las arterias principales y haciéndose hueco en el asfalto, atrayendo la atención de los transeúntes. ¿Adónde irán? También de los que entran o salen del metro. ¿Será ahí abajo?

Rubén busca con la mirada chalecos reflectantes. Amarillos. Verdes. Tampoco hay naranjas. Debe de ser más adelante.

«Centro de pantallas del Ayuntamiento, buenos días», saluda el locutor del programa despertador que Rubén sintoniza a través de su iPhone, siempre conectado al manos libres del taxi.

«Buenos días, a esta hora hay que destacar una incidencia que está afectando ya al tráfico en Puerta de Alcalá, Recoletos, Gran Vía y accesos a la plaza de España.»

La capital ha entrado en infarto. Estranguladas sus coronarias, empieza a manifestar espasmos de convulsión. Le cuesta respirar. Está envenenada de dióxido. Sus movimientos son lentos y torpes. Ha perdido toda la movilidad. Se abandona a su suerte. No lucha. Su diagnóstico no puede ser un simple coche averiado en el carril bus. Ni un parte amistoso entre dos particulares colisionados. «Ahora tampoco te pongas en lo peor», se dice Rubén. Su respiración se hace más densa. Los peatones apocan el paso. La congestión se les ha contagiado y las escaleras del metro son hormigueros.

Más sirenas. Ningún chaleco todavía. Se organizan corros nutridos alrededor de las marquesinas del autobús, que no llega, retenido en la Castellana.

«No te alarmes. Ya, pero no puedo evitarlo.» Esta ciudad aún tiene reciente la losa de una mañana turbia y negra, negrísima de marzo, que tuvo estos mismos síntomas. Hoy no. «Hoy, Dios quiera que sea solo cualquier percance que olvidemos pronto.» Y Rubén sigue contemplando el denso entramado de cruces, embudos y callejuelas del Madrid de los Austrias, en el que una china en el zapato es capaz de generar una escoliosis crónica.

«Estamos pendientes de un gran atasco que desde primera hora de la mañana está afectando a todo el eje central. La causa, un incidente que ha obligado a cortar un tramo de la Gran Vía a la altura de Callao para que los servicios del SAMUR pudieran atender a una persona que se ha lanzado desde la sexta planta del hotel Capital y, lamentablemente, ha fallecido. Toda la zona está acordonada y se va a proceder al levantamiento del cadáver, del que por el momento desconocemos su identidad. Testigos presenciales han comentado con esta emisora que les ha llamado mucho la atención la parábola descrita por el cuerpo de la víctima en su caída, ya que no ha impactado en la acera, sino en el centro de la calzada.»

2

Las unidades sanitarias y policiales desplazadas a Gran Vía ya habían aplicado el protocolo de establecer el perímetro de seguridad y plantar la tienda de campaña móvil de asistencia. El engranaje de esa maquinaria se había puesto en marcha en cuanto el 112 recibió la primera llamada de emergencia y valoró la gravedad del caso comunicado al amanecer de ese miércoles.

—¿Has visto por aquí a Salaberri?

—Sí, ha sido de los primeros en llegar. ¿Lo busco, jefa?

La inspectora jefe Velasco asintió sin apartar la vista del cuerpo.

A las 7:11 la centralita de Emergencias había registrado el primer aviso. No había pasado ni una hora y el dispositivo estaba a pleno rendimiento. Los de los plásticos —así llamaba Isabel Velasco a sus colegas de la Científica por cómo iban protegidos de arriba a abajo para no contaminar el escenario— seguían numerando, anotando, recogiendo, inventariando cualquier elemento susceptible de aportar alguna información.

Un hombre yacía, muerto, en mitad de la calzada, en plena Gran Vía, a la altura de la boca del metro de Callao.

Benítez, el ayudante de la inspectora Velasco, salió con Héctor Salaberri de la tienda de apoyo. Lo había encontrado allí apurando un café y poniéndose los guantes profilácticos. No se los quitó para saludar a Isabel.

—Buenos días, Héctor. —No le dio importancia a los guantes. Conocía muy bien las manías obsesivas de su colaborador.

—¿Alguna novedad?

—Ya ve. Hombre. Raza negra. Complexión fuerte. 1,83. Al parecer, no hubo ninguna alerta previa. No se le había visto en la cornisa del edificio, o en un balcón o azotea, amenazando con tirarse. Irrumpió de la nada. En eso coinciden todos los testigos interrogados hasta el momento. Como si hubiera sido lanzado desde las alturas.

—Vamos, que resultaría más lógico si se tuviera constancia de que un helicóptero sobrevolaba la zona y hubiera caído desde la cabina.

—Sí, y es como si hubiera esperado a que los semáforos se pusieran en rojo para saltar. Parece milagroso que no haya impactado sobre el capó o el techo de algún vehículo.

Un grito. Un grito que los testigos calificaban más de guerra que despavorido. De ataque, a la ofensiva. Eso fue lo único que alertó de su caída. Lo único que anticipó que la normalidad se iba a estremecer.

—Andreu, además de la distancia respecto a la fachada… —la inspectora jefe invitó al médico forense a completar la frase.

—Además de eso, imagino que no les ha pasado por alto el traje y los zapatos, de mucha clase y pasta.

—¿Es relevante eso? —Héctor empleó su tono más tosco.

—Creo que sí. Nunca he visto a un suicida que se vista de Armani para matarse.

—Tampoco creo que sea muy frecuente esto —añadió la inspectora Velasco señalando hacia las manos. Una de ellas, la derecha, había quedado fuera del charco morado que formaba la sangre, viscosa, mezclada con otros fluidos—. ¿Creéis que es una mano de ejecutivo?

—¿Qué manos tienen los ejecutivos?

—No es que obliguen a hacerse la manicura en el distrito financiero, pero estas parecen más las de un boxeador.

—¿Sabemos algo sobre su identidad?

—No llevaba nada en los bolsillos, me han dicho los de Atestados.

—¿Se confirma que cayó desde ahí? —Velasco señaló un ventanal del sexto piso del hotel Capital.

—Parece que de eso no hay dudas. Se registró anoche. Habitación doble, pero se alojó solo él. Pasaporte holandés. Estamos intentando comprobar su identidad.

—Ya ha llegado la prensa… Que no se entere su familia por la tele, por Dios.

3

«*E*s extraño. Muy extraño. No obedece a las leyes básicas de la física.» Rubén le daba vueltas a las nuevas informaciones sobre el hombre que se había lanzado al vacío. Al fin y al cabo, el «culpable» de que no hubiera acabado todavía su turno de noche en el taxi. Lo solía alargar hasta que era completamente de día y ya le habían caído tres o cuatro carreras buenas, en las idas y venidas del «Lléveme al aeropuerto» o «Acércame a Torre Europa». Pero menudas horas hoy. Atrapado. Le dolían los primeros rayos de sol en la sien. Los ojos vidriosos. Párpados abatidos.

¿Por qué se habría estrellado en el asfalto y no en la acera? Conocimientos médicos, ninguno. Bueno, sí, los que puede acabar adquiriendo alguien que está expuesto a un número infinito de horas de radio y otros tantos días completos de ficción, de series sobre todo.

Si una persona se deja caer, lo hace sin impulso. Así se matan, abandonándose hasta en ese último gesto, sin fuerzas. Y van cayendo, a cámara lenta. Esa es la sensación que dieron las víctimas desesperadas del 11-S, las que, sabiendo que no había escapatoria al cerco de amasijos en fundición y humos que se arremolinaban en sus pulmones, abrieron las ventanas para cerrar así sus vidas.

La fuerza de la gravedad actúa expectante hasta los últimos metros, por ver si nos sacamos un paracaídas de la nada, y cuando comprueba que no hay nada que hacer, suelta un mazazo final contundente y acelera el golpe seco. Siempre, cerca de la fachada. No sabría traducirlo a una onomatopeya. Ni Rubén ni nadie que lo hubiera escuchado. La brutal colisión de un cuerpo, el de una estructura de huesos envueltos ya en vísceras huecas, al estrellarse sin desaceleración. Una onda expansiva de silencio lo llena luego todo.

4

*I*ba a ser la mañana de las reuniones pospuestas, de las citas aplazadas, de las reuniones canceladas. La de Rubén y sus dos socios en ese proyecto y compañeros de piso, Marta y Andrés, fue de las que se retrasó.

Los médicos tienen sala de espera; las productoras de televisión, no. Habilitan las de reuniones. Te hacen esperar ahí. Son salas impersonales. Frías. Sin oropeles, pero con un diseño tecno-corporativo uniforme que hace de todo un continuo. Desde la recepción, al ascensor. De los pasillos, al lavabo. Moquetas y PVC gris, tenue azul, y la «G». Las gés de Giromedia eran omnipresentes.

—Van ocho. —Las había contado Andrés.

Si viene una secretaria a buscarte y te acompaña a un despacho, siempre es mejor señal que si mandan a un cargo intermedio para que se siente contigo, ponga la más amable e hipócrita de sus sonrisas, y de manera estudiadamente educada te endulce el «Tenemos tu teléfono, ya te llamaremos», contra el que Andrés y Marta ya estaban vacunados. Teorizaban los dos. Improvisaban un monólogo. Observas, azuzas y sacas punta a obviedades; elevas a norma lo que es una ocurrencia. El humor es la mejor válvula de escape. El cinismo lo llevaban puesto.

Y mientras aguardaban a un tal Zacanini, de Nuevos Proyectos y Formatos, hacían conjeturas sobre el objetivo de aquella reunión.

—Si fuera para descartar la serie, no nos hacían venir hasta aquí. Y menos a los tres. —Andrés parecía esperanzado esta vez.

—Pero si hemos presentado un bocetillo… Siempre quieren la biblia hecha, con puntos y comas. «Nos parece interesante, le vemos maneras. ¿Podrías concretar algo más?» Y con eso quieren decir 300 páginas más. Gratis total, *of course.*

—Aquí el menda está proscrito en la casa —recordaba Andrés.

—Pues igual nos vacilan como parte de la venganza, enteradillo.

«Si la pareja cómica se callara un poquito… —pensaba Rubén—, igual me dejaba de notar el pulso en la yugular.» El *show* verborreico de sus compañeros lo estaba poniendo a cien. Si lo hacían para dárselas de curtidos en mil batallas, menudo juego idiota. Y si lo hacían para calmarlo a él, que era el novato, el efecto estaba siendo el contrario.

«Ahora, entre los nervios y las litronas de café que llevo para aguantar toda la noche, me da lo que me tenga que dar aquí mismo y a la mierda con el proyecto y todo.» La hipocondría se la había contagiado, por roce, Andrés.

—Aquí hay cámaras, seguro.

A conspiranoico todavía no le ganaba a su colega.

Un tamborileo de dedos sobre la larga —infinita mesa de madera noble y pálida—. Dos bostezos de Rubén. Cuatro garbeos de Andrés por Twitter. Y se abrió la puerta.

—Ya estamos todos. ¿Me acompañáis?

Primera apuesta ganada. ¡Bien! ¡Salimos de aquí! ¡Pasamos pantalla! La misma chica que los había recibido veinte minutos antes, les marcaba ahora el paso a ritmo de tacón imposible. Al fondo, a la derecha, otro pasillo de ventanales orientados al mayor pulmón de Madrid, al este y con la altura suficiente para invitar al sol a espolvorearlo todo con una luz que ya quemaba. En verano debía ser un horno. «Gran eficiencia energética. Arquitectos que deben proyectar para Oslo», los pensamientos de Marta viajaban en clave irónica.

Una puerta doble les dio acceso a otra sala de reuniones. Debía ser de las importantes porque al fondo presidía la mesa quien les fue presentado como Miguel Zacanini por el hombre que lo acompañaba.

—Y yo soy Héctor Salaberri, subinspector de Policía. Tomad asiento. Y gracias por venir.

18

«¿De la Policía? ¡Qué narices…! Un asesor, quizás. Sí, bueno, esta gente tiene que trabajar con expertos que los orienten en las tramas, sobre las autopsias, los protocolos, pero nuestra serie es muy sencilla en ese terreno», comenzaba a bullir el mosqueo de Andrés.

Salaberri tomó el mando y la palabra.

—Perdonad en primer lugar el retraso, pero estaba de guardia; me ha tocado estar en el levantamiento de un suceso muy desagradable, os imagino al tanto, ha sido un caos. Un suicidio, parece. Bueno, aún lo estamos investigando. De hecho, podría ser que tuviera que irme en cualquier momento.

—Y perdonad por la encerrona —añadió Zacanini—. Hemos actuado siguiendo sus instrucciones. Él os cuenta.

—Podría decirse que Zaca y yo somos viejos conocidos. Habitualmente recurre a nosotros para consultarnos, para que lo asesoremos en alguna ficción. Aquí se han invertido los papeles. Todo surgió por casualidad. En una investigación un dato solo es eso, no tiene entidad de pista hasta que no se cruza y puede casarse con otro dato. A ver, intentaré ir al grano. —Salaberri cogió aire y apeló a la eficiencia de su discurso de relator policial para no andarse por las ramas.

—Sí, Héctor, vamos a los hechos, como decís vosotros —bromeó el anfitrión, ahora reducido al hipocorístico de Zaca.

—Hace escasamente un mes nos ocupamos de la muerte de un indigente en una cabaña, una especie de cobertizo de maderas y brezo donde se había resguardado del frío para pasar la noche, en el bosque de una urbanización de la zona norte. Por si no tenéis presente el asunto… —dijo desplegando sobre la mesa fotocopias de algunos breves publicados en la prensa. Hacían referencia a un incendio fortuito provocado por un camping gas o similar que le hubiera servido para calentarse—. La investigación sigue abierta. Solo os puedo contar que la causa no estaba tan clara. Tenemos muchas dudas. La primera, que la portezuela de esa cabaña, hecha de una hoja de latón, aún arrugada como un papel por la virulencia del fuego, quedó hecha un amasijo fundido al marco pero seguía sujeta a él con un candado. Solo se podía haber cerrado desde fuera. La autopsia mostró signos evidentes de que la víctima había estado intentando derribar la puerta. Contusiones, arañazos, brazos

19

agarrotados y astillas en sus uñas. Y de forma inexplicable, no imposible, pero sí altamente improbable, entre las pertenencias encontradas en semejante chamusquina, un papel que sobrevive. Lo suficiente para que se pueda recomponer y deducir que se trata del resguardo de una lavandería. Acudimos. Unos pantalones. Y en el bolsillo de esa prenda, una pequeña llave.

—¡*Atrapados!* —rompió el protocolo Rubén. Y miró a los presentes, no del todo seguro de si lo había dicho en voz alta.

—Exacto. Si te refieres a que te suena a una trama de esa serie islandesa, así es. Uno de los agentes más jóvenes, que aún está en la Academia y realiza prácticas en la comisaría, fue el que apuntó esa posibilidad. No es que sea una serie de consumo ni de conocimiento masivo. Ahí empezó la casualidad. Como decía antes, un dato es solo eso, un dato. —A Salaberri le gustaba autocitarse—. Y este se sumó a todos los que se incorporaron al dosier. Los casos a veces empiezan a encararse así. A resolverse de la manera más inopinada. Si este chaval no hubiera estado de prácticas esos días o, aun estando, hubiera pasado eso por alto, o si la timidez, o vaya usted a saber… Pero se tuvo en consideración.

—¿Cuándo empezó a tener más importancia para la investigación? —quiso saber Zacanini, que parecía conocer de antemano el caso.

—Cuando descubrimos que la víctima carbonizada era Raúl Pinedo Aduriz, empresario que pasó por una mala racha, pésima. Y que coincidió en el tiempo con una sentencia en su contra. Fue condenado por violencia de género. Su mujer lo denunció. En la serie también, quien muere en circunstancias parecidas es un maltratador. Raúl se arruinó. Aparentemente, ha dejado como herencia deudas millonarias. Murió como un sintecho.

—Pero no es el único relacionado con una ficción televisiva —anticipó el productor.

—No, y este es un caso abierto a día de hoy. Debéis entender que toda esta información es absolutamente confidencial.

—¿Hay otra muerte sospechosa parecida a una serie? —preguntó Andrés asombrado.

—En efecto. Segundo caso, segunda serie —continuó Salaberri—. Hace pocos días. El *Homeland.* Lo hemos bautizado así como una pieza aparte, aunque probablemente puede guardar relación con el primero. Zaca, ¿podemos poner las imágenes?

En una pantalla de dimensiones de cine que ocupaba toda una pared de la sala, observamos un plano detalle de una mano, masculina, con manga de uniforme militar, juntando acompasadamente el pulgar y el índice.

—Sí, es código morse.

—Como cuando el protagonista de la primera temporada de *Homeland* es rescatado y vuelve a América —recordó Marta.

—Exacto, se sospechaba de él. En la serie la investigadora cae en el detalle de que en sus comparecencias públicas puede estar enviando un mensaje cifrado de esa manera. —Salaberri señaló la pantalla—. Aquí está montado para que leamos *Homeland* en un bucle sin fin. Estas imágenes se estaban proyectando en el monitor de un PC ubicado en la sala donde apareció el cuerpo de Fidel Calixto Brey, exmilitar. Había estado en Afganistán entre las tropas españolas integradas en la Fuerza Internacional de Asistencia para la Seguridad, a cuyo mando se encontraba la OTAN desde 2003. Esa fue su última misión. Después se retiró. Bueno, técnicamente pasó a la reserva. El cadáver del teniente coronel presenta un disparo en la sien. Aunque todo pudiera hacer pensar que se había quitado él mismo la vida con su arma, hay suficientes elementos como para concluir que se ha manipulado el escenario. Pero de una forma consciente. Sin disimulo.

—Vaya por delante nuestro pesar por ambas víctimas —empezó a decir Andrés con mucha educación pero enseguida se mostró soliviantado—, pero no sé qué clase de juego macabro es este. Pillan a tres incautos que vienen a vender la idea de una serie, nos meten en una sala y un poli nos explica que esa serie ya existe y que se está desarrollando ahí fuera, en la vida real.

—Vamos a calmarnos —intervino con autoridad Zacanini—. Héctor me contó de manera informal, confidencial, estos casos. Me quedé petrificado. Recordé que sobre mi mesa tenía un proyecto basado en eso precisamente: una serie de asesinatos en la que todos tienen un vínculo que recuerda o se basa en una serie de televisión.

21

—No entiendo nada. ¿Se nos está acusando de algo? ¿Hemos pasado de pardillos creadores de una ficción a ser sospechosos en la realidad? —Rubén tomó el relevo de la indignación.

El teléfono de Héctor Salaberri vibró en ese momento. En la pantalla, «Velasco».

—Disculpad. Enseguida aclaramos esto. Es mi superiora. Era la llamada que estaba esperando.

Al otro lado de la línea Isabel Velasco requería su presencia. El pasaporte del muerto en la Gran Vía era holandés, o mejor neerlandés, como había precisado la inspectora jefe, y se había registrado con ese documento, pero la recepcionista del turno de noche no había hecho el *check in* a ninguna persona de raza negra, estaba segura. Lo estaban cotejando con las cámaras de seguridad. Además, le habían confirmado en Exteriores que la identidad de su documentación era falsa. No era el pasaporte de Edwin Jong Blind, porque no constaba nadie en el registro de la embajada de los Países Bajos en Madrid con esos datos. Tampoco había entrado en España de manera oficial.

5

¿*S*e contagiará la hipocondría? A la vez que se lo preguntaba en voz alta, Rubén lo tecleaba en Google. Era consciente de que hablaba solo cuando, detenido en un semáforo, su mirada se cruzaba con la de un conductor situado en paralelo. No hacía falta que le dijera nada, hay expresiones muy elocuentes. Entonces Rubén daba golpes acompasados sobre el volante y con la misma cadencia movía los hombros, siguiendo el ritmo de la canción que no sonaba. Bailando era pijo, con aires de *heavy* limpio y repeinado. Sus contrastes: *Juego de Tronos* y Julio Iglesias. Y ahí estaba consultando sobre si el hipocondríaco de Andrés le había pegado algo durante su convivencia. Al final, acabas cogiendo vicios y hábitos de amigos con los que compartes tanto. Vivienda y blog. Con Andrés y con Marta. El de las neuras sanitarias era el primer contagio. Algo sobrevenido. Sería la edad, porque se conocían desde niños y nunca pareció que Andrés viviera pendiente de un chequeo permanente a su salud.

Demasiada información. Bulimia de datos. ¿Quién tiene la capacidad de evitarlos o de digerirlos bien? Andrés lo que tenía era una gracia natural. Era ocurrente, con chispa, con una salida jocosa para cada momento. Payaso no, no era cargante. Gastaba un humor fino, muy creativo. No era de los graciosetes que recitan chistes. Andrés apostillaba. Lanzaba dardos con unos reflejos increíbles, soltaba la ocurrencia a la velocidad de la luz. Tenía un guiño para todo, como si pudiera adivinar lo que pasaba por la mente de su interlocutor, estudiarlo, escribir tres opciones de réplica y escoger la más punzante. En un nanosegundo. O en menos.

Esa capacidad creativa no se puede dosificar. Vivía de eso. Era un lince para la publicidad. Quizás poco constante, y eso lo obligaba a estar en muchos frentes. Podían llamarlo de una agencia para ponerle la guinda a un eslogan que no acababa de funcionar. «Sí, ahora que «eslogan» ha perdido la «ese» líquida en su castellanización, le llaman *claim*», decía Andrés emulando un acento esnob con sus dotes artísticas. O le encargaban contribuir al guion de una comedia. Estas, las menos. La industria audiovisual del género está en las plumas de cuatro —pon que sean ocho—; era difícil meter la cabeza ahí.

Al final, para ser brillante, también hay que picar mucha piedra, ser disciplinado, pagar algún impuesto en materia gris, y eso no iba con Andrés. Bajo la presión de cumplir unos plazos, no funcionaba. Estuvo escribiendo los diálogos para dos personajes protagonistas de una comedia, de un *spin off* de otra que estuvo varias temporadas en parrilla. Adelantó media temporada de golpe. Después se apagó. Con esa facilidad para crear argumentos, no le resultaba difícil sacarse de la chistera una ristra de excusas que se perdía en el infinito. Agotaban su paciencia los que tenían que escuchar que había tenido que ir a Alicante a enterrar a un familiar; el mismo cuatro veces, o que un virus «devoradocumentos» se cebaba con sus guiones.

El día que presentó unos textos encriptados e ilegibles, con unos caracteres más propios de un lenguaje de otro mundo, tuvo la mala fortuna de que el coordinador de la serie no fuera precisamente torpe para la informática. Le acabó demostrando que se la quería colar, que lo que él aseguraba que eran los diálogos del siguiente capítulo no eran más que un copia-pega de un prospecto de un medicamento milagro contra el vitíligo.

Tuvieron que matar a uno de los personajes sobre los que escribía Andrés. Fue una faena. Gorda. En aquella productora lo tacharon para siempre. Lo incluyeron en esa lista negra que no debe existir como tal pero que todo el mundillo lleva en la cabeza. Se corre la voz: «Vetado en Giromedia». Equivale a tener las puertas cerradas en el sector. Hay compadreo, se conoce todo dios. Esas cosas se hablan y, conforme van pasando de boca a oreja, se magnifican con más literatura cómica. Cada boca, un relleno de anécdota. Cuando llega al final de la cadena, es leyenda.

«Sí, pero si tuvieron que cargarse al Lauren, fue porque no encontraron a nadie que le pusiera los chistacos y las réplicas que le escribía yo», se defendía Andrés con más razón que un crítico del montón.

Total, que solo le quedaban los prospectos y la cartelería de parafarmacia, donde no tenía una gran libertad creativa y debía ajustarse a la asepsia científica, pero le permitía ir tirando. De ahí la hipocondría, la que se adquiere al manejarse a diario con todos los síntomas y efectos secundarios que esconden hasta las más inocuas cremas de manos.

6

Marta maquillaba «de muerta» a la que había sido durante 128 episodios de culebrón la esposa de un terrateniente andaluz, señorito venido a menos, con su patrimonio en adeudos, pero necesitado de reforzar su soberbia bajo las sábanas de sirvientas o de señoras de postín casadas con sus iguales. Después de 128 infidelidades y humillaciones, la señora de Rodrigo descansaría en paz.

Y Marta lo vio venir desde la cabecera del primer episodio de *Belleza y traición*. Eso, y que se dejaría abierta al misterio la causa de la muerte. Natural, aparentemente. Pero iban a tomar un plano detalle de su vaso en la mesita de noche que daría a entender otra cosa. Una de aquellas trampas a las que los guionistas recurrían por si en el futuro ficticio necesitaran sentenciar también al señorito.

Esos trucos enfadaban a Marta. El día que ella tuviera su serie no le serviría una sucesión de retales inspirados. Ella quería firmar una serie de las buenas, de las inolvidables, de las que era necesario haberlas visto para tener sentido de pertenencia a según qué grupos, que abriera y marcara un camino. No se le podrían ver las trampas. Los trucos, si es que fueran precisos, deberían estar cincelados con un material que no fuera puro artificio.

Una entre 170 millones. Tampoco pedía tanto. Otra vuelta más. ¡Vaya por Dios! Ya había cazado otro pensamiento circular: «Uno entre 170 millones. Esos son los números». Se lo acababa de escuchar a Marcia Clark, fiscal en el caso contra O. J. Simpson. Una historia que se recrea con pulcritud en la primera temporada de *American Crime Story*.

Marta no guarda recuerdos. Memoria, sí. Portentosa y en todas sus variantes: por asociación, fotográfica, retentiva, selectiva casi siempre… Aunque recuerdos de cuando las crónicas fechadas en los Estados Unidos de 1995 hablaban, día sí y día también, de un país paralizado y una sociedad dividida ante la retransmisión del juicio contra quien había sido un ídolo, un héroe nacional, sentado en el banquillo acusado de haber apuñalado a su mujer y a un tipo que «pasaba por allí», no, de eso no podía guardar ningún recuerdo. Si acaso, un eco de su padre a la hora de comer, cuando decidía unilateralmente que lo que allí se veía eran las noticias— «el parte», en palabras del abuelo—, y ella, con el gajo de naranja todavía en la boca, se afanaba por no llegar tarde al colegio. Tarareaba «Con tu tío y con tu tía, irás a Bel Air» durante todo el camino. Mil veces.

Era uno entre 170 millones. Si la prueba de ADN extraída de un cabello hallado en el lugar del crimen coincidía con el sospechoso, solo podía ser verosímil que fuera de otra persona después de cotejarlo con todos los habitantes de España. Mejor dicho, con todos cuatro veces. Solo así podría encontrarse una exactitud de parecido milimétrica, exacta, científica.

Escuchó un día que a ese tipo de pensamientos circulares suyos los llaman «gusano mental». Si es así, cuando a su cerebro le tuvieran que practicar una autopsia, sería complicado distinguirlo de un queso gruyer. Lo perverso no estaba en los pensamientos mismos, sino en la vida que tomaban. A su libre albedrío, entre las conexiones neuronales de Marta. En bucle. No hallaban la salida. Lo mismo le sucedía con algunas canciones, así fuera el odioso *Despacito* o durante las tres últimas noches, cuando se acompañaba de la linterna del móvil para ir al lavabo, que se había sorprendido tarareando *El peor grupo del mundo*, de Sidonie, y eso que solo escuchó una ráfaga en la radio. No le hacía falta más; con que una compuerta de esa zona receptora de la mente estuviera abierta, ya se le había rayado el disco.

¿Sería cierto que para despejar la mente no hay nada como el deporte? Esto no servía con Marta. Lo había intentado una temporada yendo cada mañana a nadar. Un largo de crol con sintonía de *Mad men* con su *in crescendo;* otro largo con la

27

sintonía de *Mad men* en fusión con *Psicosis;* un largo de braza y vuelta a la original. Así hasta el infinito. No, no le funcionaba en absoluto.

El pensamiento-circular-agujero-de-gusano se iba diluyendo poco a poco. Después quedaba una onda, una especie de eco que volvería a reproducirse quién sabe cuándo pero, a medida que iba focalizando su atención en lo que hacía, la obsesión se achicaba. Y maquillar era su terapia. También su trabajo. Tal vez por eso la enganchó. No era lo que había soñado pero le permitía ganarse la vida y estar cerca del mundo de la ficción al que quería acceder por otra puerta en algún momento.

Llegó por casualidad. Arlet siempre defendía que esas cosas hay que achacárselas a la «causalidad». Arlet era muy de manuales de autoayuda. Siempre andaba diciendo que todo está escrito en el destino, que las cosas no llegan de manera fortuita, que ocurren por alguna razón, y cuando tienen que pasar, hay que aceptarlas como vienen porque siempre son para mejor. «¡Paparruchas!», protestaba Marta.

Y una noche, con los ojos como platos y dándole a la ruedecilla de dial de la radio, escuchó a alguien preguntar por la tanatopraxia y la tanatoestética. Ahora ya lo tiene claro. Aquella madrugada tuvo que irse al *podcast* para apuntarlo bien. Wikipedia, Google. Así supo cómo se llama la técnica que consiste en acicalar, preparar, adecentar, maquillar a los muertos.

«Las coincidencias», se dijo. Porque no hacía más de dos o tres semanas que *A dos metros bajo tierra* había llegado a su vida para quedarse. «Imprescindible», escuchó. «Una obra maestra», sentenciaron los gurús de los que se fiaba. Y se puso a verla. Atracones. Allí estaba Dexter antes de ser *Dexter*, maquillando no solo su opción sexual, sino a hombres y mujeres de toda edad y condición para cuando se les rendía el último adiós.

«Lucía, de Valencia. Buenas noches.»

«Buenas noches…, ¿qué tal?»

«¿Preguntas o respuestas, Lucía?»

«Quiero saber si es fácil trabajar maquillando muertos… Es algo que a mí se me daría bien. Ya sé que da reparo, que no es algo de lo que se hable abiertamente, que si vas diciendo por ahí que trabajas en una funeraria, todavía, pero si explicas que recompones caras de muertos...»

El *shock* inicial fue mutando a expectativa. Ahora lo recordaba, con la protagonista del culebrón que ella iba a contribuir a que la quitaran de en medio, dejándose hacer por sus brochas. Los únicos cadáveres a los que les había aplicado correctores y coloretes eran ficticios.

En cuanto llegó a Madrid con su título y las ganas de comerse el mundo, el hambre y la ansiedad la llevaron a responder a una oferta de trabajo que no era la que tenía intención de seleccionar. Sí, las casualidades que decía Arlet. No la llamaron del tanatorio sino de una «fábrica de folletines», la productora que en aquellos días había desembarcado en un centro de operaciones en la Ciudad de la Imagen y que facturaba series de sobremesa al peso.

La señora de Rodrigo le había quedado estupenda. Que te mueres.

29

—¿ *Y* un blog da dinero?

—Lo que da es trabajo.

—Y alguna satisfacción.

—Sí, alguna que otra. Lo que da pasta es un canal de You-Tube.

—No todos.

—¡Nos ha jodido! Pero ¿tú has visto a algún *youtuber* haciendo series? Quiero decir, los hay que hablan de series. También hay series más o menos cutres, con bajo presupuesto y muchas ganas. Pero si nos ponemos los dos a contar una…

—¿Nuestra serie?

—Esa.

—Como los cuentacuentos, pero en serie. Por capítulos. Con sus anzuelos y su todo. Trazamos la biblia, nos escribimos el capitulito y tenemos detrás de la cámara una pizarra con cuatro apuntes.

—El *prompter* casero.

—Exacto. Después podemos editar. Unas musiquillas y tres efectos…

Más o menos así había sido el principio. Quien proponía era Andrés. El que secundaba, Rubén. Fue a los pocos días de estar compartiendo piso. Y ahí tenían el proyecto, aparcado. Lo urgente no les dejaba dedicarse a lo importante. Esa frase de ejecutivo de televisión la tenían trillada. Era la favorita de ambos.

Se quedaron en el blog. Lo de YouTube requería de algo más de parafernalia y oficio. Tampoco estaba diseñada la serie. Valoraron hacer una histórica, de grandes gestas y hazañas, con sangre, traiciones, sagas dinásticas, incestos…, y ya estaba hecha. A todos nos suenan dos o tres. Una, sobre todo. La comedia necesita de otra épica. Ahí sí que son necesarios los actores, y un ritmo. Réplicas y tonos que no se podrían reflejar en la narración de ellos dos como «juglares». Solo imaginárselo les parecía entre ridículo y patético.

Así que optaron por el blog *Asesinos de series*. En casi todas había un criminal, hasta en comedias atípicas como *Mujeres desesperadas* o *Santa Clarita*. A la vez jugaban con los destrozos y *spoilers* que estaban dispuestos a cometer. ¡A la porra las zarandajas! Vamos, hombre, no iban a cogérsela con papel de fumar para desvelar esto o aquello. Series había miles. Sería imposible manejarse con el tiento de no explicar nada que pudiera reventar una trama. Si tenían que asestar una puñalada al argumento, no lo harían con saña, pero no se iban a andar con chiquitas.

Ahora que se había incorporado Marta, quizás fuera el momento de recuperar aquella idea. En lo de la serie propia al menos, habían avanzado.

31

*U*na voz ronca y rota. Quizás hubiera carraspeado escupiendo sangre antes de ponerse al teléfono. Sin saludos, nada de cortesías:

—Hay que limpiarlo bien todo. Ni huellas. —Hacía pausas en las que se percibía el aire expelido por sus pulmones. Eran puntos para remarcar cada orden—. Ni fotos. Ropa o maleta no había, así que hay que dejar únicamente el paquete. —En la última palabra dejó colgadas las comillas en el aire.

Ella metió el móvil en el bolsillo de la bata. Se desharía de los dos después. Hizo una última inspección ocular. Estaba todo en orden, según las instrucciones que acababa de recibir. Resopló aliviada al cerrar la habitación 623 y dejar el carro de servicio en mitad del pasillo. En el ascensor ya llevaba el uniforme de servicio en el bolso de mano envolviendo las tres minicámaras. Se recogió el pelo en una coleta. Cuando desapareció entre la muchedumbre de la Gran Vía aún no se había desmontado todo el operativo. En ese momento el juez estaba procediendo al levantamiento del cadáver, ya envuelto en la preceptiva bolsa, asegurado con cinturones transversales a la camilla que subían por la parte trasera del furgón. Cerraron las puertas. Ella echó a andar en sentido contrario.

T01 x 02

De esta corrala del siglo xix se habían mantenido las fachadas convenientemente maqueadas y la estructura interna de vigas y paredes maestras. Desde los ochenta se venían cuarteando y repartiendo estancias, ganándoles metros habitables a los antiguos patios de luces y, sobre todo, añadiendo comodidades: un baño y agua corriente para cada habitáculo. Un lujo. El telefonillo del portero automático era de antes de ayer.

Segundo piso, puerta tercera. En un callejón entre Lavapiés y la Puerta de Toledo, con más ángulo de desnivel que las más exigentes rampas del Tourmalet, con vistas de desahogo al Rastro y al lumpen multicultural. Allí vivió primero Rubén, en cuanto se ganó la independencia con el taxi. Y reclutó a Andrés cuando este juntó unas perrillas y ganas de volar.

Se mudaron del ático (ese eufemismo inmobiliario para la buhardilla de toda la vida) a uno de los zulos de 29 metros cuadrados con más cocina que dormitorio compartido, en el segundo piso interior, pero con la ventaja de no tener que andar encorvado evitando topetazos con las vigas barnizadas y con la tristeza de la ausencia de ventanas. Cuando llegó Marta se hizo la luz, en el sentido literal. Entonces se instalaron en uno de los pisos con una medio balconada que daba al callejón y al bullicio. Tres habitaciones, tres.

Al telefonillo estaba llamando el cuarto. Llegaba esa mañana de sábado porque la oferta suponía hacerle hueco en el sofá cama del salón. Se habían tomado unos días para valorarla. Ya había resolución.

El portal seguía oliendo a la pajarería que durante dos décadas dio puerta con puerta, y eso que llevaba cuatro meses cerrada. También del hueco de la escalera emanaban los vapores de ollas con el cocido a presión. Temprano todavía para las frituras.

La propuesta con la que salieron de la reunión en Giromedia rozaba más lo surrealista que lo razonable. Dudaron por varias razones. Una de ellas, si no la principal: la juzgaban muy poco creíble. No porque recelaran de la Policía sino quizás porque ya lo proyectaban todo hacia la serie que soñaban firmar. En unos planos donde se fundían, o confundían, realidad y ficción. Les parecía mosqueante que un asesino o varios anduvieran por ahí ejecutando el plan al que ellos habían dado vida sobre el papel, dejando pistas que vincularan sus crímenes con series de televisión. ¿Hasta dónde iba a llegar la pirueta macabra? ¿Era posible que solo se tratara de una coincidencia?

—Ya sabéis lo que opino yo de las serendipias —zanjó Marta.

Sospechas. Podría aparecer la desconfianza entre ellos. Repasaron varias veces por cuántas manos había pasado su proyecto, para calcular las vías de difusión: en las últimas tres semanas lo habían presentado en los despachos de cinco productoras y de tres editoriales, pero no había habido tiempo material para que un psicópata lo tomara como inspiración.

Héctor Salaberri subía las escaleras. Había dejado en el coche, prudentemente, una mochila con el kit de supervivencia. Si accedían a darle asilo, se instalaría de inmediato.

Desde que salieron de la reunión con Zacanini y el subinspector de Policía, no habían tenido otro tema de conversación. No se dieron tregua. Mañana, tarde y noche. Con la obligación de ser discretos. Debe ser así como se sienten los agentes especiales de los servicios de inteligencia, los espías de toda la vida, quemados por un secreto, con la tensión que atenaza al infiltrado, alerta ante la mínima posibilidad de cometer un desliz.

La propuesta podía tacharse de descabellada y poco sensata, pero provenía de quien vela por nuestra seguridad. El subinspector Salaberri les había ofrecido canjear sus carnés de ese club friki que se dedicaba a mantener un blog y a pergeñar escaletas de ficción por otros de asesores de la Policía. O ayudantes. O colaboradores. Sin un cargo específico, solo con el objetivo de contribuir con el conocimiento enciclopédico que podían sumar los tres sobre cualquier género y origen de las series que se han emitido y emitirán.

—Sin salir de casa. Bueno, saliendo poco, por motivos de seguridad. Para no levantar sospechas, consideramos adecuado que pudiera instalarme como un compañero más de piso —propuso Héctor aquella mañana. Lo hizo sin pestañear y sin rubor, pertrechado en la legitimidad que le otorgaba el rango.

En tres días habían pasado del bufido con el que recibieron la propuesta a valorar los pros y los contras —Andrés calibró con puntos objetivos cada detalle en una hoja de Excel— y a adoptar la firme convicción de que no tenían nada que perder. La sentencia fue, de nuevo, de Marta:

—Tampoco nos queda otro remedio.

La habitación llevaba dos días precintada por orden judicial. La tarjeta de la 623 seguía en el dispositivo que activa la corriente eléctrica, así que un golpe de aire de calor atosigante recibió al equipo de investigadores. El termostato estaba a 30 °C y el climatizador trabajaba con el motor forzado para compensar el helor de la primera hora de la mañana que entraba por el ventanal destrozado. Astillas de cristales permanecían en un equilibrio imposible colgando del marco, y otros restos amenazaban punzantes sobre la moqueta.

La cama seguía perfectamente hecha. Ni hendiduras ni arrugas. Los almohadones no habían perdido las formas. El nórdico caía a ambos lados con simetría calculada por expertas manos de servicio.

—Huele a limpio —dejó constancia la inspectora Velasco.

Hay análisis que no son eminentemente técnicos y no se trasladan a los informes periciales. Una pena porque, despojados del estricto rigor de los protocolos, los enriquecerían. Isabel Velasco rebuscó en el bolso su paquete de pósits y apuntó su impresión, la inspectora jefe mantenía rituales paralelos a la burocracia.

«Huele a limpio» era una apreciación que también se extendía al baño, al plato de ducha, donde no había rastro de que se hubiera utilizado ninguno de los envases de gel, de champú, ni los otros accesorios.

Nada en los armarios. Ni en la caja fuerte. La bolsa destinada al servicio de lavandería permanecía planchada, como parece que viene de serie cuando entramos a una habitación de hotel.

El minibar, con temperatura glaciar en contraste con el exterior. También mantenía intacto su contenido.

—Según lo visto: llega la noche anterior, no se acuesta y se tira por la ventana a primera hora de la mañana, sin molestarse siquiera en abrirla. Todos sabemos que no puede ser así —concluyó en voz alta Velasco—. Lo que falta en esa secuencia es lo que tenemos que descubrir.

—Nos llevamos el ordenador. Es un portátil que no pertenece al hotel. Está casi vacío, según me ha dicho Nico, de la Tecnológica, pero haremos inventario, claro. Y esto también, jefa. —Benítez sujetaba un hilo recogido del butacón tapizado en cuadro escocés mientras lo sellaba en un sobre transparente que fue a parar a la caja de pruebas—. Puede ser un tejido que tenga que ver con la ropa que llevaba puesta.

—¿Algo más?

—Mañana tendremos información de lo que vea el microscopio. De momento, poco más.

3

*L*a primera noche de Héctor Salaberri en casa ajena fue de coqueteos con el insomnio. De medir distancias y sonidos. Hacemos una estancia nuestra cuando identificamos quién pisa y hacia dónde va. Si sube o baja el vecino; si trastean en el pomo de nuestra puerta o recogen el lavavajillas en el piso de abajo; de qué bajante sonó la cisterna; si es una ducha próxima o ha empezado a llover; si chisporrotea sobre los cristales del salón o pasa la camionetilla que baldea las calles. Era pronto para que el subinspector evitara sobresaltarse con el taconeo de la del tercero. Se estaba haciendo tarde para dormir.

El sofá cama daba al tabique que lo separaba de Marta. ¿Cómo podía poner los auriculares a ese volumen? Estaba escuchando *Please, please, please* de The Smiths. Él era un radar esa noche. Los ojos como un búho. Pero también el oído avizor. Consciente de que la sugestión le haría notar hasta la respiración de su compañera de piso. Poniendo algo más de su parte, llegaría a percibir la calidez de ese aliento. «No. Contente. Los dormitorios de Rubén y Andrés dan a la otra ala del piso. De allí no llega nada.» Cerca de las tres de la madrugada se abrió una puerta, pasos con calcetines que entraban en el lavabo. Tres minutos más. Y el camino a la inversa previo desahogo de la vejiga.

Nada. No pegaba ojo. Mientras, iban cogiendo número en una larguísima cola sus miedos. «¿Serán ellos tan observadores como yo?», atribuía esa capacidad a la deformación profesional.

Tras solo dos encuentros y con la información recopilada los días anteriores, Héctor podía dibujar un perfil psicotécnico preciso de sus nuevos compañeros de piso. ¿Se habrían percatado ellos de su necesidad de que no hubiera ni huellas dactilares en los cubiertos? Le sería más fácil disimular su fobia a las pelusas. Cuando todos se retiraban a sus aposentos, entonces. Ni una microacumulación de polvo.

Al margen de estas manías, se integraba bien. Entrenado para camuflarse en cualquier entorno. Le faltaba identificar los sonidos. Eso le llevaría tres días. Con los espacios, lo mismo. A oscuras, tantear y alcanzar su objetivo no iba a ser difícil gracias a la farola que les ahorraba parte del recibo de la luz.

Había dejado unas rendijas abiertas en las persianas antes de acostarse. Lo suficiente para no tropezarse con la mesita baja y un puf redondo del tamaño de un campo de golf. «¿Ves cómo no es tan difícil ambientarse? —se dijo Héctor—. Ikea te hace sentir, vayas donde vayas, como en casa.»

A eso de las cuatro, la quietud. Abrió meticulosamente el neceser. En el más tirante de los silencios. Sacó el cable, lo enrolló y se lo metió en el bolsillo del pijama. Dio tres pasos hasta el puf. Para pasar sin moverlo, o se subía en él o lo sorteaba de un salto. Optó por lo segundo y se plantó ante su objetivo. En ese momento, un chasquido de alerta: alguien había encendido la luz del pasillo. Contuvo la respiración. Inmóvil, le venían a la cabeza mil ideas por segundo. No se oían pasos. Dejó de entrar por debajo de la puerta la luz que ahora habían vuelto a apagar. Debía actuar ya. Tenía el *router* en la mano. No podía desconectarlo, por si alguno de ellos estaba en línea. Cuidadosamente le dio la vuelta, hizo la foto con el destellante flash y cambió el cable de conexión de red.

4

*A*ntes no. En el inicio de los inicios se propusieron —y era en firme— que *Asesinos de series* no iba a caer en la desidia y el abandono en el que degeneraban los cientos de blogs que se cuelgan sobre el género. Esos que arrancaban con muchas ansias y se iban apagando. Pasaban de las dos o tres entradas compulsivas por semana a quedarse congelados en 2009.

No hay más que navegar un poco por ahí para darse cuenta de la cantidad de gacetillas que abandonaron a la deriva, con tipografía y estética de la prehistoria de internet. Y ahí quedan, como documento a estudiar para la arqueología que se detenga en el siglo xxi. Muchos eran de antes incluso de que reinaran las series. De la era prerredes sociales.

Últimamente estaba flojeando su proyecto. Falta de constancia. Tampoco había uniformidad en *Asesinos de series.* Si la máxima de un blog es que responda a una visión personal, en el suyo confluían tres miradas. Habían experimentado con varios formatos. Hicieron entradas en las que comentaron un mismo título los tres.

Marta aportaba su análisis, rico en los matices psicológicos de los personajes, o ponía el foco en la crítica social, sin abandonar su manejo de la estética.

Andrés se regodeaba en afilar el ingenio, y en ocasiones incluso mejoraba la acidez de las comedias. También era capaz de ennegrecer las sombras de los dramas. Siempre tiraba por elevación. No conocía las medias tintas. Era especialista en moverse en los filos de los extremos.

Y Rubén, el más directo, con un millón de referentes pero sin abalorios superfluos. Si su taxímetro marcara los metrajes que llevaba vistos en las esperas de las paradas entre bandera y bandera, podría retirarse al más lujoso de los balnearios alpinos.

Pero esa fórmula no les acababa de convencer. Estas deliberaciones las vivían como si fueran el consejo de redacción de *The Washington Post*. Con exceso de celo y más acaloramiento. Descartaron ese modelo de tres firmas por serie porque podía resultar repetitivo y porque, si no sacaban ni para pipas, al menos querían conservar el placer de la libertad del *hobby*. No atenerse a la pieza que te encargue el redactor jefe, sino escribir sobre lo que de verdad te motiva.

De manera natural, fueron repartiéndose todos los palos y no hubo lugar para incompatibilidades. Comedias, Andrés. Rubén se ocupaba de juegos de tronos, aventuras históricas y de vikingos bárbaros. A Marta le iban los *thrillers*, el suspense, los misterios y tormentos. Ni el más profesional de los procesos de selección de personal para una revista podría haber encajado de esa forma tan precisa las piezas. Y el mismo equilibrio se había trasladado a la convivencia. Desde esa mañana al levantarse tendrían un elemento ajeno durmiendo en el salón o esperando para entrar en el cuarto de baño, fumando en el balcón o sondeando las reservas del frigorífico a las cuatro de la mañana. Con todo, lo más inquietante para Marta era sugestionarse con la posibilidad de estar escuchando su respiración desde el otro lado del tabique.

5

*E*scena en la cocina del piso compartido. Primer día de convivencia.

«Lo que desayunan, o lo que está preparado sobre la mesa, va a depender de los patrocinadores», se apuntó Andrés, que ya se imaginaba todo lo que vivían como parte del guion de su serie.

Héctor fue el primero en levantarse, no soportaba la idea de que lo vieran en pijama, despeinado y con las marcas de la almohada surcando su cara desde la frente, por la ceja derecha y perdiéndose por su mejilla hasta desaparecer a la altura del cuello. Era una cuestión de pudor, también de poder. Se sentía mejor controlando la situación desde la integridad de las formas. Tanto que, si por él fuera, recurriría al uniforme policial. El que estaba en ese piso era el subinspector Salaberri. Que lo tuvieran claro. Tampoco se sentiría cómodo haciendo esperar para la ducha a ninguno de los tres.

Más tarde fueron haciendo acto de presencia Marta, Andrés y Rubén, por este orden. Que si buenos días, que si había dormido bien, que no del todo mal para ser la primera noche, que seguro que era cuestión de acostumbrarse…

—Ojalá no te dé tiempo —lanzó Andrés el primer dardo. Y, en una décima de segundo, le pareció que el policía no había sintonizado con la ironía y se vio en la obligación de matizarla—: Quiero decir que si lo tuyo tiene sentido mientras se caza al cazador, si es mañana, mejor que la semana que viene.

—Sí sí, lo había pillado. No pasa nada—dijo Héctor.

—Porque, exactamente, ¿tu labor consiste en vigilarnos o en protegernos? —le planteó Rubén.

—Tenemos que creer que nos protege, pero hay un poquito de lo otro. Así lo veo yo —comentó Marta sin cortarse.

—Sí, quizás la línea entre lo uno y lo otro dependa de la perspectiva. Vuelvo a repetir que no hay ninguna sospecha que os afecte. A la Policía…, a mí me parece que es más lógico que un perturbado esté siguiendo una pauta que quizás le hayáis inspirado, lo demás sería del género tonto.

—O demasiado perverso —apostilló Andrés.

—¿Solo tenemos protección estando en casa? Hacemos nuestra vida, vamos a trabajar…

—Vais a tener una protección más discreta en cuanto salgáis por esa puerta —le explicó Héctor a Marta—. Mejor que no sepáis ni quiénes son vuestras sombras para que no los delatéis sin querer, pero mi misión es que aquí os sintáis seguros. Desde el portátil ese estoy en permanente contacto con el resto del equipo. Me informan en tiempo real, en una línea cifrada segura. La idea es que vosotros nos podáis echar una mano para avanzar en la investigación. Yo os explico todo lo que pueda y analizamos la información aquí.

—¿No te vas a instalar un mural de esos que salen en las pelis, donde pincháis fotos, recortes, datos, y los vinculáis con flechas, pistas e indicios? —mientras lo preguntaba, Andrés lo dibujó en el aire.

—Ven, mira esto. —Héctor lo llevó hacia el salón, donde estaba su portátil encendido. Marta y Rubén lo siguieron también.

Pinchó sobre un icono en forma de pizarra. Apareció lo que describía Andrés.

—Ahí está. Ahora la poli es una poli más práctica. Lo compartimos en línea.

«Sopa de sobre», leyeron. Era el nombre de la operación.

—Imagino que por lo de las *Soap box*, que era como empezaron a conocerse en la tele americana los culebrones. —Rubén se las sabía todas.

—Sí, debe de ser por eso. Me suena que quien propuso bautizar el caso así explicó algo parecido.

—¿Y la otra?

45

—La otra pizarra es la del caso que me retuvo la mañana en la que nos vimos con Zacanini en la productora. Para nosotros, el caso Manicura. No estoy autorizado para contar por qué se llama así.

$\mathscr{A}$ Benítez todos le llamaban Ricardo, menos en comisaría. Como no tenía mucha vida más allá de su trabajo, incluso él había llegado a pensar en sí mismo como Benítez a secas.

Al subalterno de la inspectora Velasco le parecía que todo el mundo había establecido un pacto que él no estaba dispuesto a firmar. El de aparentar que el tiempo es infinito, que se estira hasta donde nos conviene, y así, si queremos disponer de horas para ir al gimnasio y ver dos pelis a la semana, estar al tanto de lo que más se lee y leerlo, planificar vacaciones y disfrutarlas, quedar ora con amigos, ora para comer en familia, e ir de vez en cuando a un concierto, tener un abono de grada lateral en el fútbol, cenar otra vez con quien llevamos intentando seducir desde hace tiempo, y hasta hacer la compra de la semana, de paso detenernos y elegir unos zapatos, añadir dos camisas y después pasear tranquilamente mientras lo contamos en Facebook, eso, todos sabemos que es materialmente imposible. No hay tiempo. A Benítez no le cundía ni la mitad de la mitad. Y eso que iba constantemente con la lengua fuera y el corazón en su punta.

El idioma que hablaba su jefa le sonaba como si conjugara los verbos y usara el imperativo en un código diferente. Si Velasco decía: «Hagamos un listado de los testigos a los que hemos de volver a preguntarles por la hora exacta de la caída de la víctima», en realidad estaba clarísimo que quería decir: «Benítez, haz el listado». Si la inspectora le decía que estaba «pensando en voz alta», tampoco cabía ninguna duda de que debía descifrar una orden: «Benítez, toma nota de lo que digo y no pierdas ripio, querido».

A Benítez le acababa de aparecer en pantalla un wasap de Velasco: «Ya deben de estar los resultados de la inspección de la 623. Consigámoslos antes del fin de semana». Él ya lo leyó en traducción simultánea.

Marcó un teléfono directo. Atestados.

—Alfonso, tú no querrás que te corte los huevos para replicar lo que mi jefa habrá hecho conmigo si no tengo el puñetero informe en cero coma, ¿verdad, majete? Pues eso. Ok. Ok. El 22 y la V en mayúscula. Lo veo. Lo tengo en pantalla. Eres un puto *crack*.

Le provocaba un subidón de adrenalina y de autoestima cuando se las podía dar de duro con algún pardillo de un escalafón inferior.

A Ricardo, más que a Benítez, le salió exclamar:

—¡La de Dios! ¡La puta…! ¡Joder, joder y rediós de las jodiendas!

A la vez que escribía la respuesta a Velasco:

«Jefa, ya lo tengo. Yo diría que Manicura y Sopa de sobre son la misma cosa».

7

—¿*C*omo el primer día?

—Casi. Sube, que te llevo.

Marta se acababa de montar en el taxi de Rubén, pero esta vez sin bajada de bandera.

—Es que he dejado a un cliente a dos calles, en el mismo polígono. —Parecía que se excusara por pasar por allí justo cuando ella salía del plató—. Hoy ya chapo. Volvía para casa y me he acordado de que estabas en el rodaje aquí en Pozuelo, con lo de…

—*Belleza y traición*, sí, tal cual. En un concurso de descartes te proponen ese título entre otros 27 y este es el primero que eliminas por bobo, por ñoño.

—El género tiene su público.

—Y te aseguro que su mérito.

—No lo dudo, mujer. No es lo que consumimos tú o yo, pero dile a mi madre que te ponga al día y verás. Es muy probable que recuerde diálogos y situaciones que te dejarían turulata. Por cierto, tenemos provisiones. —Señaló al asiento de atrás—. Me ha pillado por el barrio a mediodía, he comido en su casa y traigo surtido de croquetas. Dos fiambreras.

—Hoy es tu día de suerte. Te viene todo rodado.

—Sí, como el primer día. Tú ibas donde las croquetas, claro.

De aquella carrera había pasado ya algo más de un año. Rubén vio a una chica bajo la lluvia. Empapada hasta los huesos. Con una mano reclamando ser vista entre el gris del aguacero y con la otra usando una revista sobre la cabeza por toda protección. Porque en un polígono ni siquiera hay salientes de edificios bajo los que guarecerse. Diluvió sin previo aviso. A

Marta le habían caído mil jarras de lluvia y todo el volumen de una piscina que escupían los coches, acumulado en uno de esos lagos que se forman en las zonas industriales por donde pasan miles de camiones de brutal tonelaje pero ninguno de los que deben nivelar y asfaltar el maltrecho pavimento.

La lluvia y las series les dieron aquel día tema de conversación. Él llevaba una imagen congelada en la tablet que a Marta no le costó reconocer: la protagonista de *The Affair*. Ella no le había escuchado después ninguna referencia a aquella serie, ni a *The Good Wife*, ni a *Grace & Frankie*, ni mucho menos a *Anatomía de Grey*, ni a tantas otras que sabía que eran sus pasiones culpables.

Rubén llevaba mucha calle y ella más lecturas, pero sus mundos no eran tan diferentes. En aquel primer trayecto se encontraron en una sonrisa a través del retrovisor.

Ahora Marta iba a su lado. Él se moría por besarla. Todo el día se lo pasó sincronizando sus viajes para forzar el encuentro. Lo llevaba calculando mucho tiempo, desde hacía un año medía las distancias con Marta. Tan pronto creía recibir señales en un sentido como en otro. Confidencias que le hacían pensar que sí, que lo suyo sería posible. Y entre ellas, una que lo invitaba a convencerse de que no tenía nada que hacer. A Marta no le interesaba «atarse a nadie». Mientras lo decía —y eso se lo callaba—, se hacía un hueco en su memoria el recuerdo de Arlet.

Sonido doble de notificación. Además de sus recuerdos, estaban sincronizados también sus móviles. Los dos en un mismo grupo de WhatsApp: Tablón. Lo había bautizado así Salaberri. Como imagen, había escogido un fondo de corcho, de los que se cuelgan en las paredes para incorporar anuncios. Novedades. Las había. Les preguntaba a qué hora estarían en casa al final de la jornada. Le gustaría verlos. A los tres.

*L*levamos toda la vida, la historia completa de la civilización, intentado explicarnos quiénes somos y lo que nos pasa. Siempre lo hemos hecho desde la grandilocuencia y la solemnidad, ceremoniosos hasta la extenuación. Y total, ¿de qué nos ha servido? El mundo y la humanidad no han resuelto sus miserias. ¿Por qué no cambiamos la mirada relajando los hombros y acentuando el humor? Andrés verbalizó esa máxima de su pensamiento exhortándole a Héctor en plena exposición:

—Tampoco te vamos a pedir que te marques un *Club de la Comedia* pero, por más estupendo que te pongas, no vamos a salvar al mundo desde este cuchitril de Madrid.

—Es mi trabajo, perdona. Y lo hago con el máximo rigor —Salaberri se puso a la defensiva.

—*Rigor mortis*.

Silencio espeso. Incómodo. Rubén y Marta cambiaron de posición en el sofá. Andrés seguía inquiriendo con una mirada de sorna. Héctor tomó aire, a la vez que se proponía bajar el tono del formalismo. Prosiguió con los detalles que podía compartir con esos asesores sobrevenidos. Y fue así como se enteraron de que a esa hora el caso del ciudadano «aparecido desde el cielo» en plena Gran Vía, lanzándose al vacío de forma violenta y con una propulsión poco, muy poco habitual, ya pertenecía a la misma carpeta del caso abierto por el que se les había pedido a ellos colaboración.

El nexo era evidente. Una vez inspeccionada palmo a palmo la habitación de hotel desde la que se lanzó o cayó, o «le cayeron», habían encontrado un ordenador portátil con un disco duro en dos particiones. La primera, a la que se accedía sin contraseña y de forma automática, guardaba poco más que el sistema operativo. Pero ese poco más lo era todo para la investigación. Una sola carpeta de datos con 58 archivos de vídeo: los 48 de las cuatro primeras temporadas de *Homeland* y los 10 de *Trapped (Atrapados)*.

—Exacto —remarcó Héctor con énfasis ante las atónitas miradas—. Las dos series relacionadas con los crímenes del expediente Sopa de sobre, por el que recurrimos a vosotros. A partir de aquí, ¿alguna idea, alguna propuesta, ocurrencias?

—Haremos memoria. A la vez que te escuchaba sin dar crédito, iba buscando en mi disco duro. —Rubén se señaló la cabeza—. No me suele fallar. Indexaba datos sobre suicidios, hoteles, ordenadores hackeados en la habitación de una víctima… No se me ocurre nada, de momento.

—Bueno, de esto que dices, en *The Fall*, el psicópata sabe en qué hotel está alojada la investigadora, que es la actriz que hace de Scully en *Expediente X*.

—*La caza*, Gillian Anderson, pero ya con cincuenta —intervino Andrés.

—Sí, y le cambia el fondo de escritorio con un grabado alusivo. Parecía de *Los caprichos* de Goya. Oscuro, muy tétrico todo.

—Y de la otra partición, ¿qué sabemos? —recondujo Rubén.

—Por lo que me explican en el informe, los de la Brigada de Investigación Tecnológica llevan veinticuatro horas intentando acceder y no es tan fácil. Está protegida con un usuario y un *password* que los programas antiparches, aunque manejan millones de variables en segundos, de momento no son capaces de desbloquear. A esos programas se les introducen palabras clave para que jueguen con ellas. Letras y cifras que tienen que ver con la investigación. Desde el nombre del hotel, el número del pasaporte falso utilizado para registrarse, los títulos de las series y, por probar, hasta el de vuestro proyecto. Tenemos en marcha los robots y en cuanto se abra la lata, me avisan.

—¿Podemos ver los nombres de los archivos esos de las series? —Rubén pergeñaba algo.

—Corresponden a los títulos de los capítulos.

—Pero hay muchas formas de titularlos.

—Un momento. —Héctor estaba bajando el cursor por la pantalla—. Aquí están. —Movió el portátil para que quedara ante los ojos de Rubén.

—Lo que me imaginaba. Supongo que no se les habrá pasado el detalle a los de Delitos cibernéticos o como se llame esa unidad policial. Mirad. Si yo buscara en internet esas series para descargármelas de manera pirata a través de programas *peer-to-peer* como el Torrent o el eMule, que ya no se lleva tanto, los archivos que me descargaría serían exactamente como estos. Por ejemplo: «HomelandT01x03spanish.avi», para el tercer episodio de la primera temporada de *Homeland* en formato AVI. Si buscamos en los detalles…, ahí está, poco menos de 600Mb por capítulo, codificados en Divx o XVid para comprimir los archivos manteniendo la calidad. Lo relevante es que son archivos que tienen esa procedencia, a los que no se les ha modificado nada. Ni el título ni la fecha. Sabemos incluso cuándo se han creado, o en qué momento se han formado en este ordenador.

—Ponlos en orden cronológico —propuso Marta—. ¿Veis? Todos datados entre el 10 y el 22 de marzo. En las dos semanas anteriores al suicidio.

—Quizás es una maraña, parecido a buscar una aguja en un pajar. Pero ya sabemos al menos que hay una aguja —sentenció Rubén.

Caras de extrañeza de todos. Cejas arrugadas.

—Quiero decir, una cosa es que en España la ley dificulte perseguir a los que se descargan películas, música o juegos, a los que consumen el gratis total, porque hay que demostrar que persiguen sacar un rendimiento de explotación económica. Como con la droga, se permite el consumo propio. Se persigue al traficante, pero no al cliente. Pero los de la Tecnológica deben tener acceso a los que descargan esos contenidos, a las IP desde donde se hace —explicó Rubén.

—Parece que estás más documentado que aquí el amigo. —De nuevo la ironía de Andrés, señalando a Héctor.

—Inquietud intelectual, mucha inquietud intelectual veo por aquí —siguió este la broma.

—Resumiendo… —terció Marta.

53

—Que tampoco creo que haya millones de ordenadores en este país que en esos doce días hayan descargado esas dos series con esos episodios nombrados así. Si se llega a la IP, se da con el lugar desde donde se ha hecho. Evidentemente, esos días el ordenador no estaba en el hotel, estaría enganchado a internet en ese nodo al que nos llevaría el dato que buscamos.

—Quiero creer que mis colegas de la Tecnológica ya lo han pensado y están en ello, pero voy a comprobarlo.

Salaberri tuvo por primera vez la sensación de que no se habían equivocado del todo al escoger a los blogueros como equipo de apoyo y que aquel juego prometía ser entretenido.

9

«*L*e estoy diciendo que llame, que llame a su papá y se lo consulte a él… ¡¡Que lo llame a su papá!!», a voz en grito una colombiana o ecuatoriana, o quizás mexicana, sí por el acento sería de México, les vociferaba a unos miniauriculares blancos con la mirada puesta en un móvil enorme que sujetaba en la mano. Ella fue la que desvió la atención que Javi le estaba prestando a una mujer a quien ya conocía, que se había subido en Quintana y que se bajaría en la próxima.

Era la profesora en paro, con nombre, apellidos y DNI, desahuciada por una cornada de la crisis. Javi llevaba más de un año coincidiendo con ella en la línea 5. El metro concentraba más olor a sulfatos y cobre en los vagones que tienen el suelo plastificado en azul. Se notaban más los vaivenes, los quejidos de los hierros escupiendo chispas de luz en las curvas. «Ahí, ahí, quemando rueda, apestando a freno», pensaba Javi divertido.

La mexicana —ahora que la seguía escuchando, apostaba por la posibilidad de que fuera chilena— o la chilena tomó conciencia de que todo el vagón se había vuelto hacia ella. Bajó el volumen y dulcificó el tono.

La profesora en paro había hecho un ejercicio de eficiencia y acortó su letanía; antes duraba más de un trayecto entre estaciones. A veces dos, en ocasiones tres. La soltó más rápida, recaudó poco o nada, y se bajó en la siguiente.

Ya por Ciudad Lineal se perdía la cobertura. El metro estaba mucho menos concurrido y tampoco es que fuera hora punta. En la esquina, «en el córner» —pensó Javi—, un tipo de mediana edad que no se hubiera ganado nunca las habichuelas como espía. ¿Creerá que soy gay? Ya estaba empezando a incomodarlo. Suanzes. ¿Y si me bajo como en las pelis? Sí, simulando que tienes intención de seguir viaje y, justo en el momento en el que suena el *pi-pi-pi-piiii* que alerta de que van a cerrarse las puertas, un respingo te levanta del asiento y sales por piernas. Un desmarque perfecto. Ni el zaguero con mejores reflejos y la mayor destreza es capaz de placar esa finta. Al pazguato cuarentón con pinta de aprendiz de espía se lo iba a quitar de en medio en menos que canta un gallo.

¡Vamos allá! «En Torre Arias me escapo.» *Piiiiii… piiiiii.* A punto de sonar el soplido de descompresión del cierre de puertas, entre una estrechez imposible, ladeó el cuerpo para probar la goma de los protectores que acolchan los bordes, se coló y puso el pie en el andén. El suspiro de alivio se lo frustró una manaza sudorosa sobre su frente que le hizo ver el presente de golpe.

—¿Se puede saber adónde ibas, Billarín?

—¿Billarín? —balbuceó.

—Es un viejo chiste, chaval. Tú y yo tenemos que hablar, Javier Poveda. Y muy en serio. Mucho.

10

—*E*stos encarguitos me los tiene que mandar siempre a mí, jefa. —Benítez cogía carrerilla, sobreexcitado, en un estado de euforia que él mismo había creído perder por el camino de los años grises de oficina—. Calé al pardillo a la primera. Se creen estos jovenzuelos que solo pierden contra la Play. Y yo engaño mucho. No es que sea todo fibra, pero me mantengo, coño.

Isabel Velasco lo atendía entre intrigada y divertida.

—Al grano, amigo, dispara —lo animó, aun sabiendo que eso no iba a invitar a su interlocutor a coger ningún atajo. Benítez se estaba gustando.

—Le sigo desde la salida de la FNAC. Él ni se inmuta. Me subo al metro, pero me pongo casi en la otra punta del vagón. Cuando aquello empieza ya a desalojar, tiento el juego de cruzar miradas. Lo hago de manera descarada, para que se cosque. Noto que se va sonriendo. Si fuera un cómic, llevaría un bocadillo así de grande donde se le leyeran los pensamientos. Total, que ya intuyo que se ha percatado y el enteradillo baja la mirada simulando que está trasteando con el móvil. Yo estoy lejos, ya le digo. Pero en el reflejo del cristal veo que hace como que entra en Facebook, en Twitter. ¡Joder qué fallo! ¡Pero si ya hemos pasado la zona de cobertura! Estaba clarinete que maquinaba la huida. Y, efectivamente, cuando en la siguiente estación están a punto de cerrarse las puertas, *fiuuuuu*, se las promete tan felices y cree que me ha despistado. ¡Juas! Yo estaré fondoncete pero más sabe el diablo por viejo, ¿no dicen eso? El que estuvo sibilino fue el menda. Ya me había bajado y lo esperaba en su puerta. Se meó, jefa, y no sé si se hizo aguas mayores encima también. Oler, olía a miedo. Ya le hemos dado el susto.

Lo tenemos controlado y no va a ir a ningún sitio. Pero tenga claro que este no es nuestro hombre. Lo único que temía es que le cayera un puro por piratear. Se lo baja todo. Todo es todo. Y es muy probable que en esos días se descargara las dos series, sí, pero a la vez que otras seis o siete. Para tener arsenal, pero no para matar a nadie y menos para ir dejando pistas con un juego perverso. Javier Poveda no es más que un panoli.

—¿Podrías redactar esto mismo, bueno no exactamente, sino con un pelín más de recursos formales y resumido para el informe?

—Hablando de formalidades, inspectora, y quizás sea husmear donde no me llaman. —Benítez se sentía legitimado a preguntarlo después de su hazaña—. ¿Salaberri está fuera de juego?

—Salaberri está en línea. Trabaja en el caso, Benítez, pero desde una posición discreta. No te puedo dar más datos. Ni los des tú a nadie. Redacta eso, que lo está esperando, anda.

«La vidorra que se pega el cabrón de Salaberri.» Y con este pensamiento agrio acabó Benítez el que estaba llamado a ser su día de gloria.

*A*sí habían establecido el protocolo de trabajo: llegaban los informes, Salaberri los cocinaba y, convenientemente censurados según su criterio, acababan en manos de sus nuevos compañeros de piso, cuyo encargo consistía en echarles un vistazo.

—No lo hagáis con mirada de lo que no sois —les había recomendado Héctor. —No sois detectives, sois lectores. Lo ideal es que os lo pudierais tomar como si fuera el borrador del guion de una serie, que especuléis sobre por dónde va a tirar la trama, que imaginéis lo que estará en la cabeza del guionista. Lo que nos interesa es una lectura hecha desde la curiosidad. Intentad hacer el ejercicio de abstracción. Querríamos que sacarais conclusiones menos contaminadas que las nuestras, que ya están muy toreadas.

Rubén optó por distanciarse, quizás más de lo que se requería. Era el más pragmático y echaba un ojo a los papeles, no tomaba apuntes como hacía Andrés, que había abierto un documento de Word donde escribía ítems, conceptos, palabras clave. Sospechaba que muchos de esos términos coincidían con los que cebaban las búsquedas de los robots que intentaban dar con las claves necesarias para entrar en la partición oculta del disco duro encontrado en la habitación del hotel.

A la vez, googleaba. Tecleaba un ítem; este combinado con otro; el mismo ítem añadido a «series tv», y eso mismo en los buscadores de las redes sociales anteponiendo la almohadilla propia del *hashtag*, y si en el rastreo se sorprendía con alguna cosa que le llamaba la atención, copiaba el enlace y lo incorporaba a su informe. Así trabajaba en ocasiones para dar con un buen *claim* o un eslogan con gancho cuando le caían encargos de publicidad. Hasta el momento había sido infructuoso, pero era la versión moderna de lo que él defendía como la tormenta de ideas del siglo XXI.

Sin embargo, a Marta esos conceptos tan pegados a la vida en las redes y a lo 3.0, incluso esa simplificación de etiquetar cualquier cosa como «lo del siglo XXI», se le atravesaban como hábitos estomagantes. En su acepción más literal porque, en su caso, ese rechazo tenía una consecuencia fisiológica. Llegaba a tener una arcada y a notar la bilis en el paladar. Sería por contagio con la que circulaba por las puñeteras redes sociales. Sería porque se mimetizó tan pronto con todo ese universo que ya estaba hastiada. Agotada de los derroteros que habían tomado, de que lo empaquetaran todo en extremos de bueno y malo, o nazis o podemitas; del periodismo de bufanda y forofismo en el deporte y en la política, con debates simplones que bajaban al renglón de un tuit lo que necesitaba tiempo, espacio y sosiego, que mandaban a la hoguera a algunos «en nombre de la libertad de expresión» y se quedaban tan anchos, sin un resquicio para la autocrítica; harta de la desfachatez con la que se usaban diferentes raseros morales; de los borreguismos del «todos a una» porque nos han tocado a uno de los nuestros, que es un tremendo gilipollas, pero que es nuestro gilipollas; de los gurús que creían que habían descubierto la rueda y el fuego a la vez por poner titulares trampa que ya usaban las revistas pop de los ochenta —las que leía ella en la trastienda y en la peluquería—; de que se apuntaran sin rubor a la tendencia de los listados, los «mira lo que pasa cuando»; de los salvadores de la patria que solo rezumaban ignorancia; de la gente que exponía su vida pero que no contaba nada; de falsas sonrisas de selfi y de abrazaviejas aunque no traguen a sus admiradores.

De fondo sonaba *Tipo D* con León Benavente.

Marta se había reído un rato con el relato de cómo se había descartado la pista de ese tal Javier Poveda. Otro incauto. De nuevo, la imagen y el perfume de Arlet la sobrevoló. Lo segundo era fácil porque, desde que ella se fue, Marta se po-

60

nía en la muñeca una gota de la misma colonia que usaba su amiga. La animadversión a las redes y a su idioma imperante la adquirió después de constatar que no la ayudaron a que Arlet apareciera.

—¿*B*enítez pregunta mucho por mí, inspectora?

—Esta semana ya dos veces. Anda despistado, mosqueado.

—¿Le ha dicho que estoy de baja?

—No, eso no se sostiene por mucho tiempo. Tiene amigos de sus años de castigo en las oficinas. Se enteraría con solo descolgar el teléfono.

—¿Sigue creyendo que es mejor que se lo ocultemos? —insistió Héctor.

—Segurísimo. No hay que correr ningún riesgo. Él sabe que estás en activo. En misión secreta.

—¿Eso le ha dicho?

—Aproximadamente.

Velasco y Salaberri despachaban por videochat. En una línea que se presumía segura. Al menos, habían tomado todas las precauciones y activado los protocolos técnicos para que fuera así.

Si el piso quedaba en silencio, si sus originales inquilinos habían salido para seguir con sus vidas, era el momento. La oportunidad para que una semana antes desembarcara un equipo de técnicos —no más de tres—, con el mono de trabajo luciendo el logo de una compañía habitual de telefonía, y dispusiera el entramado de micros, cables, *router* alternativo y radioenlaces en una frecuencia no sondeable.

Isabel Velasco también andaba con pies de plomo. Cuando comprobó que su interlocutor lo tenía todo dispuesto, se levantó, echó el pestillo y entornó las venecianas de su despacho.

—Recapitulemos: nada nuevo ni sobre el exmilitar, ni respecto al empresario arruinado carbonizado en la cabaña. Por otra parte, tenemos a un ciudadano holandés con pasaporte falso que se estampa contra el asfalto después de romper la cristalera de un sexto piso. En la habitación solo había un ordenador con archivos de las dos series, que son las mismas que semanas antes nos habían dado el primer indicio de que se estaban cometiendo crímenes con una pauta común y, por lo tanto, que podíamos estar ante un asesino en serie. Al margen de eso, siguen trabajando para acceder a la otra partición del disco del portátil, y por lo que me cuentan no va a ser sencillo.

—¿Hay ya más resultados anatómicos, de la autopsia o de ADN del falso holandés, jefa?

—Los vamos a recibir pronto. Una de las cosas que hemos solicitado es que, en cuanto se puedan cotejar, se comparen con los de la Policía de los Países Bajos y con los de la Interpol. Aunque me temo que puede ser tan holandés como yo. Todo es un misterio. En nuestras bases, ni una remota coincidencia de huellas.

—Le preguntaba lo del ADN porque uno de los chicos del trío, en los informes que hacen de aportaciones, ha hecho referencia a un episodio de la serie *The Blacklist*. —Salaberri pasó varias páginas virtuales en su tablet—. Creo que fue Rubén... Sí, exacto. Aquí lo tengo. Dice que en su primera temporada, en el capítulo titulado *El alquimista*, uno de los criminales hace desaparecer a fugitivos poniendo otros cadáveres con identidad y con pruebas falsas de restos de ADN. Cree que sería interesante mandar a analizar más de una muestra. En la serie dejan restos de dentadura de otras personas y, si los cadáveres estaban carbonizados, quizás era lo único a lo que se recurría para su identificación. En cambio, si se toman referencias de piel, pelo y dentadura de un mismo individuo, como podemos hacer con nuestro hombre, no nos la pueden colar.

—Lo tengo en cuenta —apuntó Velasco—. Con respecto a los archivos de las series, se hizo el barrido de las IP desde donde se podían haber descargado en esos doce días y de las tres opciones, dos quedan descartadas. Una de ellas porque fueron paquetes en itinerancia. Es decir, un ratito desde el wifi público de un café, al día siguiente conectado a una tarjeta móvil, súmale el de una biblioteca de la universidad... Así que

63

de este conocemos el sistema operativo desde el que se hacían las descargas, poco más. Si fuera el que estamos buscando, se ha tomado demasiadas molestias. ¿Para qué nos iba a provocar dejando esas migas de Pulgarcito? Del segundo descartado sabemos nombre, filiación, domicilio y, según Benítez, hasta cómo huele a miedo. Le mandé a que lo rondara e imagino que habrás leído los detalles en el dosier, aunque la experiencia nos dice que el más sumiso de los cobardes puede esconder una doble cara perversa.

—Ya. —Se quedó pensativo Salaberri—. ¿Y la tercera vía?

—Al tercer sospechoso le hemos hecho una visita esta mañana, pero tarde. La IP nos llevaba a una tranquila calle de La Piovera, detrás de un colegio inglés, en un ático de un edificio con poquísimos vecinos. Nuestra última opción perdió ayer esa condición: apareció muerta. En la calma que sigue a la tormenta. Nadie escuchó nada, pero apareció en un rincón de su habitación, desangrada, con un contundente golpe que le abrió la cabeza. La puerta cerrada. Las ventanas también. Nada había sido forzado.

T01 x 03

1

Un conflicto, fuera el que fuera, como si no pudiera haber narrativa sin fricción, aunque la base de la disputa descanse en la más pueril de las pugnas. La inspectora jefe Velasco lo veía en el día a día de su trabajo y en ocasiones sospechaba que ahí reside lo que sus superiores llamaban de forma más pomposa «carisma». Menuda idiotez. Felipe, el de Recursos Humanos, no es que destilara una personalidad magnética. Lo que ocurría es que tenía una mala hostia que lo hacía inaguantable. E inexpugnable. Todavía no hay ninguna ley escrita al respecto, ni siquiera unos principios como los de Peter, que aseguran que solo ascienden y triunfan los más incompetentes. Según su experiencia, en la escala de mando se cumplían. «Te ven torpe e incapacitada para llevar a cabo tu labor y, para que no estorbes, te dan la patada hacia arriba. Si a eso le sumas que eludes con facilidad el conflicto, generas una fuerza centrípeta que te expulsa hacia áreas de poder interno donde te sentirás como pez en el agua; te quitan de en medio para que no des la murga y no les hagas la vida imposible a los que puedes tocarles los huevos.»

Así había llegado Felipe a Recursos Humanos y la Princesa del pueblo a esos programas de televisión donde triunfa el que intimida al resto con groserías y el que mayor repertorio de chulería despliega es el más requerido.

—José Ignacio —volvía Benítez a la carga esforzándose en pronunciar su nombre compuesto sílaba a sílaba—, ya sabes que no estás declarando. Somos colegas, joder. Charlamos aquí, tú y yo, y me explicas lo que me tengas que explicar, en confianza.

Velasco los observaba y escuchaba tras el cristal. A Benítez lo sabía avezado en mil y un conflictos. Ella se había tenido que inhibir por motivos obvios.

—*Sinacio*, si es que no te hace falta ni un abogado. De momento. ¿Para qué? A lo mejor es una loca que te quería buscar las cosquillas, que ya nos conocemos el percal, compañero.

—¿Se va a enterar mi mujer?

Ya había saltado el conflicto. Ahí había un pedazo de historia. Y Velasco estaba asistiendo a su representación como a uno de esos *realities* de los chillidos. El plató improvisado, una sala de interrogatorios de la comisaría. Benítez había convencido a José Ignacio Donado, compañero de Balística, al que conocía de toda la vida y probablemente lo llamara por aquella especie de apodo desde el colegio, para que lo acompañara de manera informal, extraoficial, a despachar ese asuntillo.

—Tú y yo solos, *Sinacio*. Me pones al día y te ayudo para ver cómo podemos elevarlo más tarde por los cauces oficiales sin que te mareen mucho, hazme caso.

El agente de Balística había aparecido como el único destinatario de los mensajes del teléfono de la última víctima encontrada en su piso de La Piovera. Mantenían una relación. Ella, soltera, administrativa, sin familia en Madrid, sin un gran círculo social, solo había dejado esas señales: guardaba fotos de Donado y ella tanto en su celular como en el ordenador personal. Todas con escenas íntimas, algunas explícitamente sexuales. Todas hechas en el mismo piso en el que ella apareció con la brecha en la cabeza por donde se le fue la vida. Cientos, quizás miles de mensajes a un número de teléfono que había resultado ser el del policía. Él, casado. En poco más de una hora pasó de negarlo todo a reconocer ante Benítez que eran amantes, sí, desde hacía dos años.

José Ignacio se llevaba las manos a la cara apoyando los codos en la mesa. Después en sus rodillas. Se iba hundiendo.

—Pero yo no he hecho nada —casi lloriqueaba—. Lo íbamos a dejar. Ella… Yo le dije que no podíamos seguir así.

—¿Discutisteis? Últimamente, digo. ¿Discutisteis fuerte, *Sinacio*? Ya me entiendes.

Donado levantó la cabeza para mirar a su colega. Se le mudó el rostro y hasta la voz. Un rictus de tal hierática frialdad que a Isabel le recorrió un escalofrío por el espinazo.

—Yo nunca tocaría a una mujer.

Velasco, temblando, se tocó el pómulo y dos lágrimas heladas, saladas, le llegaron desde la memoria hasta la comisura de sus labios. Recordó que supo cómo llega el sabor del llanto hasta el paladar por culpa de aquel malnacido que le estaba lloriqueando a Benítez.

2

*I*sabel Velasco había rebasado todos los límites del resentimiento que se puede albergar contra el mundo. Se sintió estafada en su juventud. Engañada por ella misma cuando se preguntaba en el espejo si así iría bien o quizás un punto excesiva; por sus mayores, que le inculcaron eso de que «Quien bien te quiere te hará llorar»; por los medios que, sin necesidad de ser *El Caso*, abordaban aquella violencia deleznable como locuras transitorias a las que arrastra la pasión; por sus amigas, que envidiaban su puñetera suerte, la de tener un novio que la quisiera tanto, porque los celos no eran otra cosa que una demostración impulsiva de amor. «Pobre José Ignacio, lo que estará sufriendo», le tuvo que aguantar a su propia madre y a un par más. Y ella, tragando quina.

Se habían conocido en la Academia, mientras los dos se formaban para entrar en el Cuerpo. La doctrina impartida y los protocolos en los últimos años ochenta no contemplaban siquiera cómo tratar a una mujer que entrara en comisaría a denunciar a la bestia.

«Señora, cálmese. Será un pronto. Hable, hable con él.»

«Tiene razón, agente. Si él, en el fondo, es muy buena persona. Tiene un corazón… Si nos quiere mucho. A los niños y a mí, pero como tiene ese carácter...»

«Claro, mujer. Ya verá cómo se arregla.»

Así vio Velasco que se despachaban esos *temillas* cuando entró a formar parte de una Policía que estaba poco o nada formada para encararlos como un episodio criminal.

«¿Has visto, Velasco? Aquí incluso tenemos que ejercer de psicólogos», le soltaba orgulloso el mando que no había invitado a la víctima ni a levantar testimonio, ni mucho menos a poner una denuncia, y que tampoco era consciente de que había mandado a la maltratada de nuevo al infierno.

Y entre la ignorancia y la complicidad, el monstruo iba avanzando. Devoraba relaciones como la suya con José Ignacio. Isabel confiaba en que él cambiaría. Ella le iba a demostrar que lo quería tanto tanto tanto que no tenía de qué preocuparse. Nunca más le iba a tener que obligar a que le soltara piropos como: «Zorra, pero ¿cómo vais provocando tus amiguitas y tú de esa manera? Me cago en...». Lo que decía Adela, que el pobre lo tenía que pasar fatal.

Hasta que se le fue la mano. A ver, que algún arrebato de cogerla de la pechera ya había tenido antes, pero se había reprimido y el puñetazo se lo llevaba el armario. Nada grave, se convencía ella.

Pero aquella tarde algo se desgarró. Fue el día de la muerte de Ana Orantes, aquella mujer a la que había visto en la tele dos días antes de que saliera su nombre de nuevo, esta vez como víctima del hijo de Satanás de su marido. La ató y la quemó. Y esa tarde del otoño del 97, en España y en el alma de Isabel empezaron a cambiar cosas.

—Te voy a dejar, José Ignacio.

—¿Con quién te vas a ir, so puta? Ya te has tirado al cabo ese que te sonríe cada vez que se cruza contigo, ¿no?

Esta vez no recibió el armario. Esta vez arrambló con ella contra la cómoda. Isabel paró el golpe con la mitad de la cara, que estampó en un tirador de bronce de la cajonera donde guardaba su ropa interior. El recuerdo permanecía en forma de sinusitis crónica que empeoraba cada primavera y en el pómulo que ahora volvía a palparse, donde le quedaba una pequeña cicatriz. El hueso no se regeneraba. La memoria sí, e iba encajando cada pieza de lo que se le había partido por el camino.

Los días posteriores fueron de «Perdóname, no sé lo que hacía, ya sabes que ese no soy yo, no volverá a pasar, con lo que yo te quiero, no hay nadie que te pueda amar como yo, me muero si me dejas, vamos a intentarlo otra vez, yo creo que tú me quieres todavía, no me seas zorra, cabrona, como se te ocurra dejarme no respondo, lo que pasó el otro día va a ser una caricia porque como te coja, te machaco, ¡Dios!».

71

Su única aliada fue Ione, su psicóloga.

«Existe el código ético profesional, que me impide que lo que me cuentas pueda salir de aquí. Puedes confiar en mí. Pero si tú te quedas más tranquila y te ofrece más garantías que yo te lo jure por lo que más quieras, yo te lo juro, Isabel.»

Ione le enseñó que no debía sentirse culpable, le dio las pautas para que descubriera que hasta en el acoso al que la sometía José Ignacio había varias enseñanzas positivas: que ponerle al otro una daga en el pecho no es la forma de que nos quiera; que a nadie se le puede forzar para que nos ame; que desplegar el inventario de reproches no genera arrepentimiento en la otra persona sino firmeza en el rechazo; que regañar y exigir explicaciones es poner los cimientos para que se alce un muro infranqueable.

Así que el conflicto no es siempre el motor de las historias. Para Isabel al menos, no. Ella nunca lo denunció. Su actual esposa, sí. La retiró veinticuatro horas después.

Allí estaba, intentando escaquearse de nuevo, rehuyendo las preguntas de Benítez. Lloriqueando como el maldito cobarde que era.

A pesar de todo, Isabel no creía que su novio de juventud, aquel cabronazo con todas las letras, fuera el culpable de la muerte de su amante. Le podía el prurito de la profesionalidad y no se dejaba llevar por el rencor acumulado. Ese ya lo había superado. Ahora estaba a lo que estaba.

—¿Habías notado algún comportamiento extraño o diferente en ella, *Sinacio*?

—No caigo... No sé a qué te refieres.

—Amistades. Hábitos. ¿Manejaba dinero?

—No en abundancia. Lo normal, como tú, como yo...

—¿Te había amenazado con contárselo a tu mujer?

—No sé —dudó José Ignacio—, quizás alguna vez... —Tragó saliva, estaba incómodo—. Pero no para hacerle caso en serio. Últimamente la escuchaba decir mucho que pronto iba a cambiar todo.

—¿Iba a cambiar el qué?

—Lo mismo le preguntaba yo. Me decía que quizás pronto tendríamos la oportunidad de empezar una nueva vida.

Benítez miró hacia el panel de vidrio de visión unilateral

tras el que sabía que seguía el interrogatorio la inspectora jefe. Le lanzó un arqueo de ceja cómplice, como augurando que ya lo tenía donde había querido llevarlo. Llevaba el tiempo suficiente trabajando a las órdenes de Velasco como para que se entendieran sin gastar mucho en palabras. Benítez era muy partidario de «Hablar lo justo, que las palabras se afilan». Se volvió de nuevo hacia Donado.

—¿Un cigarrito? —propuso mientras se hurgaba en el bolsillo interior de la chaqueta y sacaba un paquete de rubio.

—Coño, ¿aquí, colega?

—¿Quién nos va a denunciar? ¿El mismo que a Sharon Stone?

Dudó pero lo aceptó ante la insistencia en el gesto de Benítez, que le pasó también el mechero.

José Ignacio lo encendió y con la primera calada achicharró más de un cuarto de pitillo. Carraspeó y levantó la mano en señal de que iba a empezar una exposición que se quebró en la tos convulsa, en el ahogo espasmódico y en el grito afónico con el que se fue acalambrando, encogiéndose en unos aullidos de dolor que no dieron opción siquiera a que llegaran las asistencias médicas.

Cayó al suelo y derramó una saliva espumosa. Eso fue lo único que soltó Donado.

73

3

—No quiero que me preguntes cómo, sino que me respondas que ya está hecho. —La voz sonaba al otro lado de la línea más cansada que nunca, solo con el halo de vida justo para acabar la conversación y enchufarse al respirador—. Tan sencillo como borrar los rastros de sus cuentas, por si acaso. Para eso estás dentro. Nos jugamos mucho.

Colgó y lanzó el teléfono al lago, según las instrucciones que había recibido, y quemó la tarjeta SIM que había extraído previamente. Ninguna orden más, hasta que le hicieran llegar el siguiente móvil.

4

Se agolpaban los datos. Andrés seguía introduciéndolos en su documento y los cruzaba en la red una y otra vez. No le hizo falta sacar conclusiones de ese rastreo aleatorio para informar a la Policía de que deberían añadir dos nuevos títulos: *Happy Valley* y *Breaking Bad*. Dos series a las que, si lo que trataba de hacer el depredador era homenajearlas, había imitado al pie de la letra sus respectivos guiones. A la británica, porque existían muchas coincidencias con el caso de la mujer hallada muerta que resultaba ser amante de alguien que trabajaba en la Policía; ella, soltera y sin obligaciones familiares como tenía él.

Y a *Breaking Bad*, porque la autopsia confirmaba que el *shock* mortal de Donado, el poli de Balística, fue como consecuencia del ricino inhalado. Rubén buscó en los DVD el capítulo y la cita.

T02 x 01, «Seven Thirty-Seven»:
«Es un veneno extremadamente efectivo, es tóxico en pequeñas dosis y también bastante fácil de pasar por alto en una autopsia».

Así lo definía Walter White en la serie. En la realidad de la sala de interrogatorios no se habían escatimado dosis para que quedara enmascarado, sino todo lo contrario.

—Ha sido una sobreactuación del criminal —tal y como lo definió Salaberri—. Quiere llamar la atención. No tiene intención de pasar desapercibido. Deja sus señales de forma ostentosa.

—¿Y cómo colocó el cigarrillo en un paquete que está en poder del poli que lo está interrogando? —preguntó Marta.

—No sabemos cómo llega el cigarrillo al paquete de Benítez. Le hemos tomado declaración, lógicamente. Él dice que la única manera es que alguien supiera que lleva siempre uno en la chaqueta y que alguien le diera el cambiazo cuando la tenía colgada en el perchero de la zona común de las dependencias donde está su mesa. Eso si no fue antes: en la cafetería, en el autobús… Si fue en comisaría, a esa planta no es fácil acceder, hay que estar autorizado y pasar el control. También tiene acreditación el personal de limpieza y mantenimiento.

—¿No hay cámaras? —se interesó Rubén.

—Las hay, pero el perchero queda en uno de los ángulos muertos en la posición fija de las lentes.

—¿Quién iba a saber que el cigarrillo lo cogería la víctima? —preguntó incrédulo Andrés.

—Lo que es evidente es que no iba destinado a Benítez. No fuma desde hace siglos. Quien lo hiciera lo conoce bien, tenía buena información. Desde que dejó el tabaco siempre lleva una cajetilla. Dice que le sirve para evitar la angustia de que le entre el mono y no poder recurrir a un pitillo, le ahorra la ansiedad. Asegura que gracias a eso lo pudo dejar; saber que podría fumar en cualquier momento si le apretaban las ganas lo tranquilizaba. «Si tienes, no buscas», ha declarado literalmente. Lo considera también un *cómplice* con el que romper el telón de acero de algunos confidentes o de interrogados que se muestran esquivos. Y eso hizo.

—¿Fue entonces una ruleta rusa? —dejó en el aire Rubén.

—¿A qué te refieres?

—A que si alguien podía saber a quién iba a interrogar Benítez, imagino que el círculo se estrecha.

—Yo creía que lo de la ruleta rusa lo preguntabas porque en la serie solo es un cigarrillo marcado el que lleva el veneno mortal —observó Marta.

—No, aquí no —descartó Salaberri—. Hemos analizado todos los cigarrillos que quedaban. Aquí iba a tiro hecho.

5

«La serie de series continúa», se podía leer en el lugar de la firma.

Rubén organizaba su jornada en función de los servicios más o menos habituales que tenía concertados. Así se lo enseñó Pedro, con el que empezó a trabajar el taxi. Él ya tenía muchas horas de vuelo, le venía de familia. Los Crespo se habían dedicado a eso, quizás desde que se dieron las primeras licencias en Madrid. Era una saga de rancio abolengo. Llegada la tradición a su generación, el negocio se había ramificado de tal forma que era difícil encontrar a alguien en el árbol genealógico que no tuviera nada que ver con el volante. El padre ya estaba retirado por una cuestión de salud: sus pulmones habían tenido que filtrar tanta polución como nicotina. El resto de la familia (mujer, madre, hermana, y ya empezaba a coger alguno de los coches también el hijo) aparecía en la hoja de planificación de la semana que los domingos confeccionaba el propio Pedro en una suerte de arte parecida al encaje de bolillos.

Últimamente se había puesto junto a Rubén a tocar variables de aquí y de allá en un esbozo de programa informático que le facilitara la programación de los turnos, idas, venidas e imaginarias de guardia. De momento no habían dado con la tecla. No había inteligencia artificial que superara a décadas de sabiduría e intuición. Nunca dejaron un servicio por el camino. Era un ejemplo de eficiencia el sudoku de turnos con el que se regían los Crespo.

Rubén Ruilópez se quedó con la copla. Independizado, le resultaba mucho más sencillo programarse los servicios. Los martes no era extraño encontrarlo a media mañana haciendo cola de despegue para los que aterrizan en Barajas.

Hoy se habían encontrado después de mucho tiempo. Estaban con los coches en paralelo en la fila de espera. Los motores parados. Se bajaron y se dieron un abrazo.

—Coño, que no nos vemos nunca.

—Parece mentira, hermano.

—Otro día, a ver si con más tiempo. Llámame, joder, llámame y aunque sea tomamos unas cañitas.

—Que sí, que siempre lo decimos, pero no hay manera…

—¿La familia?

—En su sitio, bien. ¿Novia?

—Sin novedad… Bueno, lo dicho… Nos vemos, que ese es tuyo.

11:10 de la mañana. Aspecto de ejecutivo. Sin equipaje, solo un bolso de mano de caballero.

—Buenos días, voy a la calle Castelló, esquina con Padilla.

Carrera al barrio de Salamanca. Perfume caro. Desde la bajada de bandera, el cliente llevaba la mirada clavada en papeles o en el móvil sobre el que teclea, o la *tablet* en la que deslizaba los dedos en todas las direcciones. Rubén iba mirando por el retrovisor. También aprendió de los Crespo que no se da conversación si no te la piden: carraspea para que el cliente sepa que estás ahí, es una contraseña universal: «Si quiere, hablamos». Con este, nada.

Diez minutos y le costaba recordar si la dirección se la había dado con acento español o tenía un deje de guiri. Salió de dudas cuando le vibró el teléfono. Llamada entrante a la que el pasajero atendió sin demora. Sí que tenía un acento… caucásico tal vez, pero no podría poner la mano en el fuego. Y le empezó a contar a su interlocutor que sí, que la había visto, que se fio —y no lo hará más— de un blog del que le hablaron maravillas, el mejor para estar al corriente de las series imprescindibles, las que hay que ver «sí o sí» (esta expresión ponía de los nervios a Marta, por cierto). Sí, el de los *Asesinos de series*. Una mezcla de incredulidad y orgullo sofocaba a Rubén, que no podía evitar intentar cruzar la mirada a través del espejo retrovisor. La del cliente era esquiva. Ni una concesión.

«Pues no voy a rechistar porque no sería elegante soltarle que, oiga, soy uno de los que lleva el blog, y menos porque nos está poniendo a caer de un burro.» Sudor frío y nervios se aliaban contra el temple de Rubén. «Tú, mira hacia adelante. Tú, a lo tuyo. Volante y carretera. Concentración.»

El cliente seguía hablando. «Vengo de allí, sí, he estado esta mañana en el barrio del Pilar, en la calle Chantada, en el 10.» El corazón del taxista rondaba el colapso. Era la dirección de su madre. ¿Qué sería lo próximo? Ya era preocupante. No hay casuística posible en el mundo que explique que esas coincidencias se dan por azar. ¿Qué querría? Si llevara las mamparas que tenían los taxis de antes, las que convertían la parte delantera en una especie de cabina antipánico... Pero estaba vendido.

Los pensamientos de Rubén ascendían en una espiral en la que la sugestión no encontraba descanso: «No nos teníamos que haber metido en esta mierda nunca. Sí sí, Salaberri está en casa para protegernos y en la calle de forma discreta ya nos echan un ojo, pues a ver a qué guardaespaldas se le habría ocurrido que un señor trajeado de impecable aspecto se me va a subir al taxi en el aeropuerto para que en un semáforo, quizás el siguiente que pillemos en rojo, se saque una pipa de ese bolso donde segurísimo la guarda y me descerraje aquí uno, dos, quién sabe si tres o cuatro disparos para asegurarse de que me deja clavado en el sitio. La sangre que manche la tapicería le va a importar a mi madre ya una mierda, que siempre está con que si cierra bien los *tuppers*, que sueltan aceite. Tres calles y giro a Castelló. La dirección que me ha dado es de una clínica, allí me atienden, me deja malherido en las puertas de urgencias. Si supiera si me han puesto micros en el taxi, si Salaberri nos hubiera dado algún dato de quiénes son los que velan por nosotros en la calle, porque quién me dice a mí que no pueda ser esa morenaza que va en el coche de atrás, creo que ya he visto ese coche y a ella en alguna ocasión. La dejaría que se pusiera a mi altura y con algún gesto que hubiéramos acordado...».

—Es aquí, hemos llegado —dijo nervioso Rubén volviendo al plano real.

—¿Cuánto es?

79

—Treinta euros, tarifa plana —tuvo redaños todavía para medio bromear.

Le pagó con tarjeta. En lugar de firmarle el justificante de la Visa, se lo devolvió con un mensaje escrito con una letra apresurada que se podía leer perfectamente: «La serie de series continúa». Salió del taxi y cuando Rubén levantó la mirada, ya se había perdido por un callejón secundario.

6

Cada día de convivencia sumaba en la casilla del Debe y la deuda de sosiego se iba acumulando con los intereses correspondientes, que se multiplicaban sin parar. Nunca había sido un remanso de paz el piso de Lavapiés, aunque los espacios estuvieran delimitados y las obligaciones también. La presencia de Salaberri lo descolocaba absolutamente todo. Se había desplazado el eje de equilibrio y no sabían muy bien hacia dónde. Ninguno de ellos tenía la solución para volver a encontrarlo.

Andrés solía manejarse bien en la inspiración que le daba el caos. Tal vez era el que menos había visto afectada su cotidianeidad. Incorporó al paisaje el neceser de Héctor en el lavabo, que hubiera un servicio más a la mesa, que el sofá del salón fuera más cama que *chaise longue...*

Rubén, que había cuestionado que aquella intromisión tuviera algún sentido, que fuera de adultos sensatos, ahora tenía más argumentos que nadie para asumir la idea de que Salaberri y sus colegas hubieran tomado posiciones para protegerlos.

Marta, sin embargo, se sorprendía a sí misma juzgando a su conciencia cuando creía que Rubén podía interpretar que ella coqueteaba y se insinuaba al policía. Se sentía como una arpía, perversa y manipuladora. No podía reprimirse. Había entrado en un doble juego peligroso. La atraía. Tampoco era una seducción tan diferente a la que la había llevado a estar en contacto con la muerte, con los cadáveres que aprendió a maquillar. Con el suicida de la Gran Vía habría tenido trabajo extra, según iba a comprobar.

—Vamos a llamarle Ned a partir de ahora —aclaró el subinspector—. Así resultará mucho más sencillo a todos los efectos: para los informes y para todo el papeleo que genere en el dosier. Ned, de *nederlands*. Sí, como suena, somos así de creativos en la brigada. —Y buscó la mirada cómplice y cierta aprobación de Andrés, que era el profesional ahí.

Salaberri desplegó unas fotografías sobre la mesa del salón. Estaban boca abajo. Se cuidó de que solo pudieran ver el dorso blanco de cada una de las instantáneas.

—Las he impreso, siempre resulta más práctico que no se pierda la resolución con los brillos o reflejos del monitor —explicó—, pero no les daré la vuelta hasta que me digáis si de verdad estáis dispuestos a verlas. Son imágenes duras. Vamos avanzando en los datos que nos aportan los forenses sobre la autopsia y muy poquito sobre quién era o de dónde vino. No sabemos nunca dónde puede estar el dato que nos lleve a la pista definitiva y no queremos descartar que quien esté detrás de todo esto utilice cualquier argucia para enviarnos, o para enviaros, un mensaje. La experiencia que tuvo ayer Rubén demuestra que ellos saben que vosotros estáis en el ajo.

Rubén revivió la gota de sudor frío que le cayó por la espalda una vez que el cliente ya se había alejado sin que él reaccionara y el miedo que le sacudió las rodillas hasta dejarle incapaz por unos minutos para pisar el acelerador. A Marta y Andrés ese episodio también les había servido para acallar el debate sobre qué carajo hacía un policía en su casa.

—Veo las tuyas —bromeó Andrés sobre las fotos, como si estuviera jugando al póker.

Los demás asintieron. Se las fueron pasando de mano en mano.

—Hemos omitido los detalles más duros y escabrosos —apostilló Salaberri.

Con tono monocorde, fue enumerando las novedades incorporadas al informe de la autopsia, como si fueran titulares informativos.

—Tenía una gran fuerza muscular y una proporción de grasa inusualmente baja, menor incluso de la que podría presentar la anatomía de un deportista de élite. Como veis, de etnia negra. La piel muy dañada por el sol. —Y dejando de mirar el informe del forense, añadió—: Nadie lo vio entrar ni salir del hotel. No utilizó el servicio de habitaciones.

Los tres las observaban en silencio y procurando aparentar cierta indiferencia, como si lo hubieran hecho toda la vida. Marta pensaba que una parte de esa nueva situación la vivían como si se tratara de otra ficción, que no acababan de creérsela, aunque tal vez fuera un resorte de ese mecanismo de defensa que tiene el ser humano para digerir los reveses más duros. Pero ante esas fotografías espeluznantes supo que todo era real, demasiado real, y que quizás fuera un precio que sus compañeros estaban pagando a cambio de tener el privilegio de vivir una experiencia que podría inspirarlos para escribir su serie soñada. Ella se estaba jugando algo más, mucho más personal. Seguía echando de menos a Arlet cada segundo de su vida.

*E*n Atocha solo se podían comprar esos portafolios en una tienda. Volvió a mirar la nota de texto en su teléfono. Exacto, era esa. Lo había repasado tantas veces que ya había perdido la cuenta. El procedimiento siempre tenía que ser el mismo: levantaba la solapa del bolsillo de su americana —el derecho—, metía en él la mano, alisaba el forro, rebuscaba entre la pelusilla que se hubiera podido acumular en los últimos diez segundos, la recogía imaginariamente juntando en piña todos los dedos excepto el meñique, los sacudía en dos golpes secos consecutivos, volvía a alisar esa solapa y pasaba al del lado izquierdo. De ese bolsillo sacaba el móvil, abría las notas, buscaba el nombre y asentía dejando que su mirada se perdiera hacia arriba a la izquierda porque había leído que así es como se mandaba la información a la parte del cerebro que memoriza.

Con la seguridad de la consigna grabada a fuego, entró en lo que en su tiempo era el *drugstore*, cogió la pieza elegida y se acercó a la caja.

—¿Este modelo no lo tendrán en gris, por casualidad?

—Lo miro un momento en el almacén, señor.

Iba bien. El guion se estaba cumpliendo a la perfección. El chico de la caja desapareció por una puerta en la que se advertía que solo podía ser franqueada por personal de servicio. A los pocos segundos volvió con el modelo en gris, envuelto en plástico transparente, aparentemente precintado.

—Aquí lo tiene, caballero. ¿Se lo cobro?

—Sí, por favor.

Una vez en el *parking* de la estación, lo desembaló y palpó hasta dar con el botín. Lo sacó y conectó el nuevo móvil. La clave, dos veces su edad. Miró el reloj; con las señales horarias en punto sonaría. Lo mantuvo en vibración y miró la pantalla hipnotizado. Al segundo tono:

—He escuchado en la radio al vuestro, al poli especialista en delitos informáticos —en ese tono pausado en sílabas que escupen aire y fuego.

Esta vez le pareció que con sonido abovedado, como si le hablaran desde una nave industrial arruinada en el vacío. Desde un hangar quizás.

—Sí, está concediendo entrevistas. Anda de gira promocional por su libro sobre *La otra red*.

—¿Nadie piensa desde arriba que está dando mucha información, demasiada tal vez?

—Lo cierto es que no es santo de la devoción de nadie…

—¿Entonces?

—Más arriba, sí. Se le deja hacer. Está protegido.

—Lo que está es tocando mucho los cojones. —Una tos nerviosa cortó su discurso alterado. Le costó reponerse—. A veces tengo la impresión de que ese tal Ernesto de la Calle nos está desafiando, enviándonos un mensaje velado.

—Hágame caso, juega de farol.

Y su interlocutor cortó bruscamente. En realidad, de manera providencial porque, absorto en la conversación, no había levantado la cabeza hasta ese momento. Tres columnas más allá, Velasco encabezaba la comitiva formada por ella, una maleta de mano y la madre de la inspectora, doña Adela, que iba y venía a Madrid con frecuencia a visitarla. Se escondió, como un resorte, a sabiendas de que la jefa no iba a reconocer el vehículo porque era uno de alquiler. Esa era la noticia buena. La mala, que se le había escapado el móvil en la maniobra y se había perdido en el entramado de esa dimensión desconocida e inaccesible que hay bajo los asientos delanteros de todos los turismos.

$\mathcal{D}$esde el balcón del piso de La Piovera, un sábado por la mañana Benítez escuchaba el contraste del tráfico por la M40 con sus treguas de día casi festivo.

Coches de allá, cadenas de bicicletas que se dejan caer por la semipendiente del anillo verde con dirección al Campo de las Naciones, y otra circulación que rugía a ratos desde más allá de unos paneles «absorberruidos». ¿Absorbe qué? No quería ni imaginarse qué sería de aquel bramar de motores sin las planchas verdes, sin la vegetación advenediza que se iba espigando con otros tiempos y ritmos a los que exigía la gran ciudad. Miró de nuevo el reloj. Velasco no se retrasaba nunca. Bueno, salvo error u omisión, o porque estuviera doña Adela de visita.

—Perdona, Ricardo —se dejó el Benítez aparcado junto al cargo para que la disculpa sonara más cercana, ante la extrañeza del interfecto.

—¿Su madre, jefa?

—Mi madre, Benítez —asintió ya más relajada Velasco—. Me encanta que venga, llegó ayer, pero me consume, me-con-su-meee.

—Ya…

—Ya ¿qué?

—Que sí, inspectora, que son así, y aunque usted lleve toda la vida en esto…

—Yo y ella. Si ya ves, mi padre, a la sazón su señor esposo —a Velasco le divertía evocar giros clásicos, a veces hasta rococós—, también se dedicaba a esto y aun así, cada vez entiende menos que un sábado haya que trabajar. «¿A quién han matado ahora, hija?» Tal cual. Eso me ha preguntado esta mañana reprochándome que la tuviera que dejar sola. Mentira, además. Era una estratagema para que la soltara en El Corte Inglés sin sentirse culpable. Hoy estaba como una rosa, ni un achaque ni un dolorcillo.

No habían matado a nadie más, de momento. Demasiadas víctimas y muchos frentes abiertos. Pistas, pocas. A lo más, ventanas que no eran más que pequeñas ratoneras por las que poder husmear y tirar de un hilo imaginario, a ver qué salía.

Eso los llevó al domicilio de la última víctima. En realidad, la penúltima, contando también a su amante, al hijo de puta de José Ignacio. En esos términos pensaba Isabel Velasco, pero jamás lo verbalizaría así, por Dios.

El domicilio de Raquel Ares —solo con el primer apellido se presentaba en el buzón de la finca— se veía poco vivido, aséptico y funcional. De distribución y gusto sobrios. No tenían que sortear nada, como en otras inspecciones, para no perturbar las marcas dejadas por la Científica. El asesino vuelve a la escena del crimen, pero el policía también tiene el deber de visitarlo. Era uno de los mandamientos de Velasco.

En el recuerdo, en los apuntes o en las fotos, no queda constancia de una huella que solo se capta en el lugar de los hechos. A veces, es la perpendicularidad de una luz. Otras, se trata de cómo corre el aire, de cómo se respira, de estar en el mismo eje de la Tierra desde el que el criminal lanzó su zarpa o desde el que la víctima ahogó su grito o expelió un gemido. Pero no por una cuestión que tuviera que ver con ninguna suerte de superchería o pulsión paranormal. No para erizarse en posición seudomística y extravagante, como había leído de la chiquita protagonista de una de las trilogías de éxito, no. Era por algo mucho más terrenal, o dejémoslo en intuitivo.

Si los sábados por la mañana olía a césped recién cortado, Velasco quería que le saturara la pituitaria igual que a los protagonistas del crimen en el momento en el que ocurrió. En las pesquisas policiales están las pruebas evidentes, las circunstanciales y, defendía la inspectora, también «las de contexto». Esas no constaban en los informes, pero te abrían puertas.

—Tranquilidad casi en el centro de Madrid, Benítez. Si tú vivieras aquí, un sábado por la mañana, a esta hora ¿qué harías?

—Aquí y en el Batán, dormir un rato más.

—Ya no son horas. Imagina, has desayunado aquí, en este balcón…

—¿Deporte?

—Por ejemplo.

—Yo, la verdad, cojo el coche y me voy. Adonde sea. Será una tontería, pero es que para mí es un lujo asiático tener garaje en el edificio y poder salir directamente de mi casa a mi coche.

—¿Bajamos?

—Nada me apetece más, inspectora.

El Volkswagen deportivo de Raquel dormía en la plaza 7, la más cómoda del garaje con diferencia. De columna a columna, los precintos policiales. Según el atestado elevado al juzgado, el coche «ya había hablado». Ni una huella sospechosa, ni ADN, ni fibra, o tejido, sangre, pelos… Demasiado limpio tal vez, como si hubiera existido un empeño forzado para que no aparecieran ni ácaros. En el maletero, dos mantas y unas deportivas de montaña al margen de las herramientas y bombillas de repuesto.

—¿El navegador?

—No dice nada el informe.

—Lleva GPS, en el control multimedia, de serie.

—Sí, mi cuñado tiene uno.

—Y dejará el historial.

—Cuando no lo borra para que mi hermana no se cosque de por dónde se ha movido, sí.

*E*l ritmo de vida de Andrés, Marta y Rubén se había visto afectado esos días, de tal forma que lo que nunca asomó ahora parecía estar sobrevolando el piso de Lavapiés, como en una nube invisible pero espesa de una carga de tensión que todos notaban y que ninguno era capaz de acallar. Jamás habían tenido un roce o un amago de incomodidad violenta en su convivencia. Ahora no podía negarse que la mecha iba a prender en cualquier momento. Andaban a la defensiva para que cuando estallara no los pillara con el paso cambiado.

Rubén observaba, receloso, lo que a él se le antojaba como un coqueteo sin pudor entre Marta y Héctor. Cuando lo detectaba, se lo llevaban los demonios. Le pesaba más la actitud de su compañera de piso, si cabe, después del episodio en el que se había visto amedrentado dentro de su propio taxi, indefenso. Hacía cuentas y llegaba a la conclusión de que no le rentaba aquella tensión. Echaba menos horas en el taxi. Las esperas las dedicaba a repasar y releer las anotaciones sobre los casos, igual que las noches en claro haciendo cábalas, y por no cundirle, no le daba ni para ver nuevas series. No se concentraba, se le iba la cabeza al *homeless* de la cabaña, al exmilitar, a Ned, y se le mezclaban imágenes de esos días.

Ni Rubén, ni los demás. No veían series nuevas con la atención que requiere absorber sus tramas y sus puntos de giro para «asesinarlas» en el blog. Hacía semanas que no lo actualizaban. ¡Y para qué queremos más! Rubén tuvo la ocurrencia de comentar que estaban recibiendo «muchas pullitas en las redes sociales por bajar la guardia» y Marta se puso enloquecida a gritar como nunca la había visto antes: «Qué es eso de muchas. En cuanto hay dos locas o tres borrachos de barra de bar que trolean en Twitter ya decimos que las redes arden, que les den, que les den lo suyo». Añadió que ya estaba más que harta, rompió a llorar y volvió a esconderse en su cuarto.

A la hora de la cena salió como si el numerito anterior no hubiera sucedido jamás. Llevaba tres días poniendo excusas para no ir a trabajar. Empezó con un leve dolor de cabeza que ella aupó al nivel de jaqueca, para más tarde sumar síntomas que no distinguían del todo entre la alergia, la astenia y un gripazo de padre y muy señor mío. Se otorgó esos días el título de procrastinadora oficial del reino salvaje en el que se convirtió su habitación. Andrés sintió los mismos síntomas, aumentó su dosis de vitaminas y magnesio. También pidió, por segunda vez ese trimestre, una analítica completa.

Visto el panorama, Salaberri se calzó las zapatillas, se ató al pecho el pulsómetro y salió a correr. Ellos tenían cosas de las que hablar sin notar su mirada vigilante.

Preparaban de nuevo espagueti, Andrés y Marta en la cocina. Rubén aderezaba una ensalada a la que incorporaba elementos en función de las sobras de la nevera. El aliño lo improvisaba también según el resultado de la mezcla.

—Podemos abandonar, ¿no? —dudó Marta—. Dejar la prisión domiciliaria esta que nos hemos impuesto, digo. Va a acabar con nosotros.

—Yo pensaba así hasta lo del tipo en el taxi —confesó Rubén.

—Por eso mismo. Te estaba invitando a que te bajaras de esta puñetera locura —insistió ella—. ¿Qué sacamos con esto? Al principio nos vimos prácticamente obligados. No nos dejaron ni pensar y lo poquito que reflexionamos fue porque nos pudo la idea de estar en el mismo centro donde se cuecen las investigaciones de verdad, y que eso nos pudiera servir para algo.

—Nos vendieron, o mejor dicho, nosotros compramos esa burra, pero la realidad es la que es —se sumó Andrés a la desazón.

—¿No habéis leído «la nueva entrega»? —se interesó Marta aludiendo a lo que les había repartido un par de horas antes Salaberri.

—Sí, ahora tenemos un *Prison Break*.

10

*L*a trama de *Prison Break* giraba en torno a un hombre llamado Michael Scofield que, en un elaborado plan para rescatar a su hermano Lincoln Burrows, entra a Fox River, una penitenciaría de máxima seguridad cerca de Chicago. Son hermanos de madre, por eso no coinciden los apellidos. Ha sido acusado por un falso asesinato del hermano de la vicepresidenta. El sofisticado plan consistía en cometer un delito que lo llevara a la misma prisión y, una vez allí, con los planos del centro tatuados en su cuerpo, dedicarse a cavar unos intrincados túneles para huir.

Benítez la recordaba perfectamente. Fue una de las primeras series a las que se enganchó de verdad, por la que sintió adicción. Sin lugar a dudas, contribuyó el hecho de que se apuntara tarde al carro. Todo el mundo hablaba de lo vertiginoso del relato, de cómo acababa un capítulo y lo único que querías en ese momento es poder ver el siguiente, y él lo pudo hacer. Se la dejaron en DVD o en un pincho cuando la primera temporada ya estaba completa. Aprovechando una Semana Santa, en un rato de aburrimiento, se puso de fondo la historia de Scofield y su hermano, y el lumpen que habitaba en la cárcel, y las historias cruzadas de lealtades y traiciones, de abusadores y oprimidos, de mafias y comanditas, de túneles de esperanza y dobles fondos de miseria. Menos mal que estaba en posesión de todo el arsenal de capítulos, porque enlazó uno con otro, y este con el siguiente, y uno más, como mínimo el arranque, y como no hay que madrugar, el último, que solo son las dos y media de la madrugada.

En tres días cayó la temporada. La segunda casi estuvo a la altura. A partir de la tercera, a Benítez, igual que a muchos de sus seguidores, le resultó insufrible. No era necesario estirar tanto. Tampoco lo era que la hubieran resucitado en 2017. En el sentido literal; tuvieron que revivir al protagonista. Tanto es así que arrancaba con Scofield diciendo: «Yo morí». Mira, por si alguien había dudado de la verdadera utilidad de la primera persona del singular en pretérito del verbo «morir». Un despropósito.

Eran otros tiempos. En el infierno al que fue relegado, en las galeras de las oficinas, al menos se cumplían las fiestas de guardar, con sus puentes y sus moscosos, con asuntos propios y tal. No como ahora, sábado a mediodía y en el polvorín del sur de Madrid al que los había llevado el GPS de Raquel Ares.

En el navegador de su coche les había llamado la atención la dirección de un centro comercial de la zona. El resto de indicaciones frecuentes tenían una explicación más lógica: los movimientos iban y venían del polígono industrial donde trabajaba como administrativa. Otro destino habitual era el de un gimnasio próximo, un polideportivo al que acudía con cierta frecuencia. En ambos casos ya se habían hecho las preguntas y rastreos de rigor sin sacar nada en claro. Una vida aparentemente anodina, sin altibajos ni cambios radicales de hábitos que pudieran apuntar hacia una pista. Nada de nada.

Era algo común a los otros dos casos que completaban el muro de la comisaría, el de *Atrapados* y el *Homeland*. En cuanto escarbas en los círculos más próximos y no salta la liebre, empieza a tomar cuerpo la idea de que va a ser un tema complicado, que tiene todos los números para desfondarse en el cajón de los casos abiertos *sine die*.

En cambio, en el historial del GPS un destino presentaba una anomalía ante tanta pauta lógica. Un centro comercial en el reino de las grandes superficies como es el extrarradio de Madrid. Cerca de donde vivía Raquel se localizaban no menos de tres grandes complejos de ese tipo con todos los servicios. Tres, solo contabilizando los que estaban tan a tiro de piedra, a los que podría haber ido dándose un paseíto.

—Eso es lo raro, ¿no te parece, Benítez? Teniendo el Campo de las Naciones, el Palacio de Hielo y Plenilunio, ¿qué haría en la carretera de Andalucía? ¿Por qué desplazarse a las antípodas?

93

—¿Y si quedaba allí con su churri?

—¿Con José Ignacio? No creo. No se quería dejar ver nunca en público para que no lo pillaran «en flagrante acto de adulterio» —de nuevo remarcó las comillas con una sonrisa—. No, parece que tenemos documentado por las fotos que solo se veían en el piso de ella.

—Eso ni es una relación ni es nada, Velasco. —Subió el volumen de la radio donde estaba sonando uno de esos temas de ritmo latino, «de discoteca cani», decía Benítez y lo etiquetaba así sin maldad peyorativa. Era de la estética de su mundo, del universo que ya avistaba por la M40.

El sur tiene su trazo. Es Madrid, sí, pero cada latitud respira una atmósfera diferente, un color que es más amarillo por ahí abajo, más ocre. Sin llegar a salir de la ciudad, y Benítez recordaba cuando era el Richi, cuando se movía en su radio de Aluche, Carabanchel, el Batán, hasta los infinitos de extrarradio por conquistar. Mandaba. Era el Richi, al que temían por sus conexiones de confidente de la poli, donde acabó y mató a su mala vida.

Hay un sustrato, un poso que es una fiera que nunca domas del todo. Su madre le hacía el juego del angelito que le susurra desde un hombro. El del bien era el derecho, y otro que lo azuzaba y lo provocaba con el vicio y la maldad, el maligno-puto-diablo, en el hombro izquierdo. A este lo mató una vez, pero dentro del cuerpo renació el ave-demonio Fénix. Ya había purgado sus pecados y lo tenía olvidado, aunque era sentir la llamada del sur de su adolescencia y saber que la tentación se insinúa en cuanto intuye un amago de debilidad.

—Mejor salga por esta vía de servicio, jefa. El GPS ha pateado esto menos que yo.

Velasco conducía. Ni jerarquías ni galones. Solo se sentía segura si lo tenía todo bajo control.

—¿Llevas la foto para la identificación?

—Me la acaba de adjuntar en un archivo Nico.

El coche de la víctima siempre acababa en el aparcamiento del centro comercial. Era el único dato del que disponían. Ni facturas, ni pagos con tarjetas. Entre lo poquito que habían podido cotejar hasta el momento, no obtuvieron ninguna otra información, nada absolutamente sobre si iba a comprar a un establecimiento determinado, si entraba al cine o se iba a merendar, vaya usted a saber. Había que hacer trabajo de fondo. Ese que les endilgan de lunes a viernes a los números rasos. Pero los agobios de Velasco no daban tregua ni en fin de semana.

—Habrá más gente, sí. Por lo tanto, más posibilidades de que alguien la reconozca.

95

11

*F*ue un día intenso, eterno para Benítez, que no veía el momento en el que la inspectora se diera por vencida y claudicara. Velasco estaba dispuesta a ir comercio por comercio, bar por bar, dependiente por dependiente, mostrando la foto de Raquel.

—¿Le suena? ¿Recuerda haberla visto por aquí?

Si en las tres últimas semanas había acudido con tanta frecuencia, lo habría hecho con cierta fidelidad a una tienda, a una peluquería… Para algo concreto debía repetir el trayecto hasta la otra punta de Madrid con la asiduidad que delataba el navegador.

A mediodía todos los esfuerzos habían sido en balde. Sentados en las sillas de acero inoxidable de un *burger*, reponiendo fuerzas a la vez que le rendían tributo por todo lo alto al colesterol, en sus caras se acentuaba la sombra que va dejando el desánimo.

—Agotado, jefa. A usted se la ve en su hábitat, pero a mí estos sitios me consumen, son vampiros de energía. Lo he leído por ahí. Es la concentración de luces, iones positivos, que creo que son los chungos, y no sé qué historias más, pero lo cierto es que me dejan para el arrastre.

—Si a mí me ves cómoda aquí, un máster del universo universal es el que registró eso de que las apariencias engañan. Estoy como tú. Me pasa lo mismo. Ya solo nos queda esta media planta, y de retirada.

—¿Se va a comer eso? —Señaló las patatas.

—No te emociones, amigo. Eso, y otras dos raciones que nos vamos a pillar *right now*.

96

—Me tiene descolocado.

—¿Por el menú?

—Por eso también, pero lo decía por el lenguaje.

—Estoy en modo sábado. Además, me mimetizo mucho, un pasote.

A pesar del café, después de la carga de dinamita calórica pesaban más las piernas. Nada. Nadie. Había bajado la intensidad de la marea de gente a esa hora de la comida, se accedía más fácilmente a los dependientes. Cabezas en modo negación, gestos de extrañeza, alguno de contrariedad, entrecejos de pensar, ninguna reacción que abriera la espita.

Les quedaba la opción de revisar las cámaras de seguridad, pero ríete tú de lo de buscar una aguja en un pajar. Sin saber por dónde se movía la víctima, se antojaba misión imposible. Habría que visionar todas las de los puntos de observación del centro, más las cámaras específicas de cada comercio. En fin, no siempre las calles tienen salida, porque esa que habían cogido no los llevaba a ninguna parte. A esa hora ya, al aparcamiento, a coger el coche y a encarar la vuelta con el rabo entre las piernas.

Fue al subir la rampa y salir a la calle cuando Velasco, que esta vez había tocado ya tanto fondo en el desánimo que había invitado a su compañero a que condujera, le gritó como poseída:

—¡Para para para! Ponte ahí a la derecha. —Señalaba la fachada de la acera de enfrente, los bajos de un edificio de viviendas de zona residencial-dormitorio emergida al calor del efecto llamada del centro comercial. Un chaflán amplio, con dos colmados en las esquinas: un *paqui* y un chino. Entre uno y otro, junto a una persiana cerrada de lo que había sido un locutorio, una entrada estrecha de una puerta de PVC y cristal y solo un rótulo: «Too Tatoo».

Allí sí conocían a Raquel. ¿Cómo no se iba a acordar de ella la encargada, tatuadora, recepcionista, dueña y todo lo que se pudiera ser de aquel cuchitril?

—Pufff..., descarada que es ella. Vino muchas veces por aquí. Tenía dudas. Hacía muchas preguntas. Sobre el dolor un día. Otras veces volvía para saber el tiempo que tardaría en hacérselo y estar visible guay, y se iba, pero no muy convencida. Que si podría ser reversible, de quita y pon. Muchas, muchísimas preguntas.

97

—¿Qué quería hacerse? ¿Eso al menos sí que lo tenía claro?

—Desde la primera visita. Por aquí lo tengo, era un croquis, como un dibujo de una especie de… —Estaba buscando en un archivador de los setenta, de cartón verde—. De laberinto. *Voilà!* Aquí está.

—Nos lo llevamos.

—Por mí… —Como si os la pica un pez, completó para sí la frase.

Y así el sábado resultó ser el más productivo que podían imaginar. Les cambió la suerte en el tiempo de descuento; eso es lo que fueron comentando de vuelta.

Benítez, a quien a primera hora de ese día le había dado por recordar el título con el que se enganchó a las series, no sospechaba que la siguiente que iban a incorporar al expediente era esa misma, *Prison Break*. La prueba la llevaban envuelta en papel vegetal e iba camino de comisaría.

12

*E*l traqueteo no le permitía sujetar el cuello y, si no era en el derecho, era en el lado izquierdo donde iba golpeándose la cabeza a cada irregularidad del firme. Oscuridad y olor a humedad de bodega. Palpaba una madera rugosa, endeble, en la que estaba encajonada, y tenía que doblar las rodillas en tan poco espacio que le oprimían el pecho. Ni la fuerza ni el espacio le daban para abrir una grieta. Otro vaivén, el de la conciencia, la ponía en contacto con un dolor punzante en el bajo vientre y después llegaba un mareo que empezaba siendo perturbador para desvanecerse en una especie de anestesia a la que se entregaba plácidamente, con un hilo de baba incontrolada perdiéndose por la comisura de una sonrisa calada de cloroformo.

Entre aquellos duermevelas inducidos de ida y vuelta, se sorprendía a ella misma mascullando una y mil veces: «Ya tienen el mapa, hay que soltarla allí. Ya tienen el mapa, hay que soltarla allí».

Imitaba una voz que no sabía si procedía de este mundo o de la otra dimensión, la onírica, donde todo fluía con menos dolor. Tampoco sabía dónde estaba una o dónde acababa la otra. Se le aparecía la imagen de una radio y veía un loro que bajo el plumaje guardaba un *walkie-talkie* y se lo acercaba para escuchar otra vez, entre saturado y codificado: «Ya tienen el mapa, hay que soltarla allí».

«Cuesta abajo, en punto muerto. Ha embragado. Hace menos ruido. Estamos parando.» El mareo. Morfeo. Sonrisa y saliva espesa. Sangre en la sien. Sueño.

Llegaba más luz ahora. Y más oxígeno, aire y frío. Un olor a tierra mojada y ozono. Fue a palpar la madera y abrió los ojos para comprobar que ya no estaba aprisionándola. Deslumbrada por el amanecer después de tanto tiempo de negrura. Aterida y con helor en las manos, con los dedos de los pies empapados en un bloque gélido. Escupió arena, o serrín. Se palpó los harapos en los que se había convertido el fétido camisón que la cubría, y los pezones erizados, doloridos. No menos que las rodillas, entumecidas, a las que pidió ahora un esfuerzo para incorporarse. Le dolía el sonido del trinar de un millón de gorriones. Se abría el día y la vida. Lloraba y gritaba en ahogos de cuerdas vocales acorchadas.

Estaba ahí. Pedía auxilio. Quería pedirlo. Igual que agua, y saciar el hambre. Tenía nubes y sombras en su recuerdo, pero sabía que se llamaba Arlet.

T01 x 04

1

Ciertas operaciones tenían un plus de motivación. También de excitación. Se reservaba para aquellos momentos sabiendo que su maltrecha salud tampoco iba a darle muchas oportunidades más de notar cómo la sobredosis de adrenalina ejercía de analgésico contra todos los males.

—Señor, son cerca de las cinco y media. Puede ocurrir ya en cualquier momento.

No se sobresaltó. Tampoco había pegado ojo. Se frotó las cejas con los dedos corazón y pulgar de la mano derecha y, ya con la palma extendida, comprobó que la barba de la noche le raspaba. Se incorporó en silencio. Solo un gruñido informó a su interlocutor de que había recibido el mensaje, o sería esa su forma tosca de dar las gracias: la soberbia no le dejaba tener otra.

Miró el reloj. 5:33. Se había tumbado sobre la cama sin desvestirse y sin quitarse el batín. De la mesita de noche escogió su pluma estilográfica, una Visconti, la de los grandes momentos. Esos por los que vivía. Las demás operaciones de menudeo le otorgaban la fortuna grano a grano, pero en despliegues como el de esa madrugada se ponía al frente, no delegaba, revisaba cada detalle, preguntaba por todo, los afrontaba con curiosidad y metodología científica.

Llegó arrastrando los pies, como haciendo esquí de fondo, hasta la cabina donde se habían dispuesto tres pantallas, una por cada cámara instalada. Saludó a su compañero, acomodado frente a los plasmas. Apretón de manos y palmada en el hombro. Con un gesto el asistente entendió que necesitaba su cuaderno. Antes de que se arrellanara en el asiento de piel, ya lo tenía dispuesto sobre el escritorio. Lo abrió parsimoniosamente buscando la primera hoja en blanco. La alisó en un doble trazo de abajo arriba con el lateral del meñique y sopló sobre el encabezado. Anotó en letra redonda clásica:

Madrid, 22 de marzo, 2017.
Habitación 623 del hotel Capital.

Estaba previsto que amaneciera a las 7:15, todavía en horario de invierno, pero al objetivo se le había proporcionado el elixir del sueño hacía ya tantas horas como para permanecer alerta antes de que empezara la acción.

—¿Con qué nombre se ha registrado?

—Edwin Jong Blind, el del pasaporte holandés.

2

*A*ndrés vio la sombra de un zombi en los andares de Marta. La ametralló a bromas sobre si en *The Walking Dead* no la aceptarían por desgarbada; que si estaba ensayando sobre su propio cutis las pinturas de las muertas a las que ensombrecía en su serie; que si tenía seguro de vida, ese era el momento de buscar a los beneficiarios. Así podía continuar hasta el infinito. Ella, conocedora de la táctica, fue tornando la cara de hastío en una medio sonrisa con la que pedía el armisticio.

—Bandera blanca, me rindo. Ya está.

—¿Mejor? —se interesó Andrés.

—Sí, gracias. He dormido entre sueños extrañísimos.

—Es lo que tienen los sueños.

—Pero más, estos más. Perturbadores. Solo recuerdo una niebla, bruma, mucho frío. Era un bosque en el que me había perdido yo, aunque sabía que no se trataba de mí.

—Habrás sudado la fiebre.

—He tenido una mezcla de delirios.

—Hablando de delirios, ¿has visto lo del anuncio de la HBO? —Le alargó el suplemento dominical, con un anuncio que solicitaba a un profesional de maquillaje.

Por lo visto, volvían a rodar en escenarios naturales de España algunos capítulos o, al menos, algunas secuencias de su serie estrella. Esta vez la campaña no se ceñía solo a la incorporación de los extras para hacer bulto en los ambientes bélicos medievales, sino que querían llegar ligeros de aparataje de equipo técnico, de la parte de la que pudieran prescindir. Era una manera de mandar un mensaje: «Confiamos en la profesionalidad contrastada de la mano de obra artística local». No en vano, nos habíamos granjeado un prestigio muy bien valorado en todo el mundo. Ya lo habían hecho contratando gran parte del vestuario y atrezo en otras visitas, incluso importándolo. No era un riesgo y sumaba en términos de marketing.

—A lo mejor ha llegado tu hora —insistió Andrés.

—Gracias por creer que soy capaz de maquillar a los Lannister y compañía.

—Poco a poco. Ahora, con que saltaras el muro y salieras de tu invierno, con eso ya te podrías dar con un canto en los dientes.

—¿Tan mala pinta tengo?

—Espero que mi cita no me venga de la guisa que te gastas.

—¿Eso te lo han escrito también los guionistas de una serie de época?

—¡Juas! No, ya sabes que me refiero a que debes volver a ponerte en danza.

—Mañana lunes. Mañana sin falta. Estamos en los últimos capítulos de esta temporada de *Belleza y traición*. Se acerca el final —dijo con tono de voz en off de autopromoción.

Casi se retiraba ya para encerrarse de nuevo en su habitación cuando se giró y, con un gesto que era muy propio de ella, entre seductora e irónica:

—Volviendo a lo de la cita, que no te me escapas. ¿Es nueva?

—Me he hecho un Tinder.

3

*P*ara hacer la reconstrucción más fiel de los hechos tenía que seguir todas las pautas, paso por paso, desde que se vistió a primera hora de la mañana, y repetir cada gesto a la misma hora a ser posible.

—Vamos allá, Benítez —se animó a sí mismo en voz alta. También era una forma de concentrarse para que no se le fuera el santo al cielo—. Te pones la chaqueta y compruebas que el paquete de tabaco está en su sitio. Correcto. —Quien lo viera podría pensar que estaba rezando.

Nada asegura que el cambiazo no se lo hubieran dado antes, pero la cuestión era decidir hasta dónde remontarse. «Supongamos que se nos ha pasado un detalle por alto —pensaba—. Salgo de casa y en el metro no me la quito. Si fue ahí, lo tenemos crudo. Sigamos. Llego a comisaría con tiempo suficiente para tomarme un café, un desayuno con napolitana, donde Jaime. A esa hora parece que me reserven la segunda banqueta de la barra, la segunda empezando a contar desde la portezuela de la cocina. Desde esa perspectiva veo las noticias de los primeros informativos de la mañana. Hoy siguen con el patio político revuelto y el recuento de corruptelas abriendo marcadores, aunque solo como faena de aliño, porque no hay más remedio, para cubrir el expediente. A las primeras de cambio ya se han plantado en Sucesos. Debe vender más. Como aquel día, especulaciones sobre la chica desaparecida en Galicia, y de eso ya va para más de medio año, nada nuevo sobre "el holandés de la Gran Vía". Acojonante, la cantinela sigue siendo la misma y la novedad es que no hay novedades. Leñe. Aquí pasa algo que no tenía en cuenta: el café hace su efecto. Sí, aquel día también, al final somos animales de costumbres. ¿Me llevo la chaqueta al baño? No es práctico. La dejo doblada en el asiento. Pues fueron diez minutos, pero aquí estamos los de siempre. Jaime y la chica a lo suyo, es un momento de ajetreo en la barra y en las mesas. Tampoco les digo: "Oye, échale un ojo". No, estamos entre los habituales, en confianza. Si ahora me estuviera interrogando, me diría: "Ya, pero haz memoria, cierras los ojos y ¿qué ves? ¿No te viene a la mente nada, nadie que te llamara la atención, algo que fuera diferente, que rompiera la monotonía?". Pues, no. A mí, como no me hipnoticen…»

De fondo, farfullan en sus tópicos establecidos los analistas que ahora ya asaltan la pantalla. Especuladores de lo ajeno con recetas y lecturas mágicas para todo. Que si claramente esto, que el relato de aquello. «Ni pajolera idea de lo que yo voto, majetes, ni os lo imagináis. Ni lo de esta gente.» Pronosticadores a toro pasado que se rigen por lo que se han leído unos a otros; que se retroalimentan entre ellos para no salirse del carril.

«Vamos a subir al curro. Por las escaleras y así hago un mínimo de ejercicio al día y quemamos el bollo que nos hemos zampado. Me lo he propuesto hace dos o tres meses, y mira mira, una barriguita que demuestra que estoy en auténtico estado menguante.»

Cruzaba la línea de meta después de sufrir los treinta y nueve escalones de las dos plantas y media. La media era una especie de descansillo, como los entresuelos de los edificios en *Cuéntame*, una extensión que surgía a mitad de camino, de forma anómala. Cuando los afrontaba en sus primeros retos de coronar el pico sin ahogarse en el intento, ese rellano era el idóneo para la parada técnica. Había llegado el momento en el que lo superaba mirándolo de reojo con cierto desdén, con suficiencia.

Eso no quitaba para que entrara en las dependencias con una evidente falta de resuello y, de forma inconsciente, ejecutara una coreografía medida que había interiorizado: la que, en los seis pasos que lo separaban del perchero, le permitía ir desprendiéndose de la chaqueta y tenerla en la mano derecha antes de colgarla. «Perfecto ejercicio de Benítez», se narraba y se aclamaba.

—¡Chaval! —llamó al más joven de los colaboradores que estaba en prácticas.

Con ese «chaval» que se deja caer alargando unos invisibles puntos suspensivos, que el referido tiene que completar con su nombre y que, sin regla estadística que lo confirme, debe de ser así al menos en un par de decenas de ocasiones antes de que el veterano se lo haya aprendido.

—Nando, señor, me llamo Nando. —No fue insolente pero estuvo rozando la chulería.

Benítez le echó una mirada de condescendencia, de esas de «te vas a librar de un resoplido por lo que te vas a librar, pero estás apercibido».

—Pues... Nando, Nandete —devolviéndole el golpe—, ven, me vas a echar una mano, que te veo muy ocioso.

—Claro, Benítez, lo que usted ordene.

—Por lo pronto y a pesar de las jerarquías, que me tutees. Y no me vaciles, que podría ser tu hermano mayor, pero no tu padre.

Le explicó que se trataba de hacer la reconstrucción del «día del cigarrillo mortal». Lo puso al corriente, hasta donde podía. Nando ya estaba al tanto y el relato que le llegaba incorporaba florituras propias con las que se revisten las batallitas del abuelo Cebolleta, más que de un padre, sí.

—¿Tú recuerdas qué hacías ese día por aquí? Porque estabas aquí... —Lo sabía de sobra, lo delataban las cámaras.

—Sí, claro. Como casi siempre, llevar papeles y, cuando no hago de correo, la inspectora y Salaberri me tienen con el dosier ese de lo de las series, allí, en aquella mesa.

—Ah, vaya, Salaberri...

—Sí, busco palabras clave que puedan cruzarse, no sé muy bien para qué, eso ya no es cosa mía.

—¿Buscas?

—Sí, en las series que van surgiendo, en los recortes de prensa, en las sinopsis, argumentos.

—¿Tú fuiste el que aportó lo de la serie esa nórdica o escandinava?

—Islandesa, *Atrapados*.

—¿Ves muchas? En plan friki, digo.

—Todas no se puede, pero las suficientes, sí. No tantas como los blogueros que colaboran con Salaberri.

Benítez comprobaba que era fácil tirarle de la lengua, pero también que, por alguna razón que se le escapaba, a él lo tenían al margen del meollo. Había información que le ocultaban, que Velasco y Salaberri no tenían interés en que accediera a ella. ¿Sospechaban desde lo del cigarrillo y le estaban haciendo luz de gas? ¿Qué mierda pasaba? ¿Hasta el más pringado en la brigada, en el Grupo, hasta un imberbe recién llegado de la Academia, todavía en prácticas, estaba más en la pomada que él?

Se iba encendiendo, y cuando a Benítez le ocurría eso era literal, el sofoco le subía a la cara y se ruborizaba como si fuera a colapsarse en cualquier momento. Respiró hondo, ahuyentaba así que el sonrojo lo delatara. No lo logró del todo.

—¿Le ocurre algo? Quiero decir, ¿estás bien, Benítez?

—Sí sí, son las putas escaleras, y este tiempo loco, que igual marcea que mayea —lo enfatizó pasándose la mano por la frente de una forma muy poco creíble, a la vez que volvía a entrar en combustión.

Se fue todo a hacer puñetas. Ya había encarado la jornada con poquitas esperanzas de que, replicando lo que pudo pasar cuando Donado se fumó el veneno, pudiera surgir algún hilo de esperanza del que tirar. Menos ahora, con la furia encaramada a ese sitio donde te nubla la lucidez.

La obsesión de Benítez desde ese instante cambió de rumbo. Focalizó todos sus esfuerzos en averiguar algo sobre quiénes eran esos del blog de las series, en qué medida estaban colaborando, qué grado de implicación tenía Salaberri, cómo podía llegar hasta ellos. No creía que fuera muy difícil. Si hasta el menos cualificado sabía de la existencia de esa cooperación, a un policía de raza como él no se le iba a resistir utilizando sus contactos y su argucia —«ser un puta»— para descubrirlo.

¿Y Velasco? ¡Menudo papelón le había hecho estos días! Que si mucho compadreo y complicidad durante el sábado de marras, todo el santo día de murga en el centro comercial, y todo mentira. Si al final es que no se podía fiar de nadie, «te la acaban clavando por la espalda, Benítez, que eres tonto del culo». Él mismo se sorprendió en esa escalada de envilecimiento, maldiciendo a diestro y siniestro, atrapado ¿otra vez? en esa maldita red. No era una red de salvación sino una tortura, una maraña tupida con vida propia en la que te enredas a tomar la última copa con tus fantasmas y terminas perseguido por ellos. Veneno. Tenía que pensar con más claridad. Marcó un teléfono.

—Alfonso. [...] Sí, soy Benítez. ¿Qué tal, monstruo? [...] Bien bien…, aquí vamos, picando piedra. Oye, que la inspectora se ha olvidado una cosita importante que le tiene que hacer llegar a Salaberri. [...] Sí, ya ves, vamos de culo. [...] Es confidencial y se lo acercaría yo en persona. [...] Ya…, ¿los de la Tecnológica? [...] Ok, gracias, campeón, ya lo hablo con ellos.

111

$\mathcal{U}$n año y un mes. Habían pasado 395 días desde que empezaran a perderse en el recuerdo las noches inolvidables, las mejores de sus primeros veranos en Madrid. El olfato no la engañaba nunca, pero en esas circunstancias estaba desorientada. Por fin, el contacto con el aire libre, con la naturaleza que le habían negado durante el cautiverio. Allí mismo, en otros momentos mucho más felices, en los jardines colindantes había inspirado profundamente el mismo aroma. Era cuando sonaban violines clásicos, en los conciertos nocturnos de El Capricho. Estaba en el mismo sitio sin ser consciente. En realidad, lo era de muy pocas cosas, salvo de que se llamaba Arlet.

Una madrugada y otra noche después de ser abandonada en libertad, entre verdes, tierra y, de nuevo, el sol. Más libre de lo que creía que se podía llegar a ser. Hubo un tiempo de honda amargura en el que había bajado los brazos y casi llegó a rendirse. No duraría mucho. No sabe de dónde sacó el arrojo, pero afortunadamente llegaron las fuerzas para salvarla. Tuvo dudas del principio que siempre la había guiado: «Todo sucede por alguna razón y, si pasa, es porque conviene». A Marta se lo repitió hasta la saciedad. Le costó asimilar que podría sobrevivir a la atrocidad por la que estaba pasando, el castigo inhumano del encierro en aquel sombrío y lúgubre sótano.

¿Por qué a mí?, se martirizaba preguntándose una y mil veces. Las pautas de lo cotidiano, las comidas infectas que le dejaban por la escotilla, o cuando le servían el desayuno en su denigrante zulo. A esa hora, sobre todo, se colaba un fulgor luminoso de un milímetro cuadrado, proyectándose sobre el suelo, se colaba por una rendija y le informaba de que había empezado un día nuevo. Y lo contaba. Llevaba 395. Arlet estuvo escondida a la fuerza y, por una trampa perversa, 395 haces de luz.

El parque de El Capricho debía ese nombre a un antojo personal de la duquesa de Osuna, dueña y señora junto a su esposo de aquel terreno en el nordeste de Madrid que les da nombre al barrio y a su principal alameda. A finales del siglo XVIII, mandó llamar a un arquitecto reputado de la corte francesa para que pudiera hacer realidad su capricho: un palacete como segunda residencia a las afueras, rodeado de jardines ornamentados al más puro estilo del romanticismo europeo. Se lo tomó con calma. Tanta, que la duquesa murió y no disfrutó en vida de su anhelo. Esta es la historia, aunque tenga trazas de leyenda.

Cuando fue realidad, ya a principios del XIX, durante la ocupación francesa, un general de aquel ejército, Agustín Belliard, llegó, lo vio y decidió que se lo quedaba. Cuentan que las instalaciones diseñadas para organizar bailes de salón y fiestas entre ejemplares de la alta alcurnia sirvieron para usos de otra naturaleza, desde alojar a las tropas como celebrar orgías de desahogo para solaz de los invasores.

Durante muchos años quedó en el olvido. En la Guerra Civil tuvo otra utilidad, porque su red de pasadizos subterráneos y cámaras en el subsuelo fue muy práctica como búnkeres contra los bombardeos indiscriminados de asedio a la capital.

Ahora se había tenido la idea de recuperar el parque como lugar de ocio y expansión, como reclamo turístico de espacio natural y cultural, destacando sus distintos tonos en la vegetación al paso de las estaciones, sus exedras, sus recovecos naturales entre caminos y lagos, alguna casa de piedra propia de cuentos de hadas y brujas, o su laberinto.

Allí habían abandonado a su última suerte a Arlet, a la de su liberación en la madrugada del domingo al lunes. El parque, en manos del ayuntamiento, racionó las horas de disponibilidad de acceso al público. Había dos causas para controlar el aforo: el del desgaste y deterioro de unas instalaciones que muchas veces servían para jornadas de picnic, meriendas y reportajes fotográficos nupciales, y la otra, más evidente en los años de recortes de gastos públicos, el presupuesto que suponía mantenerlo abierto de lunes a lunes.

Así que solo se podía visitar los fines de semana, y previo conteo en la puerta del censo de visitantes. Salen dos, entran dos. Las verjas se abrían, con el chirriar de sus pernios, cada martes. Se escuchaban las motosierras, las segadoras y resto de utillaje de los jardineros municipales a las 7:30 de la mañana.

Mauro, el jefe de la brigada, tenía trillada la geografía del parque, el dibujo de cada arco en las ramas de los robles de la Ermita del Cura, los pinos y los piñoneros, el ginkgo, el árbol del amor, el naranjo de los Osajes o los tejos camuflados de setos en la parte laberíntica. También tenía inventariados los sonidos que allí vivían y el crepitar que le llegaba desde el ala derecha, la que daba al Paseo. Estaba seguro de que no tenía que ver con otras mañanas en las que habían rescatado alguna ardilla o ave migratoria que se había desorientado, atrapada en un lecho de zarzas imposible. Esa zona era más limpia. Ahí, en el laberinto, el aullido que se escuchaba era estremecedor, apostaría a que de origen humano. Dejaron azadas, rastrillos y tijeras sobre el suelo, y a la señal de Mauro salieron todos al encuentro de un llanto espeluznante.

Ovillada sobre sí misma, clamando agua con menos voz que ira, una chica desharrapada, en un estado de salud evidentemente precario y la mirada perdida. Así hallaron a Arlet. Buscaba algo en el cielo, sin rogar, solo aturdida por el rotor de las aspas de un helicóptero que sobrevolaba el parque. Desde la cabina su piloto podía estar viendo cómo el plano que quiso tatuarse Raquel Ares, la víctima de La Piovera, se correspondía al laberinto de setos de El Capricho.

5

$\mathcal{H}$abía motivos suficientes como para convocar una nueva reunión a través del tablón. Los acontecimientos se sucedían a un ritmo vertiginoso. Era necesario poner negro sobre blanco todo lo que había que incorporar al dosier, y darle un poco de orden, sistematizarlo.

Tal vez era más de lo que imaginaban. Salaberri les había pedido que le confirmaran si se podían ver aquella misma tarde, en el piso, sobre las 20:30. Salvo Rubén, que tuvo que cambiar los planes y bajar la bandera antes de lo previsto, a Marta y a Andrés no les supuso ningún contratiempo. Respondieron con un «Ok» a la propuesta en el grupo de WhatsApp.

Marta tenía otro mensaje del policía en una conversación personal: «Ha aparecido Arlet».

A ese no contestó.

6

*E*ran ya las siete y media de la tarde. Se habían desbaratado los planes con los que arrancó el día, cuando calentaba el motor del taxi a primera hora. Rubén había decidido hacerse de nuevo el encontradizo con Marta. Era la única manera de tener algo de intimidad, solos en el coche. Se había armado de valor para afrontar lo que le ocurría y abordar, a las claras, lo que sentía. Quería acabar con el sinvivir de morir de celos viviendo desde un palco privilegiado el tonteo que se traía con el puñetero policía. Y si no era nada, quería escucharlo de su boca. Y si él tenía alguna opción —ellos, como pareja—, pues también quería desenredar la madeja de ese suspense.

Pero hoy no, lo tendría que dejar para otro día. Marta había asegurado que a las 20:30 estaría para la reunión en el piso, esa tarde la habían desconvocado en el rodaje. No sabía si era del todo cierto que fuera por esa razón, la notaba esquiva y muy rara en los últimos tiempos. Algo le pasaba. Además de la baja por enfermedad, cosa inédita en el expediente de Marta, y al margen de que tenía la cabeza en la oportunidad de participar en *Juego de Tronos*, algo le estaba consumiendo la sonrisa.

Sea como fuere, ya eran las 19:30. Si en lugar del tráfico estuvieran hablando del parqué de la bolsa, a esa hora en punto se haría sonar la campanilla anunciado que arrancaba la locura, el colapso en su máximo esplendor: estén atentos porque el embudo puede amargarle la vuelta a casa esperándolo en cualquier acceso de las circunvalaciones, en la esquina de cualquier calle. Estaba lo suficientemente lejos de Lavapiés como para dar por finalizada la facturación del día. Si quería ser puntual para llegar al tablón, ahí lo tenía que dejar.

Sentía curiosidad. Salaberri había escrito: «Tenemos tela que cortar». Rubén, desde que estaba en el lío este, todo lo que leía, todo lo que escuchaba en la radio, lo interpretaba con otro filtro puesto. ¿Quién le decía que la siguiente noticia no tendría relación con la sucesión de crímenes que se estaban cometiendo?

Se sorprendió absorto en el informativo que en ese instante cambiaba su guion sobre la marcha por una noticia de última hora. El autobús del equipo alemán del Borussia Dortmund había sufrido un ataque, probablemente se tratara de un atentado. Una explosión contra el vehículo que los trasladaba hacia el estadio, donde en poco más de una hora estaba previsto que disputara el partido de cuartos de final de Champions frente al Mónaco.

No había víctimas mortales, aunque el español Marc Bartra fue trasladado inmediatamente a un hospital para ser intervenido. No revestía gravedad, decían. Europa vivía en un clima de alerta constante por la sucesión de atentados: en París, en Bruselas, en Berlín, en Niza, en Londres, otro camión que irrumpía en la zona peatonal y comercial de Estocolmo justo la semana anterior. Crímenes reivindicados por facciones de Dáesh o por lobos solitarios con a saber qué apoyo logístico de los extremistas. Este podría ser otro. En este caso no utilizaron un vehículo, sino artefactos de cierta consideración contra uno, y teniendo en su diana la espectacularidad mediática que siempre rodeaba al fútbol.

Podemos atender a varios frentes a la vez, pero está demostrado científicamente que tiene lógica bajar el volumen de la radio cuando buscamos aparcamiento. Rubén también lo hacía por inercia cuando echaba un ojo al navegador. No necesariamente para hacerle caso. Se fiaba más de la antena de su olfato que de la información o advertencias de congestiones de tráfico que preveía el GPS. Incluso en ocasiones, viendo el panorama que dibujaba el mapa de trazos naranjas y rojos, optaba por una tercera vía. Jugaba a sortear callejuelas alternativas.

Él hablaba de dimensiones paralelas. Era un zigzagueo que no podría llegar a atesorar nunca el satélite. Por eso, las posibilidades combinatorias para pasar por aquel local de alquiler de coches no las sabía calcular; debían rozar lo imposible o al menos lo improbable. Era como dar por azar con la combinación de una caja fuerte. Dos a la derecha y ahora a la tercera, viramos a la izquierda, no giramos, en esta tampoco, ahora dos veces a la derecha, pero por el lateral. Así hasta pasar por la calle de Murcia, próxima a Atocha, donde lo vio entrar. Era él, por supuesto, ¿Cómo iba a olvidar aquel rostro que se le había metido en las más inquietantes de sus pesadillas, adonde había llegado después de que se clavara en su retrovisor? Allí creía verlo todavía. El caballero de las buenas formas y los bajos fondos.

Es probable que los reflejos con los que actuó en esos momentos los hubiera adquirido por imitación. Desenfundó como un pistolero de *Deadwood*, sin piedad y con alevosía. Rubén lo hizo para poner en modo cámara el iPhone y disparar instantáneas al ritmo que había visto en los espías profesionales en la francesa *Oficina de infiltrados* o la alemana *El mismo cielo*.

En las fotos se distinguía al gánster. En la secuencia se comportaba con la desconfianza con la que actúan los que no son de fiar y recelan hasta de su sombra. Salió del concesionario de alquiler con un móvil en la mano que con gran destreza partió sobre el borde metálico de una papelera. Miraba incesantemente a derecha e izquierda, sintiéndose observado pero sin cazar a Rubén, que le quedaba en un ángulo muerto a sus espaldas. Con el golpe saltaron partes de la carcasa como si se desintegraran en el aire en millones de partículas. En su puño quedó lo que debía ser la tarjeta SIM. Se agachó para depositarla sobre la rejilla de un sumidero. Se irguió muy digno, se alisó la americana y adoptó la pose de quien va buscando el encanto de una cornisa.

*H*éctor inició la charla, como solía hacer, tragando saliva y poniendo en antecedentes a los chicos del blog sobre todo lo avanzado —tampoco es que fuera mucho— y lo que sabían hasta el último informe repartido. El punto estaba puesto en lo que Rubén, Marta y Andrés señalaron como el *Prison Break*, aludiendo al mapa que se quiso tatuar la asesinada en La Piovera, pero que nunca llegó a hacerlo.

—Este era el esbozo del dibujo que conseguimos de la tatuadora —recordó Salaberri mostrando una copia impresa— y este es el plano del laberinto ajardinado donde se ha localizado a una chica desaparecida desde hace algo más de un año.

Salaberri y Marta intercambiaron una mirada que no pasaron por alto los otros dos.

—Es del Parque de El Capricho.

—Eso queda muy cerca de donde vivía la víctima —apreció Rubén.

—Así es. Y allí es donde soltaron, al parecer, a la chica que tenían retenida. Digo «al parecer» porque ella está en *shock*. En estos momentos, salvo su nombre, ni balbucea ni dice nada más.

Marta se estremecía con el relato, se humedecía los labios, tensaba los dedos y las aletas de la nariz, jugaba con su melena.

—Está en un estado manifiesto de desnutrición, deshidratada y con falta de atención, muy desorientada, así que todo son deducciones a las que hemos llegado después de un primer reconocimiento y partiendo de la idea de que el parque llevaba cerrado desde la tarde noche del domingo. En algún momento, entre las 9 de la noche de ese día y las 7:30 de la mañana del martes, la abandonaron a su suerte.

La abandonaron a la libertad, en este caso.

—¿Un laberinto? —dejó en el aire un pensativo Andrés—. Quizás sea muy prematuro, porque, por una parte, si el caso de esta chica guarda relación con la «serie de las series», significaría que pudo haber empezado como mínimo hace un año.

—Quieres decir que tal vez hay otros crímenes que se han cometido en todo este tiempo y que no habían sido clasificados en la misma carpeta —dedujo Marta, que rompió el silencio con la contundencia de quien se reivindica.

—Pero no solo eso. —Andrés se sintió respaldado—. Nos daría otra información temporal si aceptamos que lo del laberinto en sí es también un mensaje. Rubén, busca en el blog lo que escribiste, que tampoco hace tanto, lo que posteaste sobre el laberinto de *Westworld*.

—Pero si esta serie es casi de antes de ayer. —Salaberri la conocía.

—Sí, es de hará seis meses, como mucho —confirmaba Rubén mientras buscaba una entrada de las últimas que él firmó en *Asesinos de series*.

—Debe de ser de noviembre. De Navidad, como mucho —colaboraba Marta.

—Aquí está. ¡Joder! Lo que le dice James Marsden al Hombre de Negro, el personaje de Ed Harris:

El laberinto es un mito nativo. El laberinto es la suma de la vida de un hombre, sus decisiones, los sueños que alberga. El hombre del centro es un hombre legendario al que han matado incontables veces, pero que siempre logra volver a la vida. Volvió una última vez y venció a sus opresores con una furia inusitada. Erigió una casa y en torno a ella construyó un laberinto que solo él podía recorrer. Supongo que se hartó de luchar.

8

—*A* ti te pasa algo, Benítez. Estás esquivo. No has probado bocado. ¿Te ha dejado mal cuerpo lo de la chica del laberinto, la de El Capricho?

—Eso debe ser, jefa. Tengo el ánimo cortado. ¿Cómo puede haber tanta crueldad? ¿Qué mueve a un ser humano a cebarse con esa saña?

Benítez sentía lo que decía, pero no era menos cierto que había visto que le servían la excusa en bandeja: la bilis que lo seguía amargando tenía otro origen. Si no era hoy, tal vez mañana. Más pronto que tarde daría con la clave para saltar por los aires la cajita del secreto del que lo tenían marginado ella y el puñetero Salaberri.

—¿Un café, al menos?

—Eso no se lo desprecio, Velasco, pero suelte ya lo que me va a pedir. —Se conocía el percal. Se reprimió y moduló el tono sobre mitad de la frase para llevarlo a un lugar donde podía entenderse que era sarcasmo y no inquina.

—Nos vamos conociendo, por lo que veo.

—Crees que conoces a alguien, aunque nunca es suficiente.

—¡Menuda mañanita productiva para la historia de la filosofía! A ver si lo es también para lo que nos ocupa, amigo. Manos a la obra. —La inspectora se frotó las suyas y se recogió las mangas, estirándose los puños hacia arriba—. A lo que íbamos: tenías razón, hay mucho que hacer. Dile a Nando que se ponga contigo a buscar en informes de casos abiertos, e incluso ya cerrados, de hace un año y medio a esta parte y que pudieran tener algo, un elemento, una víctima, una circunstancia, que se nos pudiera haber pasado por alto en un momento en el que no contábamos todavía con la línea en común de las series de ficción. ¿Quién nos dice que no estuviera llamando nuestra atención o enviándonos mensajes, o actuando por la razón que sea siguiendo esas pautas, desde mucho antes?

—¿Y ha sido la aparición de la muchacha la que nos hace sospechar eso?

—Se llama Arlet, Arlet Zamora. Llevaba desaparecida un año y un mes.

—Ha sido como una condena.

—Eso nadie lo duda. Como te decía, hay datos suficientes para saber que es un caso que tenemos que relacionar con nuestra investigación. Por el lugar donde ha aparecido, sin duda. ¿Recuerdas el croquis de lo que no llegó a tatuarse nuestra última víctima? Era el plano de donde la dejaron. Eso, al margen de otros indicios.

—¿Otros?

—Sí, están en ello los analistas.

—Esto de los analistas creía que solo salía en las series del FBI. ¡Analistas! ¿Tenemos de eso?

—Ya te lo contaré, Benítez. Tú ahora ponte con el chaval a lo que te he encargado.

Se encorvó, asumiendo su servilismo, y con la quemazón que llevaba acumulada dentro, se fue a por Nando mientras maldecía y perjuraba que se enteraría de todo por sus medios, que no tenía por qué mendigar información.

*E*l piso de la calle de la pendiente imposible en el laberinto urbano entre Lavapiés y Puerta de Toledo mostraba todos sus ventanales encendidos. Desde abajo no se podía adivinar el juego de escarceos, de movimientos para conseguir una posición estratégica, de idas y venidas de cada uno de sus inquilinos para encontrarse con el compañero al que quería abordar lejos de las miradas del resto. Un baile de ajedrez. Una cumbre multilateral en la que cada cual era el jefe de Estado de su ánimo y sus inquietudes.

Rubén quería contarle la novedad a Salaberri; este, responder a las dudas que le lanzaba la mirada de Marta; Andrés, contrastar algo con Rubén, y la tele les hablaba a todos:

Cada año en España desaparecen 14.000 personas. La Guardia Civil abre 14 investigaciones nuevas cada día, y es una obviedad que no todas tienen la misma repercusión mediática. Algunas levantan mayor alerta social que otras. El que sea una mujer joven sitúa su caso entre los alarmantes. Y cuando se publica su foto en varias redes sociales suele tener unos 120.000 clics. Otras veces, como en el caso de Diana Quer, 700.000 en 48 horas. No hay ninguna explicación científica para eso. La Policía y los periodistas de sucesos han reflexionado al respecto sin llegar a una conclusión solvente. Los protocolos establecen que, si son chicas menores de edad, sean clasificadas como de alto riesgo. Pero también se sabe que un mismo día se han denunciado las ausencias de dos chicas y el nombre de una de ellas puede seguir en el imaginario colectivo durante mucho tiempo, mientras que la otra es una auténtica desconocida porque su identidad y su imagen fueron devoradas por el olvido.

Arlet, una chica andaluza residente en Madrid desde hacía cinco años, desaparecida hacía uno, rondando la treintena, no había recabado la atención de los medios por las circunstancias que rodeaban su aparición. No dijeron ni una palabra cuando faltó en su casa, la echó en falta su amiga y abandonó sus hábitos. No tuvo una familia que se movilizara, no se fue súbitamente tras una noche de fiesta que se alarga en un sinvivir de los suyos. Su compañera de piso hizo caso a la Policía cuando le aconsejaron que no se alarmara, que esperara las 24 o 48 horas pertinentes, que tal vez hubiera cambiado de planes. Era una opción plausible porque Arlet vivía y danzaba por libre.

Marta se mordió el labio inferior y se fue sigilosa hacia la cocina. Héctor había hecho antes el mismo camino anunciando que iba a prepararse una ensalada.

—¿Cómo está? —Era casi un susurro de Marta al policía.

—Bloqueada, en observación, solo es capaz de repetir su nombre y poco más. Está ingresada y le hacen todas las pruebas posibles para evaluar su estado de salud, y el mental, claro.

—¿No recuerda nada?

—Absolutamente nada.

—¿Has hablado con alguien?

—Solo unos días antes me volvieron a llamar por teléfono, después de darme instrucciones para recoger un móvil, cerca de Atocha. A punto estuvo de verme la inspectora, por cierto.

—¿Qué querían?

—Tenían dudas sobre si estábamos cumpliendo el compromiso de que no se investigara de manera oficial.

—¿Por?

—Escucharon una entrevista con uno de los nuestros, un poli de la Tecnológica, sobre las redes ocultas de Internet, y creyeron que era un mensaje que les enviábamos y que nos habíamos pasado de listos.

—¿Nada más?

—Respecto a la llamada, nada. Pero hay otra cosa, Marta, otra cosa que quería que supieras tú primero.

Antes de que acabaran de aderezar la ensalada y volvieran al salón, Andrés aprovechó que se quedaba a solas con Rubén.

—Te habrás percatado de que a Marta le pasa algo, que se descompone cada vez que sale el caso de esta chica.

—Como a todos, imagino. Es una barbaridad muy difícil, imposible de entender. Ella es mujer, e imagino que se siente más en su pellejo.

—No, joder, Rubén, pasa algo más. Marta es sensible, pero ¿no te has dado cuenta de que se le saltan las lágrimas, de que está muy nerviosa, de que busca al poli con la mirada constantemente?

—¿Otra vez con el lío ese? ¿Lo haces para hacerme daño? —Rubén estaba sulfurado, casi fuera de sí—. ¿Por qué no te metes en tus asuntos y te dedicas a tus ligues y tus cosas, tus Tinder, Badoos o lo que coño utilices para llevarte al catre cada día a una?

—Baja el tono, tío, tranquilo, no quería molestarte, cálmate, por Dios —se disculpó Andrés, casi más incómodo por si los gritos llegaban a la cocina.

De allí salía Marta, que rodeó la mesita baja y se sentó inquieta. Escogió su sitio habitual del sofá. Ni percibió la tensión que flotaba en el aire y que su irrupción había dejado en suspenso. Tan espeso estaba el ambiente que, al aparecer Salaberri y barrer con la mirada a los dos —a los tres ya en un segundo escaneo—, el policía dudó de si era buen momento para lanzar el siguiente titular que ya le había confiado a Marta. Era una de esas verdades a medias con las que tendría que andarse con pies de plomo para no dejar ningún cabo suelto o incurrir en alguna incoherencia.

Optó por hacerlo, previo aclarado de voz: Arlet, en un primer reconocimiento médico, no dejaba dudas de que había sido madre. La otra parte la obvió: el parto se había producido durante su cautiverio. Era algo que sabía con absoluta seguridad sin necesidad de ninguna otra evidencia forense. Pero desvelarlo abriría una puerta que, de momento, no quería ni siquiera entornar. Como ya le había apuntado la propia Marta, una secuestrada embarazada por su captor era otro detalle que calcaba el arranque de la segunda temporada de *The Missing*.

Más que estupor, ya los invadía una cierta desazón cuando sumaban un nuevo título al currículo, una losa que pesaba demasiado porque suponía que la historia no tenía visos de

125

cerrarse, más bien lo contrario. La sensación de que el psicópata que estuviera detrás de todo aquello iba por delante de ellos y de la Policía. Era la marca que se dejaba en un libro al que le iban creciendo por generación espontánea las páginas y los capítulos.

Sin palabras se dijeron que era hora de desconectar.

Marta, a dormir. A intentarlo.

Andrés tenía una cita. Otra.

Rubén y Salaberri miraban la tele sin hacerle mucho caso. Oyeron, pero no escucharon que habían cambiado de caso. Abordaban ahora las nuevas conclusiones sobre el ataque al autobús del equipo de fútbol alemán. Se descartaba que se tratara de un atentado terrorista. Ni yihadista ni de ninguna otra naturaleza. Detrás de los artefactos estaba la maniobra de un perturbado que quería sacar un suculento rédito económico. El Borussia Dortmund era el único equipo de la Bundesliga que cotizaba en bolsa. El sujeto había lanzado, desde el mismo hotel donde se concentraba el equipo, una serie de órdenes de opciones a futuro de compra y venta en el mercado de acciones previendo que después del atentado su cotización iba a desmoronarse. Su intención era matar a la plantilla. Le delató la huella digital que dejó en el rastreo que se hizo sobre esos movimientos especulativos.

Andrés se despidió antes de poner rumbo a su cita. Rubén aprovechó para contarle a Héctor a quién había encontrado por casualidad en su laberíntico recorrido por Madrid.

—¿Dices que era una calle cerca de Atocha?

—Sí, hay una casa de alquiler de coches. Salía de allí. Reventó contra la papelera un móvil y tiró algo a un desagüe.

—Gracias, Rubén.

—Puede que sea una casualidad, pero menuda puta casualidad.

—Desde luego. —«No sabes tú cuánto», pensó el policía, que comprobaba cómo la organización se afanaba en no dejar rastro de una forma chapucera.

Esperaba que no se hubiera adelantado nadie. También tenía una nueva faena: conseguir que desaparecieran las fotos del móvil del taxista. No sería muy difícil, era solo cuestión de encontrar el momento.

Ya se habían ido apagando las luces y bajado las persianas del piso de la calle con la pendiente imposible. Pero Benítez no tenía ninguna prisa. Era viernes por la noche. Su único plan era continuar apostado en la esquina de la acera de enfrente. Era viernes noche y alguno saldría.

10

*S*on unos críos. En sus tiempos, en la Academia, ya los instruían para no fiarse ni de la sombra de su hermano. «Y estos advenedizos de ahora ni guardan las formas, mecagüendiez. Unos mastuerzos, consentidos, inconsistentes, melifluos. Con una falta de responsabilidad que clama al cielo, sin sustancia. ¡Vaya generación! ¿Profesionales? Muy poquito, muy poquito.» Con eso contaba Benítez y así se hizo con la información que buscaba con solo mover dos palillos, vamos, «con la chorra».

Los de la Tecnológica lo habían dejado ahí, al alcance de cualquiera que quisiera saber. Esto no era Hollywood. Escuchas en un piso y despliegue de micros en plan *The Wire*, uno muy de tarde en tarde. Le había bastado con merodear por sus mesas y ver un papelito de los amarillos (joder, es que encima llaman la atención), de los que sirven para tramitar la solicitud de permiso al juez, donde constaba la dirección. La fotografió con la mirada, tenía que ser allí.

Atando cabos —pero muy básicos, vamos—, dio con el piso de alquiler de los chicos esos del blog. Figuraban sus tres nombres en el buzón: Marta Juncal, Rubén Ruilópez y Andrés Fajardo viven en el segundo tercera. Habían añadido con bolígrafo y de forma chusca el nombre de Fermín Aguirre. Debía de ser el seudónimo para Salaberri.

Entrar en el portal había sido lo más fácil del mundo. A un poli que tenga las antenas puestas le llegan a lo largo de un solo día decenas de argucias de lo que hace el lumpen para delinquir. Tú fichas a uno de los habitantes del edificio, lo esperas a cierta distancia y lo sigues al revés. Es decir, te adelantas a sus pasos y llegas al telefonillo justo antes. Llamas a cualquier timbre, pero él ya ha alcanzado la puerta y abre con sus llaves. Lo saludas amablemente; como mucho, le das una explicación intrascendente. Ya estás dentro.

Búsqueda en Google y, con los nombres, apellidos y datos suplementarios que escriben para un blog sobre series, muy difícil tiene que ser no dar con una foto de aquí, una imagen del perfil de allá, de una etiqueta en Facebook, de otra en un acto —la vanidad nos puede—, de una en Instagram o un currículum en LinkedIn. Tenía una colección de fotos con las que identificarlos. De Andrés, del que más. Marta se le resistió, pero también la encontró.

Había seguido al primero. Fácil, también. Se movía a pie. Noche agradable. Calle Carnero hacia la Ribera de Curtidores; a la izquierda, sube hasta San Cayetano; cruza Embajadores, se convierte en Abades, que sale a Mesón de Paredes, y de ahí hacia arriba, hasta acabar en Tirso de Molina. Elegante lugar en la calle del Duque de Alba. Con calma y con la cautela de darle espacio. En los marcajes en calles no especialmente concurridas debes adoptar más precauciones que de costumbre. Si no sigues el protocolo, doblan con un movimiento de descarga eléctrica la primera esquina y te pueden hacer hasta la zancadilla desde un zaguán. O sea, que cantas. Quedas como un detective patoso de película de Peter Sellers.

Ni diez minutos desde su casa al restaurante donde ya lo esperaba en la puerta una chica. Una joven que se daba un aire a alguien que creía conocer Benítez. «Vamos, piensa.»

«Hola, Ana», le pareció leer en los labios de Andrés, y entraron. Escogieron una mesa que daba a la cristalera escaparate, y desde su posición podía achicharrarlos a fotos. Una, otra, diez más. ¿De qué le suena aquella cara aniñada? ¿Dónde ha visto a la tal Ana si es que ese es su nombre? Rostro afilado, anguloso, con el cabello recogido en una elegante coleta que caía como una flecha sobre media espalda descubierta, prolongando la distancia kilométrica que existía entre hombro y hombro, torneados seguro a fuerza de gimnasio. Espigada sin ser alta. Morena sin bronceado. En todos esos detalles se detenía Benítez por si alguno lo condujera al rincón de su memoria donde guardaba la ficha de esa cara o de una muy similar.

En ocasiones había hablado con Alfonso, su compañero en la brigada, de cómo cuando se llega a cierta edad ya hemos visto y sentido tanto, manejamos tal cantidad de referentes que, sin caer en la soberbia de creer que ya lo hemos vivido todo, lo cierto es que casi todo nos suena. Casi todo tiene algo que ver con algo comparable. Es una suerte tener esa capacidad de relativizar las cosas. Y mejor hacerlo siempre poniendo un molde para salir ganando. Nos podemos engañar así, nos mentimos y somos capaces de programarnos para aceptar el truco y la trampa en el solitario. Ilusionismo.

La veía en el metro. No. O sí. Es como cuando un perfume te evoca algo y te pasa por la memoria del olfato ese hilo que tiene conexión directa con la melancolía, con la añoranza a veces. En otras ocasiones te anuda el estómago.

Desde su posición veía el perfil izquierdo de, vamos a llamarla Ana, la chica que al reírle una gracia a Andrés y, en gesto de estudiada coquetería, ladeó la cabeza hacia el ventanal. El juego de reflejos hacía imposible que viera a Benítez, pero no evitó que este se sobresaltara, como si lo hubieran descubierto.

En ese instante parpadeó una farola que volcaba su luz sobre el restaurante produciendo un efecto óptico revelador. La pantalla le devolvió al policía la imagen de una Ana a la que le había mutado la coleta en un casco de una de las motos aparcadas en la acera. El metro. Allí la había visto. Por eso la relacionaba con la línea 5. Allí se las había tenido tiesas con la versión masculina de Ana.

*L*a vida en el Medievo debía ser dura, extrema. Si hasta es probable que se quedaran cortos cuando realzaban la extenuación de los combatientes después de tanta sangre, barro y miserias en el campo de batalla. Debían morir más y peor. Solo luchaban en el frente y de frente, en las primeras líneas, en el todo o nada del cuerpo a cuerpo, a golpe de aceradas espadas que cortaban más cuellos que aire.

«¿Tú crees que la violencia en estas series es realismo o reclamo?», le solía preguntar Arlet.

Marta argumentaba que realismo realismo, no. Que, desde la perspectiva profiláctica de lo políticamente correcto, era la barbarie.

«Pero haz el esfuerzo de verlo con los ojos de la época. De eso se trata», le pedía a su amiga.

Era uno de sus debates recurrentes. En esas charlas Arlet zanjaba el toma y daca:

«No me convencerás para que me atraiga un mundo con la gente con los dientes mellados, negros y unos ropajes donde habitan millones de piojos y moho pestilente».

Una suerte de justicia poética había acabado decantándose hacia la posición de Arlet. Por ella, ya aparecida, iba a renunciar ahora a la puerta que se le abría para tintar dentaduras y perfilar enormes cejas.

—Buenas tardes. [...] Quería hablar con producción. Soy Marta Juncal, que me habían llamado para una entrevista. [...] Para maquillaje y caracterización, sí. Era para anularla. [...] No, tampoco podré otro día, me ha surgido una cuestión personal. No quiero irme de Madrid, de momento. [...] Sí,

en el futuro no se sabe nunca. Al menos, yo soy incapaz. […]
Muchas gracias.

Colgó Marta, todavía con un atisbo de duda sobre si había
hecho lo que debía. Y sobre si, como ella misma acababa de
decir, es imposible anticiparse a lo que ocurrirá, si Arlet iba a
volver del *shock* que la seguía manteniendo lejos, aunque ya
estuviera entre ellos. En parte también estaba aliviada.

Vibró en el cajón de la mesita otro móvil. El que Salaberri
le había dejado a escondidas asegurándole que se pondrían en
contacto con ella en las próximas horas.

«Tú solo descuelga. No digas nada. Cuando oigan tu respiración, ellos son los que hablarán. Sabrás que habrás hablado
con él nada más escucharlo», le había advertido.

Así fue.

—Lo del mapa no ha sido mérito vuestro, Marta. —Ella
distinguía una voz agotada y de fuego, con la respiración en-
trecortada—. Pero, sea como sea, llegaron a rescatar el plano
del laberinto. Y un pacto es un pacto. Ya hemos cumplido con
nuestra parte. Tienes, por tanto, a tu amiga. Y creo también que
un excelente guion. —Antes de que colgara ella escuchó una
tos asmática que se desahogaba por haber estado contenida durante los últimos segundos.

«Y un excelente guion», se repetía con un sarcasmo ácido
Marta, mascullando la frase una y otra vez mientras se desha-
cía del teléfono.

$\mathcal{T}$res golpes consecutivos de nudillos sobre la puerta en un compás y cadencia reconocibles.

—Buenos días.

—Madrugadas, más bien. Siéntate.

Se acomodó a su lado y mientras lo hacía le palmeó ligeramente el hombro igual que había hecho él antes con su compañero. Vio el cuaderno con el encabezado escrito a mano: «Madrid, 22 de marzo». Miró el reloj que sincronizaba las tres imágenes, las tres pantallas. Pasaban pocos minutos de las seis de la mañana.

—Han dejado descorrida la cortina, como dijimos, pero es demasiado pronto. Ahora empieza a clarear. No hay luz suficiente, ni natural ni de la que entra de la calle.

—¿Y si encienden las de la habitación?

—Lo podemos valorar, aunque eso lo cambia todo. Se despertará en cuanto lo hagamos y será otro elemento que lo puede distraer. Eso no lo habíamos contemplado.

—Esperemos. Quizás cambiando la resolución sea suficiente. —Y dio órdenes para que mejoraran la señal de las tres cámaras que estaban dispuestas para observar todos los rincones posibles de la habitación 623 del hotel Capital.

Una enfocaba con un gran angular desde la puerta hasta un ventanal de carpintería clásica pintada en blanco. Poca madera en marcos delgados y enormes planchas de cristal. Otra miraba en sentido opuesto en una inclinación que descubría un pequeño ángulo muerto que se le perdía a la primera. La última, desde el interior del baño, esperaba de lejos al huésped que, de momento, descansaba en el butacón. Dormía en una posición imposible, con los brazos caídos a ambos lados, compartiendo espacio del lateral derecho una aparatosa y musculada pierna que colgaba en un casi imperceptible movimiento pendular. Respiraba. Haciendo zoom se comprobaba que el pecho iba y venía: del reposo a su máxima capacidad pulmonar, muy lentamente. Caían los minutos al mismo ritmo.

—¿Quieres un café?

—Mejor cuando esto acabe.

La señal de audio subió el Vu Meter a los decibelios próximos a la zona roja. Una moto rugía por la Gran Vía. Cerca de ellos, en una granja próxima, cantó el gallo. A las 6:23.

—Tendrá que esperar el café porque esto no ha hecho más que empezar.

El que llevaba la manija y el registro en estilográfica anotó la hora en la que el huésped del Capital, como empujado por un resorte, se puso en pie con las piernas arqueadas y los brazos en previsión de combate.

«6:23», se dictó a sí mismo en voz alta, mientras pensaba en la naturaleza caprichosa —o no tanto— de los números. Las matemáticas se aliaron de nuevo a su favor. Él había tenido el capricho de que fuera en la habitación 623 donde tuviera lugar la liturgia. Le mostró a su compañero el dato, señalando uno y otro, con sonrisa entre vencedora y revanchista.

La figura pétrea y guerrera que había formado el huésped duró solo lo que le permitió el salto que le plantó en esa pose de forma innata, por la inercia de la fuerza que llega a los músculos antes que el dolor al cerebro. Pasado el fulgor, se tambaleó hasta casi perder el equilibrio. Se llevó las manos a la cara y se secó el sudor con las mangas de la chaqueta. Palpaba la ropa, una y otra vez, inquieto, aturdido. Con la mano se aflojaba el cuello almidonado prieto con la corbata de grueso nudo Windsor.

A su derecha, la cama *king size*, con una colección de almohadones y un cesto de mimbre decorado con toallas y pétalos morados. Todo impoluto, en la retina de una mirada velada de un visible agotamiento, inyectada en sangre, que parecía haber hallado allí el descanso al que iba a rendirse. Sin embargo, antes de dejarse caer sobre la colcha de color hueso, un acceso de tos lo convulsionó hasta llevarle una amarga bilis a la garganta. Se dio la vuelta y la escupió contra una alfombra que pisaban las patas de una cómoda de estilo victoriano; levantó la mirada y la fijó sobre un marco dorado que encuadraba una foto de su familia. Allí estaban los suyos, en un lugar que no conocía, con una ropa que no les había pertenecido nunca, pero eran ellos. Pateó el mueble, encontrando una agresividad demoledora en los zapatos, cebándose con saña contra una cajonera a la que llegó a atravesar a fuerza de taconazos.

—Está haciendo mucho ruido. Alguien alertará a recepción —dijo quien se había sumado a la visualización a distancia.

—No hay nadie en las habitaciones contiguas, pero si se desmadra tenemos gente esperando órdenes.

Estuvieron cerca de tener que recurrir a ellos, aunque no les dio tiempo. Se vio reflejado en un espejo de pie y la imagen que le devolvió lo dejó petrificado. Salió de la congelación con un grito inhumano. Surgió de una cavidad honda, de unas entrañas capaces de emitir un aullido que despertó a todos aquellos que lo recordaban vagamente, entrelazándolo a sus sueños. Y con aquel desgarro desgañitado, la ira con la que estrelló la foto contra el suelo hasta hacerla añicos pisoteándola, y un arranque que se llevaba a la velocidad de la luz la voz salvaje hacia el ventanal, en zancadas que parecían no tocar el parqué. Y el rayo que se estrelló y atravesó el ventanal, sin alterar ni en un armónico el bramido que se llevó con él hasta el suelo de la Gran Vía. Cayó. Y calló en seco. Amanecía en Madrid.

A diez kilómetros de la habitación 623, una Visconti anotaba en el cuaderno de bitácora:

Porque la paga del pecado es muerte, pero la dádiva de Dios es vida eterna en Jesús el Mesías, Señor nuestro (Romanos 6, 23).

T01 x 05

1

*L*a tarjeta del móvil la quemó en un cenicero hondo, cobrizo, y con la misma cerilla prendió una lámpara Berger que vaporizaba un agradable aroma de algodón fresco que saturaba su cuarto. La carcasa del teléfono la subió al altillo, camuflada entre fundas de cintas de VHS.

Marta coleccionaba series de su infancia y adolescencia, cuando hablar sobre ellas no tenía la connotación que tiene ahora, ni iban envueltas en ninguna aureola de prestigio. Eran productos de consumo masivo, ofrecidos por teles en abierto, emitidas muchas veces sin respetar el orden de sus episodios, repetidos en bucle hasta la saciedad. Esas cintas de vídeo se habían convertido en auténticas joyas de una arqueología que definía toda una era predigital, donde los colores distorsionaban el perfil de un jersey y manchaban más allá de su contorno, mientras las franjas horizontales de nieve anunciaban la mezcla de una grabación superpuesta con la otra.

Le parecía ingrato juzgar esos días con la mirada cultivada en un presente que iba a otra velocidad y se movía con unos baremos de vértigos imposibles en los noventa. De allí emergían Oliver y Benji, los magos del balón; las medias naranjas de Jesús Puente; unos cocinillas con Juanito Navarro; Nacho Martín, el médico de familia, en secuencias interminables de pausa y diálogo eterno; una farmacia de guardia con vodevil propio de Arniches; modernidades rompedoras al estilo de vida neoyorquino entre *Friends, Cosas de casa* y padres de familia de familias compuestas en otro orden al establecido en Anticaria, su pueblo, por la mayoría; los rostros pueriles de Piqueras,

Prats y Prat; precios justos; Milá tersa e intensa; o tarareos de sintonías populares.

Las series estaban disponibles en mil formatos de mejor calidad, pero el resto de aquella programación con la que creció Marta no. ¿Digitalizar aquello? No sabía si no lo había hecho por desidia o por miedo a que fuera a perder alguna esencia que se evaporaría para siempre, como ya se estaba esfumando el aceite aromático de su lámpara purificante.

Hacía tantos años que no había reproducido ninguna que realmente no tenía la certeza de que no se hubieran deteriorado sin remedio, pero saber que aquellos videocasetes habían capturado momentos de su generación ya le bastaba. Tenía la necesidad de imaginar que en aquellas cintas magnéticas estaba parte de su memoria. Leyó en el lateral de una BASF de 90 *El príncipe de Bel Air* y se vio con ocho años, emulando el baile del primo de Will Smith y su coreografía del *It's not inusual* de Tom Jones. Por cierto, para premio: ¿Cómo se llamaba el actor que hacía de Carlton?

Con esa edad, Arlet era una más de la familia a todos los efectos, como si la tuvieran en acogida. Tenía un servilletero con la A y un sitio habitual para sentarse a la mesa a la hora de la comida y el mismo para hacer los deberes o merendar. Sus horas fuera del colegio transcurrían en la trastienda del colmado de los Juncal, los padres de Marta, al que no le hacía falta ni rótulo ni reclamo.

«¿Qué hacéis?», les preguntaba Charo a cada rato desde el mostrador descorriendo la cortina de borlas a tiras como única salvaguarda de privacidad.

«Mates, mamá, matessssss», contestaba Marta entre indignada y ofendida aunque hubiera sido cazada en flagrante acto lúdico.

Jugaban a Quién es:

«¿Es persona?» «Sí.» «¿Hombre?» «Sí.» «¿Deportista?» «No.» «¿Sale en la tele?» «Sí.» «¿En Antena 3?» «Sí.» «¿*El príncipe de Bel Air*? ¿Will Smith?» «No.» «¿Su primo?» «¡Síííííí!»

Es que no se sabían su nombre ni en aquellos tiempos de gloria. Nadie se lo ha sabido nunca.

Y en invierno, porque era invierno y se cerraba tan pronto

el día que a las ocho y media de la tarde era medianoche, y en verano porque era verano y el sol era perezoso en ponerse, así que cuando lo hacía ya era tan tarde, cerca de las diez, que mejor que Arlet se quedara a cenar.

«¿Se queda, Marta?»

«Dice que sí», respondía a su madre incluso sin ni siquiera mirar cómo asentía su amiga con la cabeza.

Como también tenía un cepillo de dientes y muda limpia, o se la dejaba Marta, muchas noches también dormía donde la tita Charo. Arlet tenía más roce con los Juncal que con toda su familia de sangre. Más que con la del padre, de aquí a Lima. No es gratuita la expresión. Su padre vino de Perú mucho antes de que lo hicieran en masa decenas de miles de compatriotas suyos a buscarse la vida en la construcción. Había sabido poco de él. Nada más nacer Arlet, desapareció. A ella le dijeron que tuvo que volver a su país, que se había puesto muy enferma su madre, que arreglaría unos documentos y volvería pronto y para siempre.

Pasaban los años y la ausencia paterna se convirtió en tema tabú. Cuántas veces había pensado Arlet en ir a buscarlo… Tantas como una mirada de su madre la hacía apearse del empeño. La madre seguía llevando de acá para allá el negocio ambulante que puso en marcha con su marido y con un bombo así de grande. Vendía ropa en los mercadillos de la comarca, así que por casa paraba poco.

«Qué apuro me da, Charo.»

«Mujer, hoy por ti, mañana por mí.»

Así fue creciendo Arlet entre los Juncal. Y en la cama de 1,20 donde se abrazaba a Marta con diez años y donde se acariciaban a los catorce, donde se exploraban y dudaban, donde se deseaban por la noche lo que callaban por la mañana. Así fue siempre. En la adolescencia de Anticaria y en la juventud adulta del Madrid que asaltaron en plena crisis. Nunca fueron novias. Amantes, sí.

141

2

Subió el coche al bordillo y las ruedas levantaron el polvo blanco de la gravilla de la entrada, en la parte que daba acceso a los visitantes en El Capricho. Lo detuvo pegado a los tornos que solo se utilizaban para controlar el aforo los fines de semana.

—Por eso me visto de excursión, como dice usted, jefa.

Velasco sostenía la teoría de que Benítez, si tenía previsto salir de su hábitat urbanita, se disfrazaba de dominguero, con sus playeras, un jersey más de sport que guardaba para esas ocasiones y menos gomina, mucha menos gomina. Él cabeceaba negando, que no, que debe ser casualidad. Esa mañana, y porque a una policía curtida no se le puede negar una evidencia de ese calado, menos si esa poli es tu jefa, antes de llegar a visitar el búnker le había confesado que había pensado en vestirse de esa guisa con premeditación, pero solo esa vez.

—A ver qué te piensas, ni que fuéramos a escarbar entre catacumbas.

—Yo qué sé, inspectora, yo imaginaba que nos íbamos a tener que deslizar por un pasadizo lleno de polvo y ratas que descendiera a los infiernos, y no esto. —Señalaba la puerta de madera en forma de arco, con aldaba, en una suerte de edificio anexo, a ras de suelo.

—No nos vamos a tener ni que agachar. —Velasco esperó a que el funcionario municipal les abriera la cancela para ser la primera en entrar a ese umbral lleno de historia. Detrás, Benítez y la legión de la Científica.

Habían valorado examinar el escondite de la guerra por si los secuestradores de Arlet no hubieran escogido aquel enclave solo para dejarla en libertad, sino que hubieran aprovechado la proximidad de aquel pasadizo subterráneo lleno de recovecos y salas para haberla retenido allí. Era improbable porque desde hacía poco menos de un año se organizaban visitas guiadas gratuitas. Eso sí, solo entre 10 y 11:30 del sábado y el domingo. No era fácil esconder a nadie allí, pero tampoco lo era haberla dejado en el laberinto del parque mientras estaba cerrado al público.

El búnker de la posición Jaca, como era denominado en clave durante la Guerra Civil española, era una especie de campamento estable y subterráneo que el Cuartel General del Ejército Republicano del Centro había dispuesto para protegerse de los bombardeos franquistas. Otros lo conocían como el búnker del general Miaja. Parece una evidencia que los ejércitos no solo conquistan plazas, sino que también tienen querencia por palacios y jardines.

Se adentraba hasta quince metros en el subsuelo gracias a la disposición orográfica del lugar escogido. En un lomo del otero en el que se abría el primer paso se situaba la puerta que podía pasar desapercibida, camuflada como un acceso más a las instalaciones del complejo. Desde el recibidor, unas escaleras conducían a unos larguísimos pasadizos de los que les salían cuartos laterales. Tanto podían haber servido de calabozos como hacer las veces de despensas o almacenes de utillaje y armamento.

143

—¿Y los que están cerrados, inspectora?

—Hay que preguntar qué guardan, quién tiene acceso, desde cuándo, a quién le confían las llaves. Anota: «Interrogar a todo el personal del Parque».

—Con la chica no se puede contar todavía para hacer una reconstrucción, ¿no?

—Imposible, Benítez. Está en observación; en doble observación: la médica y la del programa de protección de testigos.

—En su caso se podría llamar programa de protección de víctimas. —Chasqueó los labios el policía lamentándose de tanta vileza actual y recreando lo que imaginaba que habría sido en el pasado aquel refugio de una puñetera guerra de la que no sabía si dejarían de supurar las heridas algún día.

—¡Que te pierdes, Benítez!

—Vamos, sí, que aquí tienen trabajo los chicos. Mientras, hagamos el traspaso de poderes. En el coche llevo una carpeta con los casos que me encargó rastrear con el chaval de prácticas, con Nando.

—Estupendo. ¿Han salido muchos?

—Unos cuantos, pero eso lo tendrán que valorar sus analistas. —Y remarcó el término con toda la maldad que le permitía su inferioridad jerárquica.

La carpeta que estaba en un *pendrive* en la guantera del coche de Benítez contenía las conclusiones que Nando y Benítez, cual ratas de biblioteca, obtuvieron tras el repaso, expediente por expediente, de los crímenes no resueltos en el último año.

«Esto se ciñe solo a los Madriles», le apuntó el novato cuando se arremangaron.

«Por ahí me ha dicho la madre superiora que empecemos, chaval. No quieras abarcar tanto, todo se andará.»

—Tome, aquí va. —Benítez le entregó a Velasco el pincho al salir del parque—. La contraseña es la de siempre, es decir, del 1 al 6. No me mire así, jefa, solo hay lo que tiene que haber. Nada de información comprometida.

El gesto de contrariedad tensó la mandíbula de la inspectora. Benítez lo conocía de otras veces. Ella, fueran donde fueran, de «excursión» o a una embajada, siempre lucía la misma elegancia: ni pantalones o trajes chaqueta, ni vestuarios aburridos y previsibles, sino vestidos luminosos con su kit de abalorios y complementos a juego. Su estilo era tan reconocible como aquel alzamiento de cuello y mandíbula hacia delante, con la boca ligeramente apiñonada y los ojos tan abiertos que ya advertían a su interlocutor que mantuviera sus cinco sentidos también en guardia porque iba a empezar a tronar.

—Entre en el coche, Benítez. —Así anunciaba que iba a caer tal chaparrón que mejor que lo pillara a cubierto y, sobre todo, que no empapara a nadie más—. ¿Se puede saber a qué estamos jugando? No me interrumpas. Ya somos mayorcitos. Berrinches y pataletas de guardería ya sabes que no me van. A mí, de frente, amigo, de frente, joder. —Y remarcó la contundencia con un golpe de su mano derecha sobre el volante. Mano izquierda ya no iba a tener—. No me fastidies, Benítez, tú, que eres el más toca huevos para las cosas de los protocolos, que ves un papelito de una diligencia encima de una mesa, al alcance de la indiscreción de cualquiera y te subes por las paredes…

Ni que lo hubiera visto con lo de la dirección de los pinchazos… «A que me ha calado», pensó.

—Me he equivocado, lo siento. —Cabeceaba mirando al suelo, como un niño al que le están regañando. O como hacen los bravucones a la hora de la verdad, cuando tienen que encarar las cosas y no se pueden amparar en su pose.

—Llevas unos días esquivo, agriado, pelín insolente… Hasta ahí, consiento, pero ¿esto de llevar sin ningún tipo de cuidado la información que te pedí en un USB tirado en la guantera, sin rigor de protección ninguna? Que es muy serio lo que estamos haciendo, Benítez.

—Y si es tan serio, ¿por qué se me margina, Isabel? —Se ruborizó al sorprenderse pidiéndole explicaciones a su superiora, aunque aterrizara con aquel «Isabel» en un terreno más personal.

Velasco le requirió con la mirada que se explicara mejor.

—Esto no son fantasmas como los que casi pueden conmigo en otra época, lo sé. Estoy mejor, el tratamiento ha bajado. Me dieron el alta y me reincorporé con el visto bueno de todos los especialistas, de la puñetera madre que parió a los loqueros, jefa. Tuve miedo de que la sombra apareciera otra vez y empecé a indagar por mi cuenta, pero no me haga esto y dígame la verdad. Joder, ya el hecho de que estemos en una línea de investigación con seriecitas y ficciones de por medio me acojonaba. Ya creía que me estaba traicionando este de aquí. —Se señaló la cabeza aludiendo a lo que debía habitar en ella—. Y encima detecté cosas raras. Que si los analistas a los que se enviaban los resúmenes y que yo no había visto nunca por ninguna parte; la extraña desaparición de Salaberri; la asfixia de Donado en mis narices y con un cigarrillo que sale de mi paquete de tabaco… Total, que un sabueso es un sabueso y, a poquito que escarba, saca. El hueso sé que está en un piso de Lavapiés.

—¿Es la dirección que te he puesto esta mañana en el WhatsApp?

145

—¿Qué dirección, jefa? No he recibido ningún mensaje.

—Yo creo que sí, mira bien.

Benítez sacó el móvil de su chaqueta. Tenía un mensaje sin leer. Era de «la Velasco», pidiéndole que no se planificara nada para esa tarde porque tenían una reunión importante en esa dirección, la del piso de «los niños del blog», y que estaría Salaberri.

—No confías nunca en nadie, Ricardo. No era cuestión de mantenerte al margen, era por una razón de seguridad. Ahora tenemos que pasar a otra fase. Esto se ha hecho muy grande y no podemos tener unidades secundarias. Tenemos que ir todos a una. Así que te espero en la puesta en común que haremos donde parece que tú ya sabías.

—Lo siento, Isabel. Lo siento mucho... —No hacía más que repetir Benítez, contrariado y temeroso de que ese algo que aún no controlaba pudiera anidar y crecer en la cabeza que ahora se sujetaba con ambas manos.

3

—*U*yyy, reunión de pastores… —soltó Andrés guiñándole a Rubén.

Así inauguraba aquella convocatoria para un tablón que iba a tener un carácter especial. Buscaba la complicidad que había existido siempre entre ellos y que se enfrió en aquel mismo sofá unas noches antes. Claro que a lo largo de tantos años de amistad habían tenido sus crisis, pero ni la convivencia y sus conflictos los habían consumido tanto como estaban consiguiéndolo los acontecimientos en el último mes. Si alguna vez había asomado la tensión, la habían espantado así, con un anzuelo echado por el humor de Andrés, una tontería para cortar en seco con la incomodidad o una ocurrencia que Rubén estaba expectante por escuchar porque no era de las personas que se planta en el rencor, ni siquiera sabía exactamente cómo definirlo, solo lo conocía por terceros.

Salaberri les había pedido permiso a su manera, aplicando la política de hechos consumados. Era el huésped invitado, aunque bien podría haber pasado por el casero a ojos ajenos. Les había dicho que para el tablón de aquella tarde tendrían invitados: la responsable de la investigación y su ayudante.

La reunión de pastores, como la había bautizado Andrés apelando al refrán, incorporaba la novedad de que el operativo se ampliaba: en el tiempo y en el equipo.

Sabían que desde la aparición de Arlet, la chica secuestrada sobre la que Marta sabía tanto y tan poco contaba, el caso que los ocupaba tenía que remontarse más atrás en el tiempo, no empezaba con *Homeland* o *Atrapados*.

El programa de sucesos no fallaba en la televisión de fon-

147

do. Las series las consumían en la privacidad de sus habitaciones, pero para el consumo global, informativos y sucesos se reunían en el salón. Ahora estaban esperando: habían establecido que previamente enviarían un mail a Salaberri indicando el número de timbrazos y si en el correo electrónico habían escrito «5» y el telefonillo sonaba cinco veces, sin mediar palabra, abrían. Mientras, la televisiva voz en off contaba:

La Policía Nacional ha detenido en Terrassa, Barcelona, a siete miembros de una organización criminal que se dedicaba a extorsionar a boxeadores nicaragüenses a los que mantenía retenidos en nuestro país para obligarlos a competir en torneos europeos y ha liberado a 19 víctimas.

Según ha informado la Policía mediante un comunicado este miércoles, la organización traía a los deportistas a España con la condición de participar en un único combate, pero después los obligaban a quedarse coaccionándolos con su situación administrativa irregular.

Las víctimas eran captadas en su país por un exboxeador apodado El Terrible y la organización usaba a una empresa promotora para solicitar las cartas de invitación a boxeadores profesionales de Nicaragua, a quienes mantenía hacinados en una residencia para deportistas en condiciones insalubres y los amenazaba para conseguir que compitieran en combates celebrados por toda Europa.

Los afectados que intentaron rebelarse sufrieron agresiones y advertencias de represalias contra sus familiares en su país. La organización desmantelada se quedaba con la mayoría de los beneficios obtenidos en las competiciones, en las que los boxeadores retenidos participaban con documentación federativa falsificada.

La investigación, en la que ha participado la Policía Local, arrancó en febrero del año pasado, cuando se descubrió que la actividad de esta organización vulneraba la legislación en materia de entrada y estancia de extranjeros y se procedió al registro de un gimnasio y la intervención de documentación.

Los detenidos, a quienes se atribuyen los delitos de pertenencia a grupo criminal contra los derechos de ciudadanos extranjeros, falsedad documental, estafa, amenazas y lesiones, han sido puestos a disposición judicial.

Con pocos minutos de diferencia el portero automático sonó dos veces. Con cinco timbrazos cada una.

4

—Se nos está quedando pequeño el piso. Va creciendo la familia —bromeaba Andrés mientras señalaba en dirección hacia el corrillo que ya formaban Salaberri y los recién incorporados Velasco y Benítez.

Hubo unos minutos de inevitables tanteos, de miradas cruzadas, de escanearse de arriba abajo sin poder evitar las ideas preconcebidas. Minutos de pocas palabras cuando uno se siente invadido y el otro en territorio ajeno y se sabe evaluado.

Benítez se quedó unos segundos en los ojos perdidos y algo tristes de Marta, con su expresión cansada en una cara jovial. Observó que llevaba una procesión por dentro que afloraba al morderse el labio inferior y que ahuyentaba con una sonrisa amable. También se dio cuenta de que a Rubén le importaba más cómo estuviera ella que el nuevo *show* que se había organizado en su casa. Benítez llevaba a gala tener un detector especial para rellenar fichas de la gente con solo mirarla. Lo había desarrollado hasta perfeccionarlo en sus años de convulsa adolescencia en la selva del asfalto y después se había sacado un máster con *cum laude* despachando a personajes de toda ralea en el día a día de la calle que pateaba en su condición de policía.

De Rubén habría anotado que era un chico bonachón, afable, salido del molde donde cuecen a las buenas personas, desaliñado lo justo. Y de Andrés se reservaba el contenido de su ficha mental hasta verlo actuar esa noche sin los prejuicios de la vez que siguió sus pasos. Aun así, si le pidieran un juicio de urgencia, el muchacho no le gustaba ni un pelo. No, no iban

con él los chisposos que se las dan de torearlo todo y salir in-
defectiblemente por la puerta grande, pero después se achican,
desprecian la lidia si se les embiste derrotando. Suponía que
Andrés era de los que se mueven como pez en el agua solo
cuando tienen la corriente a favor; de los que confundían la
seguridad con la arrogancia y llegaban rápido sin darle ningún
mérito a los vientos de cola. Se embalaba, Benítez. Menos mal
que se había hecho el propósito de no prejuzgar. Menos mal.

Las presentaciones de rigor corrieron a cargo de Salaberri. Era otra anormalidad: el inquilino infiltrado oficiaba de
anfitrión.

—Como dice Héctor, estoy al frente de esta investigación
—tomó por fin la palabra la inspectora jefe Velasco— y, por lo
tanto, si alguien se tiene que responsabilizar de que las cosas
no se hayan hecho todo lo bien que se podrían haber hecho,
soy yo. Por eso le pedí que nos pudiéramos reunir, también con
Ricardo Benítez, mi ayudante. Salvo mi superior, el comisario
Castro, nadie más está al corriente de este operativo. Ahora
nos planteamos si hay que modificarlo. Además de suponer
que la situación es extraña e incómoda para vosotros, hay otras
razones de peso sobrevenidas que están haciendo que nos replanteemos el modo de trabajo.

De las caras de Andrés, Rubén y Marta se deducía tanta
expectación como impaciencia.

—Voy al grano. —Tomó aire e impulso Velasco—. Desde
la aparición de Arlet Zamora dedujimos que la serie de crímenes, como mínimo, se remontaría a la fecha de su secuestro.
Mi compañero Benítez, junto a uno de nuestros colaboradores más puesto en series y ficción, empezaron a quitarle el
polvo a cientos de casos del último año. Primero, separando
los que siguen abiertos y, de esos, los que pudieran llamar especialmente la atención por alguna circunstancia relacionada
con esta trama. No descartamos que haya más, pero sobre
todo buscábamos la confirmación de que el punto de partida,
la fecha en la que empieza a actuar el asesino o asesinos es
anterior a lo que creíamos hasta ahora. Y uno de esos casos lo
confirma. Incluso podría seguir una pauta que no habíamos
contemplado.

—Deberíamos abrir el blog, jefa —apuntó Benítez.

—Sí, cierto, a eso iba. ¿Tenéis cada uno en el móvil o *tablet* la posibilidad de consultar ahora vuestro blog *Asesinos de series*?

Marta señaló su teléfono. Rubén y Andrés compartirían el portátil.

—Sí, creo que así lo veremos más claro. Si vais a marzo de 2016, os acordaréis de lo que publicasteis sobre una serie no muy conocida entonces, *The Night Of*.

—Vimos que era una miniserie muy bien ponderada por la crítica y en los foros —leía sus apuntes Benítez— porque yo, ni pajolera…

—Sí, escribí yo esa entrada. Está basada en otra británica, *Criminal Justice* —explicó Marta, que era la que dominaba el género—, y es la que arranca con el misterio que rodea a un joven musulmán en Nueva York. Le ha cogido el taxi a su padre para ir a una fiesta, conoce casualmente a una chica, va a su casa, beben, hay drogas de por medio, un juego macabro con un cuchillo y un despertar en el que aparece ella muerta, acuchillada por todo el cuerpo. Él no recuerda absolutamente nada. Tengo grabada la imagen de la chica.

—Entonces, ¿no te importaría ver la versión real? —se interesó Salaberri.

—Una semana después de que subieras al blog esa crítica a *The Night Of…* —Ante la receptividad de Marta, Benítez giró la pantalla de su *tablet* hacia ella—… apareció muerta en un apartamento de Villalba esta chica.

Se parecían una imagen y otra, la de la serie y la del dosier, hasta en la complexión de la víctima. Con cortes infringidos en todos los pliegues de un cuerpo desnudo herido mortalmente, con saña, de arriba abajo. Marta tenía un antídoto para asimilar esas imágenes. No es que la dejaran indiferente, sino que su truco estaba en verlas en clave de ficción y como si hubieran sido producto de un meticuloso trabajo de maquillaje. Se imaginó a la chica de Villalba como a la actriz, como si ambas hubieran pasado por sus manos profesionales.

Rubén y Andrés solo se quedaron en el *frame* sacado del vídeo, y a la foto real le echaron un ojo de soslayo. La inspectora se percató y reafirmó su teoría de la sugestión. Al contrario de los que mantienen que el ser humano se puede llegar a insensibilizar a fuerza de exponerse a impactos visuales tan cruentos como el que mostraba esa escena y leer la realidad con la distancia que nos da la ficción, Isabel Velasco estaba ahondando en un análisis con el que pretendía doctorarse como criminóloga. Le interesaba comparar esos dos planos. Ella creía en la tesis de que nos exponemos a ciertos hechos con una predisposición programada en función de las órdenes inconscientes que le demos al cerebro, dependiendo de cómo nos hayamos vestido emocionalmente para la ocasión. No es la muerte la que nos sobrecoge sino lo que nosotros pensemos sobre lo que implica esa muerte.

Esos días estaba circulando por Internet el vídeo de un músico de blues, country y soul en un concierto en Atlanta acompañado por su banda, que le rinde tributo en el día de su 70 cumpleaños. El septuagenario, con síntomas evidentes de embriaguez —o afectado quizás por algún estupefaciente—, va entrando y saliendo del escenario, se pierde a veces entre las cajas, reaparece, se acerca a un guitarrista, ronda al batería, motivándole, invita al púber del grupo a atacar un solo de guitarra y, en ese instante, Bruce Hampton, el protagonista, creemos que simula tirarse a su lado, como si estuviera interpretando a quien se rinde ante el virtuosismo de la nueva generación. Todos siguen tocando, le ríen la gracia, ese *happening* que se ha montado alguien que está curtido y bregado en mil tablas. La fiesta culmina alrededor de esa interpretación y solo entonces se dan cuenta de que verdaderamente el *show* ha acabado, pero para siempre. No había fingido nada. Bruce Hampton murió con las botas puestas. El cuerpo llevaba inerte varios minutos a los pies de los músicos. Es la misma imagen: la que nos hace reír con alborozo y con complicidad cómica, y la que en un segundo nos pega un mazazo, por contraste, y, por lo que apela a nuestra conciencia, nos sacude más duro si cabe. Isabel Velasco estaba trabajando sobre esa línea en la que se mueve la mente del asesino, del psicópata carente de empatía en el que nos convertimos todos los espectadores de la muerte del músico antes de saber que no era parte de la representación.

El escalofrío que sentían ante la imagen de la chica de Villalba y la indiferencia ante la escena de la serie podrían haber sido intercambiables.

153

—La chica fue encontrada el martes en su habitación, vivía sola —continuó el relato Salaberri— y su familia había denunciado su desaparición, no sabían nada de ella desde la tarde del sábado anterior. No hay testigos. Ningún movimiento, ningún mensaje, o cambio de hábito que llamara la atención o alertara a su círculo próximo, nada.

—En la mesita de noche había un papel que se tomó como primera pista y que no nos llevó a ningún sitio —recordó Benítez contrariado —. Era un recibo de una carrera en taxi. En aquel momento no nos percatamos de que fuera una falsificación. Es de un talonario donde la licencia que figura corresponde a una numeración inexistente. ¿Quién querría dejar aquello allí?, ¿quién falsifica un recibo de un taxi y para qué? Ahora, visto con otros ojos, fijaos en la numeración de la licencia. —Abrió la imagen en la que se veía, ampliado, el detalle del número de licencia: TNO 310—. Evidentemente, no se corresponde con las numeraciones de las licencias de Madrid. Pero no supimos verlo en aquel momento.

—Quizás quien lo hiciera no tenía la intención de que la Policía lo captara a la primera —apuntó Andrés—. Tal vez está cocinando a fuego lento.

—Es probable. La perversión en una mente que diseña algo como esto no conoce límites. Me gustaría pensar que no es tan inteligente —sentenció Velasco.

—Pero lo cierto es que nos tiene en jaque y que, cada día que pasa, nos damos cuenta de que nos obliga a poner el contador a cero, a poner nuestra atención en otro sitio —añadió Salaberri.

—A ver, no vamos a dejarles a los muchachos con el jeroglífico. —Benítez estaba ansioso por descifrar la clave de la licencia falsa de taxi. Era un tanto que quería marcarse él—. Son las iniciales del título de la serie *T(he) N(ight) O(f)* y sus vocales convertidas en número, el 3 por la «e», el 1 por la «i» y el 0 por la «o».

—Pues nada, es una gran noticia.

—Me he perdido, Andrés. ¿Dónde está la gran noticia?

—Héctor, campeón, doy por sentado que es la última cena lo que estamos celebrando. Sin cena, con unos *piquis* aquí, entre amigos que se despiden, que se desean lo mejor y hasta más ver, ¿no? ¿No demuestra todo esto que ya tenéis a un *crack* en la oficina y que no nos necesitáis para nada?

Marta y Rubén celebraban que el desparpajo de su compañero pusiera voz a lo que pensaban todos.

—Creo que es lo contrario precisamente. —Enfrió los ánimos Isabel—. Lo que queríamos explicaros y, por lo que veo, hemos hecho fatal…

—Como el culo —interrumpió de forma gráfica Benítez.

—No sabía que en el equipo estaba el técnico lingüista —apostilló Andrés en su versión irónica.

—Esto demuestra que tiene que haber más casos. —Velasco alzó la mano con el *pendrive*—. Aquí puede que haya otros muchos expedientes de los que no hemos cerrado porque no habíamos caído en la posibilidad de que detrás estuviera la misma mano. Este asesinato de Villalba lleva su firma, lo comete a los pocos días de que publicarais una entrada sobre esa serie a la que el muy cabrón «homenajea» en vivo y sin compasión. Ahora lo que os pedimos es más colaboración: que os estudiéis caso por caso los que están relatados aquí, que los cotejéis con vuestras entradas de *Asesinos de series*. Hemos venido Benítez y yo para que sepáis que es un asunto prioritario para la Policía, y para esferas más altas. Nos tenéis que ayudar, por favor. Se os compensará.

155

5

*H*ay diferencias que estriban en cómo hablemos de lo mismo, nombrándolo de una manera u otra.

La A5, una de las carreteras radiales de Madrid, puede ser la carretera de Extremadura y entonces es asfalto gris sobre gris, desgastado, que se hace hueco entre quitamiedos acerados en laterales que absorben gases y polución, que ennegrecen fachadas de bloques gemelos dispuestos en hileras, casi rascacielos hacinados, sin más protección contra el ruido rodante de carga que su hormigón, de los sesenta, que también fueron grises y no todo yeyé.

Pero también es la Autovía del Suroeste. Llamándola así, el aire que cimbrea por la rendija abierta en las ventanillas del coche de Isabel Velasco entra menos cargado, trae más clorofila de las arboledas que te reciben a la derecha, nada más dejarla, al huir del cielo zaino que se agolpa en el horizonte trayendo ozono de lluvia, y así se despeja a un azul de estampas de expositor. Suena el motor menos forzado. El tráfico es más calmo, se atenúan los agobios que se quedan en la plaza de España, y la arquitectura se confunde entre viviendas o edificios de servicios, en parcelas con desapego entre ellas y ajardinadas en sus contornos, todos de ladrillo y obra vista, a tres alturas. Una de esas fincas, que pasaría por ser cualquier urbanización de familias de ingresos de más de 60.000 al año, es la de la Clínica y Hospital Universitario Cronosalud, un centro especializado en tratamiento de enfermedades y trastornos mentales.

Allí estaba siendo atendida y protegida, bajo un programa especial de observación policial y médica, Arlet Zamora.

—Buenos días, nos espera el doctor Alejandro Escuder.

—Sí, un momento. —El recepcionista comprobó el ordenador—. Hoy no pasa consulta el doctor.

—Sí, lo sabemos. Por favor, dígale que somos los visitadores a los que había citado.

—Si son tan amables… —Les señaló unos sillones bajos de diseño, a juego con la decoración, rozando lo futurista en un lateral del mostrador—. Le aviso y ahora les atiende.

Velasco y Benítez formaban una pareja de trabajo bien compenetrada por estos pequeños detalles. Sin necesidad de hablarse, los dos pensaron que era lo mejor que les podía pasar. Odiaban llegar a una entrevista azorados por el trasiego de los cambios de temperatura que daban los golpes alternativos de calor y frío en la primavera tardía de Madrid. Era una bendición sentarse, coger aire y apuntes, apuntes también, sobre de qué iba o qué les podía descubrir el siguiente entrevistado-contacto-interrogado. Difícilmente habría algo que les diera más rabia que haber tenido la oportunidad de hacer la pregunta clave en el momento adecuado y darse cuenta a posteriori, repasando las anotaciones, de que se esfumó, que lo tuvieron ahí, a tiro, y no manejaron el dato o tuvieron el reflejo necesario. Es similar a la desazón que te produce el que se te ocurra cómo tenías que haber replicado a tu contrincante en un debate, justo cuando estáis bajando del estrado: *l'esprit de l'escalier*.

La inspectora regía y sistematizaba sus ideas a base de pósits. Los tenía en el bolso, en la mesita de noche, sobre un tablón de anuncios de corcho que colgaba en su despacho, en el salpicadero del coche, en la puerta de la nevera, y también los llevaba consigo en una *app* de notas que se ordenaba por colores y donde, en un sistema que solo podría entender ella, los organizaba por amarillos, rosas y verdes de una manera aparentemente anárquica porque el criterio era más emocional que técnico, pero a ella le servía.

Benítez era más comisario Colombo. Guardaba una pequeña libreta con los bordes rozados y tan desgarbados como el clásico investigador. Les dieron mucho de sí esos cinco minutos de espera hasta que les salió a recibir el propio doctor Escuder. Era el jefe de Psiquiatría y uno de los pocos profesionales que estaban al corriente, hasta donde tenía que estarlo, para saber que la pareja en cuestión no era de comerciales de farmacolo-

157

gía.

Velasco se lo imaginó sin la bata blanca de facultativo y pensó que Alejandro Escuder no desentonaría en los juzgados de lo Mercantil, donde los abogados de la zona noble de la Castellana dirimen sus litigios a base de negociaciones de salón, contactos de escuelas de negocio, buenas maneras, sonrisas de marfil carísimo y el conocimiento suficiente del medio para saber qué relojes han de lucir y con qué perfumes embriagar en según qué salas de juntas.

En el camino a la zona donde estaba su despacho, o consulta, pasaron por la que alojaba evidentemente a Arlet. Velasco y Benítez no conocían las instalaciones pero calaban a la legua a los de la Judicial que escoltan y hacen labores de vigilancia en casos como el de la chica que estaba siendo custodiada.

—Jefa, ese es de los que silba al disimular.

Esas ocurrencias hacían sonreír a la inspectora, que con una mirada y un índice que no se llegaba a alzar le transmitía un «Cállate, hombre, que los dejas en evidencia».

—¿Cómo sigue, doctor? ¿Algo nuevo?

—Es un proceso lento. Va haciendo sus progresos en la línea que esperábamos, pero no existen los milagros. Ha estado expuesta a un estrés emocional altísimo durante mucho tiempo.

—¿Calcula que podremos hablar con ella en un mes, dos meses, un año…?

—Si le hablara de plazos en un cuadro como el suyo, estaría haciendo muy mal mi trabajo, señorita…

—Velasco, inspectora jefe. —Remarcó el grado con toda la mala sombra que le subía encendida en fuego a la sien cuando la llamaban «señorita».

—Inspectora… —continuó Escuder corrigiendo el trato pero sin sentirse aludido en la ofensiva—, ahora mismo, aunque esté en este entorno, con todos los cuidados y la protección posibles, no deja de ser una circunstancia anómala por la que está pasando. Es un tránsito necesario para que se cure, pero estamos todavía lejos de encontrarnos ante una persona que pueda responder, sin quebrarse y sin ahondar en su trauma, sobre la experiencia y el *shock* que ha vivido.

—¿No hay ningún método? ¿No ha dicho nada por iniciativa propia? ¿No repite nada de forma recurrente? ¿No la invitan a que haga dibujos? En las películas eso funciona, en las americanas funciona de perlas. —Benítez llevaba el encargo de hacer del poli sin filtros.

Era una técnica que aplicaban con cierta frecuencia y con no menor éxito. Estaba muy visto eso de los papeles repartidos a la usanza clásica del bueno y el malo. Esta era una variedad que se le había ocurrido a la pareja. Surgió, como todo lo que funciona, por casualidad. Esa no era la palabra, porque la musa llega cuando se pica mucha piedra, y una tarde de interrogatorio a un personaje muy secundario de un caso, al que se le estaba haciendo una faena de aliño por si lo que contaba les pudiera abrir algún camino que hasta la fecha era un callejón sin salida, hubo conexión. Una mirada de Velasco de «Ataca, Benítez», un Benítez más *sembrao* y cumbre que nunca, inspirado en un grado que rayaba lo sobrenatural y que se lanza a preguntar lo que saldría de cualquier investigador al que le hubieran puesto hasta las cejas de burundanga, sin filtro ninguno. Aceleró esperando que, si derrapaba, Velasco tirara del freno de mano. No era exactamente meterse en la piel del poli malo, porque el «poli Burundanga» no quiere ofender, no ataca, no amenaza, no está en los límites de lo ortodoxo y lo denunciable. El poli «filtros fuera» juega en las fronteras entre lo naif y lo descarado.

—Aquí tienen todos los medios, es como un, si me permite la expresión, como un balneario para la chica. Tendrá momentos en los que se dejará llevar, que coja confianza con alguien, con su enfermero… —seguía atacando Benítez en su rol ante la atónita mirada del doctor Escuder.

—Sí fuera así, créame que nosotros seremos los primeros sensibles a algún cambio positivo en el sentido que dice, pero lo veo imposible de momento. Ya saben que les estamos muy agradecidos de que sigan confiando en nosotros para estos casos tan delicados. —El psiquiatra quiso contemporizar, a la vez que su lenguaje corporal lanzaba el mensaje de que daba por finalizado el encuentro.

—Gracias, doctor Escuder.

—Alejandro.

—Pues gracias, amigo —frivolizó Benítez—. Manténganos al corriente de cualquier cosa que surja. Los dibujitos. Recuer-

159

de lo de los dibujitos.

—Solo una cosa antes de que se vayan. Imagino que ha sido a través de ustedes, la madre de la chica sabe que está aquí. Nos ha preguntado sobre la posibilidad de ver a su hija, es natural. Por lo que deduje, solo sabe que está ingresada, aquí en Madrid, sin más datos. Ella quiere saber si podría verla, para organizar un viaje, vive en Andalucía, en Anticaria.

—¿Anticaria, dice? —saltó como un resorte Benítez.

—Eso recuerdo. Sí, Anticaria dijo. Conozco la zona, he ido a jugar al golf allí, al Parador. —Este dato confirmaba la ficha que le había hecho Velasco mentalmente—. Nosotros podemos evaluar si es conveniente que se encuentre con su madre pero, por lo que respecta a la seguridad, nos deben dar el visto bueno desde la Policía o el juzgado.

—Sí, le diremos algo. Muchas gracias, doctor.

Ya en el coche, de vuelta a Madrid, Benítez se interesó por los conocimientos de estadística de su jefa.

—¿Quieres ponerme a prueba para que calcule las posibilidades matemáticas que hay de que el pijo-doctor haya hecho números sobre la de siglos que puede llegar a mantener el negocio de curalocos dándole unos estupendos dividendos solo tratando al personal que tenemos en el Cuerpo tras tu número artístico?

—Eso también, aunque yo me refería a las opciones que hay de que una ciudad de unos 60.000 habitantes tenga a dos representantes entre nosotros.

—¿De qué hablas? Traduce, Benítez.

—Anticaria es la ciudad. De ella vienen Arlet Zamora, la secuestrada, y Marta Juncal, nuestra asesora externa favorita.

6

—*N*o es una mudanza. Podemos ir y venir cada cierto tiempo, y llevarnos más adelante la ropa de invierno, que abulta una barbaridad. Además, vamos a la capital, no a hacer una ruta por el desierto. Quizás sea el momento de renovar el fondo de armario de ropa interior. Aligera las maletas, Arli.

Aun teniendo la misma edad, hay hermanas mellizas en las que una de ellas desarrolla el instinto de protección hacia la otra. En casos de «amigas de sangre» como Marta y Arlet, también. Siempre la segunda estuvo al amparo de la pequeña de los Juncal. Quizás Marta desplegaba con su amiga todo el manto que había sentido a su alrededor en el protectorado de aquella familia que la había medio adoptado.

Y llegó el momento de volar las dos juntas. En 2012, no cuentan las crónicas que llegaran hordas de inmigrantes a Madrid precisamente. Lo único que había que repartir eran las miserias de la crisis. No era tampoco un escenario donde viviera la presunta verdad que quisieron reflejar algunos medios internacionales, como el famoso reportaje de *The New York Times*. Leyéndolo pareciera que la que había sido hasta entonces la «gente bien» y con ciertos posibles rebuscara en los contenedores donde lanzaban los supermercados y grandes superficies sus productos caducados. Pero tampoco era la ciudad de acogida que fue en otro tiempo para los que quisieran encontrar la oportunidad de un futuro con aspiraciones abiertas.

—Pero la gente se sigue muriendo.

—Diríase que incluso más, con este panorama.

En la distancia corta se prodigaban en el humor negro. En público, se cortaban más. Estando las dos solas, brotaban las bromas de ese género a borbotones desde que Marta cruzó el umbral al perder todos los remilgos y tabúes que debe abandonar quien se va a dedicar a maquillar el último recuerdo de los familiares del que va a abandonar este mundo.

—¿Les cantas *Sombra aquí, sombra allá…*?

—Pero con mucho respeto. Nunca me piden otra.

Y se morían de risa.

—Es que si digo de qué trabajo, me imaginan con carné honorífico del club de las góticas o de las emos.

—Y vestida de *La novia cadáver, descarao.*

Nada de lo que estaban seleccionando para su primera maleta a Madrid tenía un toque siniestro. Había color e ilusión en sus sueños. Siempre podrían recoger bártulos y plegar velas para volver a casa.

Marta hubiera preferido ir con el hatillo que llevan las estudiantes en edad de cursar una carrera, pero cumplió la edad y no esa expectativa en medio de una racha muy regularcilla para el cajón que se hacía en el colmado. Allí se pasaba las tardes haciendo guardia, en la trastienda, donde decidió que iba a invertir las horas de brazos cruzados en conocer el mundo desde los supuestos de la Sociología, y se apuntó a la UNED. Con todo ese bagaje se labró un mínimo currículum y ahorró para el AVE, para el suyo y el de Arli. Su amiga tenía más pájaros que manos. Había cursado algo de Administrativo, variantes artísticas multidisciplinares, muchas horas en barras de bares en temporada y alguna manita que echó en el negocio familiar de los Juncal para justificar las habichuelas que se comía donde Antonio y Charo.

Arlet seguía dispersa y en espera de que la asaltara su momento de suerte, «que a todos nos llega, Marta, y lo tendremos en Madrid». Un papelito en una peli tampoco iba a ser tan difícil de conseguir, se decía cuando no quería que la reprobaran por su ingenuidad infantil.

—Sincronizamos los relojes y ponemos en marcha el plan.

—¿Qué dices ahora, pirada?

—Marta, la mejor funeraria de Madrid te espera para que te lo lleves muerto. —Y se reían de nuevo.

Pero las cosas no son como se proyectan en la mente, aunque se repitan como un mantra siguiendo las pautas de uno de los miles de libros de autoayuda que se había tragado Arlet. Es posible que el universo tenga un plan para nosotros. Sin embargo, muchas veces no es el nuestro. La primera que encontró un hueco en los renglones de los créditos de una serie fue Marta, maquillando a personajes de poca vida y menos espíritu. La que estuvo más cerca de los muertos fue Arlet, que en los casi cuatro años en los que probó fortuna alternó contratos basura con alguna basura de contrato en los sectores y labores más inopinadas: vendió seguros de decesos, hizo *cup cakes* y *muffins* para una cafetería desde el horno de su casa —aunque ella admitía que no eran más que magdalenas tuneadas—, sirvió copas de noche, puso tintos de verano por el día, ganó unos eurillos haciendo bulto entre el público de un programa de televisión donde incluso tuvo sus diez segundos de gloria al interpelar a uno de los invitados —tenía la consigna de gritarle «¡Mentiroso!» y lo hizo regular por los nervios—, fastidió siestas como teleoperadora de esa compañía que todos hemos sufrido, dos fines de semana trabajó como conserje en una urbanización, y hasta ejerció de actriz. Bueno, de extra. En el montaje final no incluyeron su escena. Hubo expectación en Anticaria, una enorme y frustrada expectación.

Así iban tirando, con la relativa estabilidad de Marta y los añadidos ocasionales de Arlet. Tampoco necesitaban lujos. Un par de pantallas, y en las noches de frío sobraba una. Se esperaban indistintamente en sus respectivas camas, se daban calor, compañía, y se sentían la una a la otra, esporádicamente, sin hablarlo jamás, como cuando eran adolescentes. A la mañana siguiente el mundo seguía su rumbo y ellas sus vidas, con sus flirteos y sus novios ocasionales a los que nunca les pusieron una mala cara. Era un pacto no escrito pero, cuando la vida las separó, les dolió la ausencia de los abrazos y los besos callados.

A Marta se le agolpaban todos los recuerdos, de manera caótica y con destellos desordenados. Se atropellaban solapándose imágenes en un puzle confuso, con colores saturados, pero de sensaciones vívidas. Un rompecabezas que no estaba segura de si escondería la pieza que le pudiera dar la clave de dónde estuvo el error, si es que lo cometió ella.

Hubo una noche, quizás fue aquella, una en la que Arlet había bebido algo más. En su caso, solo necesitaba un chupito

163

extra tras el botellín de rigor, tenía poco aguante al alcohol. En aquel garito de copas de Huertas donde dieron con sus huesos le rodeaba el cuello constantemente con sus brazos y le decía que tenía ya la solución que les iba a cambiar la vida, entre risotadas flojas de ebriedad.

No sabe si es la confusión que provoca la memoria al abrirse a un recuerdo, a una imagen o a un momento que forzamos para rescatarlos, lo que hace que regresen no como fueron sino como nos encajarían en el presente. Marta, al evocar aquella propuesta, siente a una amiga más cariñosa y necesitada de afecto. Tal vez ella no lo entendió. La esquivó como nos zafamos de un borracho, sigilosamente, suponiendo que en su falta de lucidez no va a ser consciente de que le hemos dado la espalda y desaparecemos.

—¿No quieres otro chupito, Marta? Primero brindamos y en cuanto pueda, te cuento por qué. Vamos, no seas muermo.

Pero Marta estaba ya sonriendo a un tipo de altura de galán y peinado recio, de sonrisa blanca y corbata desanudada que la incitaba a otro brindis desde el extremo de la barra.

Así conoció a Juan Aguirre, analista de datos. Entre las sombras del garito, muy atractivo. A la luz del día, algo más gris y corriente. Dos días después, cuando ella se presentó en comisaría para informar de la desaparición de Arlet, él ya no pudo ocultar que en realidad era el subinspector Héctor Salaberri.

7

—*H*oy los sistemas de miles de empresas en todo el mundo se han visto amenazados por un ataque informático masivo. La procedencia se desconoce, pero a esta hora algunos datos están claros. La ofensiva ha sido diseñada y ejecutada por ciberdelincuentes, *hackers* organizados que no buscan solo llamar la atención, no estamos hablando de una gamberrada o de una travesura, sino que hay una voluntad criminal en su acción. Han lanzado el ataque a través de *malware*, es decir, programas dañinos cuya finalidad es infectar y secuestrar el ordenador, quedarse con sus datos y encriptarlos. Si la víctima quiere recuperar la máquina y la información, ha de pagar un rescate. Por eso hemos invitado al *Café Club* de Radio Cadena Nacional a Ernesto de la Calle. Ernesto, buenas tardes.

—Buenas tardes, Fernando.

—Bienvenido. Ernesto de la Calle es policía especializado en delitos informáticos, en ciberterrorismo, y además acaba de publicar *La otra red*, un libro que aborda cómo se mueven los hilos ocultos en el Internet más oscuro, en la llamada *deep web*, y qué herramientas tiene la policía internacional como la Interpol y los gobiernos para luchar contra ellos.

»Ernesto, según las primeras informaciones, después de que a lo largo del día se haya visto que no se trataba de un ataque específico contra la principal operadora de telefonía e Internet del país, que era algo más global, ¿podemos confirmar que se trata de una variante del virus WannaCry?

—Todo parece indicar que sí. Es una mutación y por eso los servicios de antivirus o barreras frente a *ransomware*, que son los programas secuestradores, no estaban preparados para parar el ataque masivo.

—¿No hay forma de prevenirlo?

—No, siempre es así, para que una compañía de seguridad lance el antídoto, primero tiene que saber contra qué. Otras veces no cunde el pánico porque antes de que salte la alarma el virus se ha propagado moderadamente. Aquí no ha habido tiempo.

—Para que se lleguen a infectar millones de ordenadores en todo el mundo, desde grandes empresas hasta el Sistema de Salud británico, ¿tiene que haber sido algo hecho y organizado por un ente con una gran capacidad?

—Si te estás refiriendo, Fernando, a si detrás tiene que haber un organismo cercano a un Estado o que haya utilizado su infraestructura, no tiene por qué ser así necesariamente, aunque nunca se sabe con qué apoyos puede haber contado.

—Ernesto, en tu libro hablas sobre las manos que mecen la cuna en la «otra red». ¿Lo de hoy tiene algo de eso?

—No exactamente. La *deep web* no es oscura por su naturaleza, porque como tal no es perversa, sino que hace referencia a la dificultad para acceder a ella. Imaginemos que pudiéramos replicar otro mundo igual al que tenemos, con las mismas leyes y las mismas normas de conducta. En ese mundo, vamos a llamarlo B, no es delito practicar deporte y sí lo es suplantar una personalidad o sustraer documentos privados. Lo punible no es entrar en esa dimensión si allí te dedicas a jugar al tenis, lo ilegal es cometer el delito. Y allí, en el lado oscuro, es más difícil para la Policía seguir tus pasos porque no se dejan unas huellas tan evidentes. Por ejemplo, en el ataque de hoy se pide el rescate en una moneda virtual.

—En bitcoins. ¿Por qué?

—Por lo que conocemos, por la trazabilidad. Las operaciones en moneda virtual no dejan ninguna estela, con ellas no hay rastro, no van dejando las migas de pan de Pulgarcito para no perderse. Si tú haces cualquier operación en los sistemas de pago tradicionales en una moneda fiscalizada, aunque lo hagas con las más sofisticadas técnicas de ingeniería financiera, se tardará más o menos, pero se puede seguir el recorrido como con un ojo de halcón. Sin embargo, en esa moneda virtual no, porque va por otros flujos, por otra dimensión, por seguir con el símil.

—Ernesto, ¿a quién le resulta beneficioso moverse en esa otra cara de la red?

—Como he dicho, la *deep web* es completamente legal, pero no todo el mundo tiene la llave; es una red a la que no se llega con los navegadores convencionales. Por lo tanto, es un punto de encuentro, como un callejón oscuro lejos de las miradas curiosas, por donde intentan campar a sus anchas desde pederastas hasta los que tienen intereses en los mercados negros de armamento; negocios ilícitos que usan redes encriptadas en servidores remotos que colocan como espejos repetidores para no ser localizados.

—Si están tan ocultos, ¿cómo es posible saber todo esto?

—Para eso hacemos nuestro trabajo. Podemos estar a su lado y que ellos no lo sepan. Además, siempre cometen un error. Tarde o temprano tienen un desliz.

Rubén apagó la radio. «Ya está bien de taxi por hoy.»

8

*L*a mesa del salón se había convertido en la de una oficina improvisada con tres montones de documentos. Cada uno se identificaba por una pequeña solapa en amarillo, rosa y verde de una cuartilla plegada sobre un lateral. El método de trabajo que habían consensuado con Salaberri y la inspectora consistía en repartir todos aquellos casos para que pasaran, en diferentes fases, por sus miradas y manos, en tres cribas, descartando así que se quedara en el tintero algún dato crucial bajo el criterio evaluador de Rubén, Andrés y Marta.

Secuestros exprés; robos con intimidación y sin ella; misteriosas incursiones en hogares donde dormían todos sus miembros, dejando la puerta y ventanas abiertas como señuelo de que alguien entró pero no profanó ni la propiedad ni sus sueños; suicidios que levantaban dudas razonables sobre si no habría alguien más tras la soga; amenazas continuadas de una sombra que demuestra saberlo todo sobre su víctima.

Todos los casos habidos y por imaginar descansaban sobre aquella mesa en tres montones repartidos aleatoriamente. El de la solapa amarilla empezaba estando bajo la custodia y repaso de Andrés, por ejemplo. Una vez revisado, anotaba en un documento los números del expediente que le llamaran la atención, que le sugirieran alguna conexión, por muy remota que fuera, con alguna línea argumental utilizada en una serie.

—O sea, como los que están en *Gran Hermano* y no pueden recibir información del exterior —había apuntado Andrés sobre la otra parte del protocolo: la recomendación de que no tuvieran la tentación de comentar los casos entre ellos, al menos hasta que no se hubiera cerrado ese proceso, para no contaminar ningún diagnóstico.

Los tres auscultaron metódicamente cada rincón de la letra e incluso del corazón de aquellos papeles.

—Vamos a arrasar unas hectáreas de bosque, sin miramientos.

Había sido otra de las ocurrencias del más creativo de los tres al saber que también habían concluido que, si hay contacto físico con el papel, la relación que se establece con lo que se lee es menos fría, menos distante desde el punto de vista emocional, se retiene más fácil y la capacidad de comprender el texto mejora ostensiblemente. No hubo que convencer a nadie pero, si hubiera sido necesario, la inspectora Velasco tenía un arsenal de argumentarios, fundamentados en estudios rigurosos y contrastados, que demostraban que esa era la técnica a aplicar y no había vuelta de hoja: había que imprimir los documentos. Otra razón tenía que ver con la seguridad. Era un riesgo innecesario que fueran de ordenador en ordenador.

Andrés y Marta conocían bien *Mujeres desesperadas*, así que anotaron entre los posibles el informe 42/1222, de junio de 2016, que detallaba que Mikel Larrainzar permanecía en coma desde entonces después de haber sido atropellado cerca de su casa en Majadahonda. No llegó a dormir y a la mañana siguiente fue encontrado muy cerca de su residencia, en una zona de chalés pareados que lindaba con una explanada sin urbanizar. El monovolumen de Mikel seguía junto a la rotonda de la circunvalación de la localidad por la que se accedía a su calle, donde todos los días había varios vehículos de manera ordenada sobre un solar al que la costumbre había convertido en aparcamiento.

—No lo metía en el garaje de su edificio porque era el vehículo profesional, el que usaba cada día y donde llevaba el material de trabajo —subrayó Marta.

—No hay testigos. El cuerpo sale despedido hacia el arcén, que presenta cierto desnivel hasta un descampado. Según se describe en el dosier, se puede deducir que el golpe que recibe es de un vehículo, por las señales en sus piernas y en la cadera, producidas por un duro impacto. El resto de lesiones, incluida la fractura craneal, ya son consecuencia de cómo se estrella

169

contra el suelo. Tampoco hay huellas de frenada en el asfalto, aunque se encuentran rastros de desgaste de neumático en el arco de la rotonda desde donde se pudo producir la embestida; las huellas propias de un derrape. Conclusión: no hay dudas de que alguien lo atropella, no frena, como si fuera al bulto contra él, y se da a la fuga —leyó y comentó en voz alta Andrés.

—¿Pasa algo así en *Mujeres desesperadas?* —se quiso implicar Rubén.

—No solo eso —le explicó Marta—. Al personaje al que atropellan, creo recordar que en la tercera temporada, se llama Mike y este Mikel.

—Y la profesión… —se lo dejaba en suerte Andrés.

—Fontaneros ambos.

No hubo debate sobre si lo traspasaban a la nueva carpeta, la que le entregarían a Benítez. El policía tenía el encargo de hacer de correo cuando le avisaran de que el trabajo de criba había acabado.

De hecho, Benítez se había ofrecido, solícito a los ojos de Velasco, que entendió que en ese gesto había algo de redención por lo culpable que se sentía tras haber mantenido aquella actitud suspicaz y paranoide. Lo cierto es que lo hizo por tener una nueva oportunidad de marcar de cerca a Andrés y no perder la ocasión de fisgonear sobre cómo marchaba su relación con Ana, aquella chica con la que cenó y de la que tenía que averiguar si era quién él creía que era. Otra asignatura pendiente que acumulaba de su desliz. Si corroboraba sus sospechas, le podría vender a la jefa que lo había descubierto a raíz de que le abrieran las puertas en la casa de los blogueros. No tendría que excusarse por haber estado rondando y husmeando por su cuenta gracias a métodos poco ortodoxos o más cuestionables.

Así que en un portafolios recogió la cosecha. Junto al atropello inspirado en *Mujeres desesperadas,* otros tres casos candidatos a engrosar la trama.

En agosto de 2016, en la A1, a la altura de Boceguillas, en sentido norte, apareció volcada una furgoneta frigorífica en el arcén de la vía de servicio. El día anterior la habían robado a punta de pistola al repartidor de Truck & Fresh, una empresa de congelados. Su testimonio describía cómo le dieron el alto en una carretera comarcal que unía dos localidades de la sierra norte de Madrid, por las que efectuaba el reparto casi a diario, entre Navalafuente y Valdemanco. Lo que parecía ser un control rutinario de la Guardia Civil resultó ser una trampa para que detuviera el vehículo, del que le hicieron bajar bruscamente. Nada más parar ya se había dado cuenta de que algo no funcionaba bien.

«De lejos no se les podía distinguir por la sombra del tricornio, que les oscurecía el rostro. En pleno agosto llevaban subido, hasta más arriba del mentón, un jersey de cuello alto y el resto de la cara pintada. Cuando me percaté de eso, ya había parado el furgón frente a ellos. Me apuntaban directamente a la ventanilla con una pistola cada uno. Me bajé, el más alto se fue en el coche que simulaba ser de la Guardia Civil. El otro se montó en mi furgoneta y salió detrás de él a toda velocidad. A una velocidad que yo no sabía que podía alcanzar ese cacharro.»

La furgoneta apareció al día siguiente, volcada, a 65 kilómetros de allí. En la cámara frigorífica habían cambiado todos los productos de alimentación por carne, carne humana. Marta hizo una broma de tono negro, volviendo por sus fueros, sobre la manera que tenía la gente de protegerse de la ola de calor de aquel verano. La realidad era más cruda. Se trataba del cadáver de una prostituta de origen ucraniano. Se sabe que había estado trabajando en uno de los locales de carretera cercano a Guadalix. Estaba en situación irregular, sin documentación, sin tarjeta de residencia. Había entrado en España introducida por las redes clandestinas de trata.

—Descuartizada, seccionada en cortes limpios longitudinales, hechos con esa pulcritud que solo permite un cuerpo al que se ha extraído previamente toda la sangre. ¿Os suena?

Andrés y Rubén asintieron. Lo habían visto en *Dexter*, en la serie de crímenes atribuidos al asesino del camión de hielo.

Tuvieron alguna duda más con un caso que, aunque ocurrió también por las fechas que estaban analizando, no era tan evidente.

—Nosotros estamos proponiendo, aportamos lo que sabemos, no tenemos que emitir sentencia, digo yo —se quejó Andrés—. Así que opto por añadirlo, y ya decidirá quien tenga que hacerlo.

171

Asintieron y pasaron, con todas las prevenciones posibles, el caso del restaurante de Usera que voló por los aires sin que se hubiera detectado ninguna fuga de gas, sin que nadie advirtiera de que se había colocado un artefacto, porque tampoco se encontró, y los técnicos, peritos y forenses seguían buscando la explicación ocho meses después. «Hay hipótesis, pero ninguna con la fuerza suficiente para ser la definitiva y concluyente», admitía el informe. Añadía que no se estimaba oportuno ni con solidez científica inapelable ningún anexo técnico redactado y que, por ese motivo, no se incluirían hasta que se hubieran consensuado con todos los especialistas implicados.

Ocurrió en una fecha y a una hora que parecían haberse escogido para que la única víctima mortal fuera el dueño del local y para que el resto de los daños fueran exclusivamente materiales. O eso, o fue un milagro. No había trabajadores ni clientes, ni tan siquiera vecinos en los dos pisos superiores. Era como si hubieran alertado de una evacuación a tiempo para desalojar la zona, en un barrio muy concurrido y populoso. Mario Grandina, de origen italiano, el propietario de la pizzería, aprovechó el día de descanso para poner en orden papeles de proveedores y facturas varias antes de llevárselas a su gestor para tramitar la declaración del IVA de ese trimestre. Así se lo dejó dicho a su mujer. Después del verano llegaba una época valle, en la que bajaba la intensidad de trabajo, y en la que se podía permitir cerrar el negocio los lunes y, en función de cómo fuera la caja, algún día más. Ahora todos, después de que la cocina, que le hacía las veces de despachito, hubiera reventado como una auténtica olla a presión, haciendo la ferralla de los utensilios de potente y mortal metralla, dejando el cadáver de Grandina clavado en los cristales de la pecera que separaba uno de los comedores más discretos del resto del gran salón.

—*Los Soprano*. Casi arranca así, sí señor. Es que esta sí que me la tengo vista —comentó Benítez cuando se llevó la documentación, al repasarla en voz alta ante ellos para que no quedaran dudas sobre los casos que revisaron—. ¿Y este último, el del emisor del GPS? Joder, que es que os las sabéis todas, campeones.

—Ese caso coincide con algo que ocurre en una serie francesa —le explicó Rubén.

—Eso digo, a eso me refiero, que os las veis todas, qué alegría tener tanto tiempo libre.

—A veces no es tenerlo, sino saber gastarlo, decidir en qué emplearlo —replicó Marta.

—Tienes razón. Pero supongo que esos hábitos no los adquiere uno de la noche a la mañana. Es más fácil seguir leyendo o viendo series y cine, o lo que te interese y te llene, si ya lo has hecho desde niña, ¿no?

Era una piedrecita de las que solía tirar Benítez sobre el tejado de sus interlocutores, de las que no ponían a nadie en apuros directamente pero que lanzaban un mensaje para navegantes, un «Por si me has querido copiar, cambio». Le servían para tomar la temperatura, ver reacciones, y aquí vio que le había dado en la línea de flotación a la paisana de Arlet.

Tenía sus riesgos. Si el interfecto —interfecta en este caso— lo tomaba como una declaración abierta de guerra, tal vez se precipitaran los acontecimientos antes de lo deseable. No fue así. Vio rabia contenida y desconcierto a partes iguales reflejados en los gestos nerviosos de Marta, una vez lanzada la chinita. No pasó de ahí.

—A lo que íbamos, que me eternizo aquí y veo que se impacienta el personal...

—La verdad es que no estaría mal poder seguir con nuestras vidas, sí. De vez en cuando tenemos planes —intentó zanjar Andrés.

Benítez ya sabía qué iba a hacer cuando saliera de allí. Quizás consiguiera la segunda diana del día.

—Lo del emisor de GPS dentro de un tacón de zapato. A eso íbamos —retomó Rubén—. Es de lo más reciente que hemos visto y también en orden cronológico el más cercano.

Cuando encontraron muerto, tumbado sobre un par de sillas en la sala de espera de embarque de Barajas, a Emiliano Carbonell, llevaba más de doce horas muerto. Pasó allí todo el día. Su tarjeta se registró en el control de seguridad a las 8:30. Cerca de las 10 de la noche, cuando en esa zona de la letra K en salidas internacionales de la T4 ya no había movimiento, llamó la atención de una de las limpiadoras que ya se había fijado en él porque llevaba mucho tiempo en la misma postura.

173

Vestía ropa informal de viaje y una mochila a modo de equipaje de mano que se había colocado como almohada improvisada. Dolores se aproximó y le preguntó una vez si estaba bien; otra más con el tono de voz algo más redondo y cerca de él, por ver si reaccionaba: «Ay, madre, que no contesta. Oiga, voy a llamar a Seguridad, que aquí no se puede estar». Y nada. Ya cruzó la frontera de la prudencia y lo tocó, casi zarandeándolo, y Dolores, que una mañana cinco años antes tocó así al que hasta ese día era su marido, que no volvió a despertarse, sabía que se podía temer lo peor, que ese hombre estaba «como un pajarito». Le dio un grito a una compañera: «Corre, que hay que llamar a urgencias, que a este hombre le pasa algo y no es algo bueno».

Le habían lanzado un dardo que habría impactado de forma certera en el cuello, en una zona muy próxima a la yugular. Era una inyección letal de un veneno que se extrae de la rana *Phyllobates terribilis,* el vertebrado más tóxico del mundo. En las grabaciones del sistema CCTV del aeropuerto no se pudo distinguir más que a la víctima pasando el arco de seguridad y luego entrando en el servicio, y quizás fuera ahí donde ocurriera todo, incluso que le incorporasen el emisor de GPS a la suela del calzado, en un orificio horadado para alojarlo, como en la serie francesa de espías *Oficina de infiltrados.* Después de inocularle el veneno, no tendrían tiempo más que para, disimuladamente, fingir que lo estaban ayudando a tumbarse. Para siempre.

—No he entendido eso de que le incorporen el dispositivo chivato en el servicio —apuntó Rubén— porque precisamente se coloca ahí porque cuando pita el arco del control de seguridad, lo primero que te invitan a hacer, si ya te has despojado del reloj, las monedas, el móvil, el cinturón y cualquier metal, es a descalzarte, y a no ser que tengas los rasgos de Bin Laden, no conozco ningún caso en el que hayan radiografiado los zapatos.

—¿Y el tal Emiliano era espía, trabajaba para los servicios secretos, era de la Inteligencia? —propuso Marta.

—Industrial. Fabricante de recambios de automoción, sin relación alguna con ese mundo, a no ser por las novelas de John Le Carré que hubiera leído. En fin… —Benítez hizo una inflexión con un suspiro que subrayó dibujando una línea imaginaria con sus manos a la altura del pecho—. Es hora ya de descansar, o de lo que sea. —Miró a Andrés.

—Cada mochuelo a su olivo —apoyó este.

—Me voy, sí. —Y cuando llegó a la puerta, antes de abrirla, se dio la vuelta como si se hubiera olvidado algo—. Ah, una cosa que me había encargado la jefa y casi se me pasa. Tenemos un chico en la comisaría, un seriéfilo que también se las traga toditas. Tomó apuntes de otra ficción sueca, *Modus* se llama. Y a la Velasco le pareció interesante. ¿Todos los comentarios de los *trolls* y de los seguidores en general del blog están en abierto, los podemos leer nosotros, por ejemplo? —Y ante el asentimiento unánime—: Interesante. Ahora rastrearemos nosotros. Tened buena noche, chicos.

175

9

*N*o le había dado tiempo a Benítez a abandonar el edificio de Lavapiés cuando golpearon tres veces la puerta con los nudillos. Rubén vio a Salaberri a través de la mirilla enorme y circular, sin óptica, que tenía la puerta de madera pintada en blanco.

«Se ve más desde el rellano hacia dentro que al revés. Y hay hueco para meter una pistola, un puño con malas intenciones y hasta una granada de mano», había bromeado una vez Andrés.

El subinspector llegaba empapado. Había empezado a tronar sin previo aviso, ni en el horizonte ni en las previsiones. Tampoco Héctor había sido precavido y, rarísimo en él, se había olvidado las llaves. Estaba volcando el cielo toda la indigestión de vapor, condensación y humedad engullida en los tres últimos días de sofoco y bochorno impropios de Madrid.

—Lo voy a poner todo perdido —se disculpó.

—No importa, es agua. No llevas ni barro en las zapatillas. Pasa, hombre, pasa.

—Sí, he salido hoy a hacer circuito urbano. Las llevo limpias —reconoció Héctor.

—Yo me lo tengo que tomar más en serio y retomar lo del *running*. Son demasiadas horas de sedentarismo en el taxi. Y se nota —dijo Rubén cogiendo en un pliegue un incipiente michelín mientras extendía unos periódicos viejos por el suelo de la entrada—. No me separo de mi flotador.

—Muchas gracias. Cuando quieras, te organizo un plan de entrenamiento para que vuelvas de manera progresiva. Tampoco hay que matarse. Yo no pretendo participar en ningún *ironman* ni similar. Es para mantener la forma. Hoy, por ejemplo, solo cinco kilometrillos y por la ciudad. —Héctor le mostró el recorrido que se perfilaba en un mapa de la *app* con la que controlaba sus entrenamientos.

Una aplicación de las que marcan ritmos, velocidad, líquidos perdidos, calorías consumidas, promedios, desniveles, pulsaciones. Hasta son capaces de armonizar el tempo de la música que podemos escuchar a los latidos por minutos.

—¿Has pasado por la calle de Murcia? —El dato no había pasado desapercibido a los ojos de un taxista, capaces de leer un mapa de la capital e interpretar en tiempo récord dónde está ubicado y orientarse.

Héctor intentó disimular su sorpresa.

—Ah, pues sí, es verdad. He ido callejeando en función de que se pusieran en verde los semáforos para los peatones y he pasado por allí, sí. Es donde me contaste que habías visto al matón que te mandó el recadito, ¿no? Imagino que lo dices por eso.

Asintió con la cabeza Rubén y se quedó mirando hacia el ventanal sobre el que salpicaba con fuerza la lluvia torrencial que, imaginaba, haría ya más de una hora que había arramblado con cualquier rastro de tarjeta SIM o lo que tirara el gánster del taxi en el sumidero de la calle por la que acababa de pasar el policía.

10

Cuando Benítez se propuso como mensajero no sabía que iba a ejercer esa tarea de forma tan literal. Isabel Velasco llevaba un par de días encerrada en casa. La perturbación del cielo plomizo y la espesura de una presión atmosférica que estaba por las nubes —nunca mejor dicho— se traducían en unas punzantes jaquecas. La inspectora sentía como si una antigua Gillette con hoja de doble cara, de las que recordaba que utilizaba su padre para afeitarse con brocha y espuma, se le clavara entre las astillas internas de su malherido pómulo y en un nervio vital que tenía el capricho de pasar por allí. Ni los opiáceos ni la morfina.

Le habían aplicado todas las técnicas, había recurrido hasta a brebajes de abuelas hechiceras de su barrio, por si el efecto placebo vencía al trigémino. Nada. Solo una ducha de agua hirviendo y la quietud del silencio en su dormitorio a oscuras lograban espantar la tortura tras varias horas de respiración pausada de meditación oriental. «Esos dos días solo pudo ir trampeando con esa práctica.»

Pero su madre la ganaba en achaques de toda su naturaleza de octogenaria. Entonces Isabel toreaba su cuchilla y estaba más pendiente de ella. Mientras, más que rezar desde su poca fe, invocaba a la lluvia, a los dioses de las tormentas, para que desanudaran el cúmulo de futuras tempestades y jarreara como si del diluvio final se tratara. Sus plegarias habían surtido efecto. Demasiado, quizás.

Cuando apareció en pantalla el mensaje de Benítez que le avisaba de que ya estaba abajo, volvió a borrar en la barra de notificaciones por enésima vez el de «Llamada perdida de Salgado». Así que, nada más abrirle la puerta a su colaborador, le recibió con la pregunta:

—¿Alguna idea sobre lo que busca Fernando Salgado, de Radio Cadena Nacional?

—Buenas tardes, jefa. Sí, señora, yo también le doy las buenas tardes. Yo bien, gracias. Empapado, pero feliz como unas castañuelas. Han contribuido a ello el chaparrón y su cariño a partes iguales.

—Déjate ya de chorradas, Benítez. —Velasco no pudo contener, sin embargo, una mueca que era de sonrisa y de disculpa. Benítez en estado de gracia cheli le podía—. Buenas tardes, anda, pasa, sécate un poco y me cuentas.

Su colaborador la puso al corriente del informe que le traía con las últimas conclusiones de los «asesores estos que nos hemos agenciado en Palo Alto, aunque vivan en Lavapiés».

—¿Hay algún motivo para pensar que haya podido filtrarse algo?

—Si lo dice por la insistencia de Salgado, no tengo ni puñetera idea, jefa. Sí que es cierto que el otro día fue muy comentada su entrevista con nuestro común amigo de ciberdelitos, el que va ahora de escritor superventas.

—¿Con De la Calle?

—El mismo. La jornada del ataque masivo de virus se convirtió en su momento de gloria.

—Pero los de la Tecnológica no están al corriente de nuestra línea de investigación, Benítez. Les hemos ido pidiendo peritajes e informes sobre los diferentes delitos de la pieza, de lo que para nosotros es una misma operación, pero no para ellos.

—Tampoco es tan complicado atar cabos. Y sabe que siempre hay quien se va de la lengua, alguna indiscreción, y cuando no, se hacen pajas mentales que al final resultan ser ciertas.

—Hablaré con Ernesto de la Calle. Si lo evito, va a ser peor porque me conozco a mis clásicos y el personaje es capaz de sacar conclusiones del tipo «Nos ocultan información porque hay algo gordo».

—En esta ocasión no sería mentira.

—Eso es lo peor —maldijo la inspectora mientras echaba un vistazo a los documentos—. Menudo abanico. Estoy en ese

179

punto en el que me faltan pósits y memoria. Ya he perdido la cuenta, pero al lío: no olvidemos lo inmediato.

—Lo podemos dejar para mañana si hoy está con lo suyo. —Y le señaló la línea imaginaria que le unía el pómulo con la sien.

—Quizás me hacía falta darle algo más de actividad al coco. Estoy mejor. Ya se va enfriando el infierno. Cuando se rompe el cielo así… —Y entonces tronó, dejando el eco de la vibración entre las persianas y la vidriera decorativa que imitaba a las de los 70— … voy volviendo en mí misma. Pero ya sé que es tarde, no te voy a entretener mucho, no te agobies.

—Yo lo decía por usted. —Benítez quiso zanjar las dudas, aunque lo hizo con la boca pequeña.

En realidad, miraba con el rabillo del ojo el reloj o buscaba alguno que hubiera en la pared, en la tele.

—Es que veo que tienes prisa, Benítez.

—Por cosas de trabajo. Tiene que ver con el caso. Ahora le explico, pero cuente, cuente usted primero, que iba a empezar una de sus celebradas enumeraciones. —Lo cierto es que quería ganar tiempo para atreverse a decirle, pero no sabía cómo, lo que había averiguado de Andrés.

—Deberíamos decidir si damos el paso de hablar con Marta Juncal para plantearle abiertamente lo que creemos: que ella conoce a la chica de El Capricho, a Arlet. Quizás es mejor que no nos precipitemos. A una la tenemos controlada y a la otra más si cabe, mientras esté en Cronosalud, la clínica de Pozuelo.

—Eso es muy sensato, sí.

—Otro asunto pendiente, que tal vez deberíamos empujar un pelín para que se acelerara. ¿Cómo narices es posible que no vayan llegando más datos sobre el falso holandés suicidado del hotel Capital? ¿Tú no te manejas bien con Alfonso el de Atestados? Dale otro tirón de orejas. —Al menos no utilizó la fórmula del «Deberíamos darle un tirón de orejas», ese falso plural que obligaba a Benítez a contenerse para no escupir la rabia que le provocaba—. Yo llamo a Andreu, el forense. Vamos aligerando con el temita, que ya me toca la moral la indolencia de algunos.

—Le va muy bien la tormenta, «como se ve en la gráfica».

—Déjate de ironías. Tú me querías explicar…

Tragó saliva el policía y abrió los ojos hasta arrugar a la vez la frente, en un preámbulo de un «Voy p'allá y que salga el sol por Antequera»:

—Otro día, con más calma, le daré detalles sobre cómo he conseguido la información.

—Digamos que por tus métodos.

—Eso, por mis medios. —Le hizo ademán de pararla en seco para que no lo interrumpiera—. Merece la pena, Velasco, escuche. Sé que Andrés, uno de los del trío de las Azores, ha quedado en alguna ocasión con una tal Ana. Esa Ana, a la que yo le he visto el *jetoncio*, es el vivo retrato, aunque en versión femenina, de alguien a quien conocemos y dejamos ir a la primera de cambio, nos falló el olfato. —Se percató de que él también estaba recurriendo a huir por los cerros del plural culpable.

—¿A quién te refieres?

—A Javier Poveda.

Velasco iba a mirar las notas del móvil para buscar en qué momento de la investigación había aparecido el tal Poveda.

—Le ahorro el rastreo. Es el chaval al que le hice el marcaje en el metro, al que descartamos…

—Descartasteeeeee.

—Porque no parecía que fuera más que un consumidor de series bajadas desde enlaces cuestionables. Coincidió que se había descargado los mismos archivos, y en las mismas fechas, que el ordenador encontrado en el hotel.

—Y la tal Ana sería su hermana, según crees.

—El mismo Poveda con coleta.

—Eso sí que es para lo de tus juegos estadísticos, Ricardo.

—Sí que es curioso, sí. —No vio cara de reproche en su jefa y eso lo calmó—. Con su permiso, vuelvo a Lavapiés a ver si cazo algo. Por si es día de quedada.

En lo que quedaron ellos es en hacerle una nueva visita a Poveda, a poder ser con más datos de filiación de sus familiares más próximos.

Velasco se sirvió una infusión de menta y poleo con hielo, se acomodó en el sofá después de comprobar que su madre dormía, sedada, por fin. Se iba a dejar llevar por cualquier programa de esos de poco contenido y mucha luz. Iba a desco-

181

nectar el teléfono cuando volvió a parpadear el mensaje de las llamadas perdidas de Salgado. Apagó la tele. Ahora o nunca.

—¿Fernando? Sí, soy Isabel Velasco. Perdona por llamarte a estas horas, pero he estado un par de días fuera de juego. [...] Sí, tenemos que hablar. [...] Me parece bien, porque mañana tengo que ponerme al día y a otra hora va a ser complicado. [...] Así quedamos. Perfecto. [...] En el hotel de siempre. [...] Eso es. Hasta mañana.

T01 x 06

1

*F*ernando Salgado se había bregado en mil batallas de la crónica local, de sucesos y tribunales desde antes de acabar la carrera. En realidad, fue cronista primero y becario más tarde en la radio, adonde ya llegó fogueado. Asturiano acogido en Madrid, incisivo a base de perseverancia y tozudo por genética. Conforme se había ido forjando como profesional, había optado por aligerar la losa a la que obliga el perfeccionismo y se decantó más por tirar por la calle de en medio: fue apostando por el trazo grueso lanzándose a la piscina. Comprobó que era más efectivo.

Interpretó que, con solo utilizar el condicional y salpicar las crónicas con dos «supuestos» y un «cabría deducir», uno ya estaba parapetado contra toda acusación de imprecisión o falsedad, y él no se arredraba ante nada. Es cierto que ese estilo lo lucía más en las tertulias de la nada televisiva donde, de la noche a la mañana, se ganó más fama que reputación. En la pequeña pantalla se granjeó más reconocimiento que en los veinticinco años anteriores de picar piedra y cincelar palabras desde el anonimato relativo de la radio. Sí, el reconocimiento era más de cafeterías que de foros o ateneos del prestigio de la profesión.

Isabel Velasco lo veía venir a kilómetros. Lo tenía caladísimo. Se habían batido el cobre de los tira y afloja que marcan las relaciones entre policías e informadores. No los confidentes, sino los otros, a los que les soplan desde las altas esferas la información que les interesa dosificar en cada caso. A veces un pelín más, siempre midiendo lo que se negocia. Si ahora eres generoso sin que afecte negativamente al trabajo de calle, tal vez mañana la prensa te pueda devolver el favor.

Ese era el ten con ten en el que se movían sus relaciones, vigilando que· lo que no salía de sus bocas no fuera a fugarse por las lenguas flojas de los que llevaran la investigación cerca del juez, o sea, un toma y daca que requería mesura, mano izquierda, cierta condescendencia. La inspectora Velasco atesoraba todas esas cualidades pero, aunque los límites de su paciencia estuvieran en el rango más alto de lo que puede llegar a marcar el umbral del santo Job, también podía verse rebasado. No habría muchos especímenes que fueran capaces de echar la última gota sobre las tragaderas de la inspectora, aunque Salgado sí que podía alardear de llevar esa muesca en su haber.

Ambos habían sacado provecho de esa relación, un *quid pro quo* equilibrado y satisfactorio hasta que a Salgado se le calentó la boca en una tertulia hacía ya dos años. Desde entonces Isabel había roto todos los puentes tendidos con el periodista. Salgado estaba empezando a hacerse un nombre y un rostro. Sobre todo un rostro, reconocible y popular, que le abría puertas y le hacía relamerse de la fama que siempre anduvo buscando como un perdiguero olisqueando el hedor de la presa, sin importarle lo más mínimo si para capturarla tenía que meter el hocico en las zarzas más espinosas. El prestigio para Fernando Salgado se calibraba por la de veces que lo paraban en la calle o por los cuchicheos que sentía a su alrededor en la cola de un cine. A cualquier precio, porque si cada día tiene su afán, aquel había sido su afán de cada día.

«Te confío esto, Fernando, para que hagas el uso que nos conviene a todos. Ya tenemos localizado al pederasta al que le seguimos la pista desde hace cuatro meses. El jueves por la mañana vuelve a Madrid, ya lo hemos asustado en Arnedo. Allí está escondido en una casa que había sido de sus padres. Eso ha funcionado porque acaba de comprar los billetes de autobús para volver. El plan es hacerle creer que lo buscamos por el norte. Hazme el favor de contar que la Policía lo tiene identificado, que estamos ya muy cerca, que sabemos que está allí arriba y que tiene intenciones de huir del país.»

«A cambio, soy el primero en dar que lo habéis trincado en García Noblejas.»

«Nos vamos entendiendo.»

Pero aquella vez Velasco no calibró qué parte no le había quedado clara al «tonto de capirote ese». Se le calentó la boca, no pudo guardar la información confiada y el mismo jueves, en uno de esos programas matinales donde se rellenan horas y horas dándole vueltas a una especulación más que a una noticia, donde hay especialistas que hacen análisis psíquico-forenses de secuestradores que no están ni identificados, donde se juega con anzuelos de lo que está por llegar y no hay más cera que la que arde en el titular, se encendió la pira de un Salgado *on fire* y cantó lo que no debía. Saltaron todas las alarmas. Estuvo a punto de malograr una operación que iba a dar con los huesos en la cárcel del más deleznable violador de menores de los últimos años. Aquello no se lo había perdonado Velasco, a quien, aun con su talante compasivo, no le apetecía más que estrangularlo.

Si la inspectora buscaba firmar el armisticio era porque no había otra manera de averiguar qué sabía realmente Salgado, qué información manejaba sobre el caso actual. Pero ya le tenía cogida la medida. Ahora sí, porque de todo se aprende y ella había escarmentado. Si andaba con tiento, podía sacar tajada y el encuentro podría ser más beneficioso para ella que lo que sería capaz de arañar él. No había cambiado, al menos en un detalle: la puntualidad no se encontraba entre las virtudes del periodista.

Aunque podía vanagloriarse de saber por dónde iba a intentar embestirlo, esta vez no lo vio llegar. Fue como una aparición. El taxi lo había dejado en doble fila, tras el microbús que el hotel tenía aparcado a disposición de los clientes que iban o venían del aeropuerto de Barajas, muy cercano. Velasco se había situado en una mesa de la cafetería que ofrecía una amplia panorámica a pie de calle. Allí lo esperó a sabiendas de que le iba a dar tiempo a desayunar tranquila y repasar la prensa del día. Se entretuvo en algún titular de deportes. Le llamaban poderosamente la atención por la habilidad que tenían para sacar rotundas conclusiones, ya no solo de un gesto, como hacían en la crónica política, sino de los silencios. Y le maravillaba cómo eran capaces de adjudicar con contundencia fichajes que jamás llegaban y traspasos que nunca se iban a materializar.

187

Con Benítez coleccionó recortes de «últimos fichajes», como los de los cromos. Una vez empezada la temporada, si se hubieran cumplido todos los anunciados, el Real Madrid, el Atlético o el Barça habrían hecho una foto de familia de presentación con tres equipos titulares cada uno. Estaba riéndose para sus adentros, con los pensamientos puestos en la cajita donde guardaban los titulares, cuando un índice que le era familiar le arrugó la parte superior del periódico, por donde se asomó ese aliento ácido que llegaba desde la voz engolada de Salgado.

«Caen los años y el tinte sobre la gomina», pensó Isabel. Otro detalle que tampoco había cambiado: visto de cerca, recordó lo que le asqueaba el personaje.

—¿Estás sola? —bromeó Salgado, aunque intentó emular un tono de chulo de bar de copas que no distaba tanto de su impostura permanente.

Iba de perdonavidas con sus conquistas, que él contabilizaba en cientos. Velasco le atribuyó el mote de Campeón del Parchís desde que se lo escuchó a Benítez, «Es de los que se come una y se cuenta veinte». No es que le importara mucho que si los veían juntos fueran a sacar conclusiones, o que Salgado se encargara de propiciarlas, pero cuantos más parches preventivos pudiera poner como cortafuegos, mejor. Con semejante personaje, todas las barreras de contención se antojaban escasas. La decisión de quedar en ese hotel alejado del centro y de las miradas del todo Madrid era una más de las medidas profilácticas que adoptaba de forma premeditada la inspectora.

—Siéntate. Yo ya he desayunado, me he leído la prensa, me ha dado tiempo a hacer dos sudokus y hasta la compra de la semana, por Internet, eso sí, porque acercarme al súper me parecía de mala educación. Por si venías y no me encontrabas, quiero decir.

La inspectora conocía muchas formas de afearle la impuntualidad, la falta de respeto que suponía no valorar su tiempo pero, como si no hubieran pasado más de dos días en lugar de dos largos años desde la última vez que se vieron, el cinismo fue el camino por el que tiró de entrada para marcar las distancias.

—Perdona, no sabes cómo está el tráfico.

—Sí lo sé, sí. Yo hoy me he decantado por no venir en helicóptero, mira por dónde.

—También me han llamado justo cuando iba a salir, era para una intervención en la radio y, si lo hacía con el móvil, era un riesgo, se pierde la cobertura… —Mientras desplegaba el capítulo dedicado a las excusas, reclamaba la atención del camarero como si fuera el único cliente en el mundo.

La soberbia que le estaba acallando Velasco buscaba otra vía de expansión. El servicio la iba a pagar.

Ella lo observaba hasta con cierto punto de conmiseración. Le daba pena la arrogancia que no deja ser felices a vanidosos de manual como el pájaro que tenía enfrente. Los rizos ondulados en alborozo de la melena de corte Mel Gibson empezaban a escasearle y perdía frondosidad tupida para ir abriendo paso a un paisaje desolador. Clareaba un cuero cabelludo augurando la alopecia que en tres telediarios iba a asestarle a Salgado otro golpe de gracia.

—Qué insistencia la tuya, Fer. Casi me consumes… la batería del teléfono, quiero decir, de tanta llamada.

189

—Me tienes que aclarar qué hay de verdad en un asunto gordo que me ha llegado, y que tengo entendido que está en tus dominios.

—Sí, por supuesto, tú no publicas ni sueltas nada que no te hayan reconfirmado, a no ser que llames a los afectados dos minutos antes del cierre y no des tiempo material para que te respondan. Es cuando te he oído decir aquello de «Han declinado ofrecer su versión».

—Te veo más *heavy* que nunca, Isabelita.

—Yo a ti como siempre, eso es lo malo.

—Vamos a ver, ¿tú estás llevando lo del negrata que se lanzó desde la sexta planta del Capital?

—Sería divertido que te expresaras en esos términos en la radio.

—Joder, ya me entiendes. A ver si ahora vamos a tener que guardar las formas tú y yo, aquí, ante un café.

—Un día se te escapará tu yo auténtico en la radio, en la tele, y entonces sí que te vas a convertir en una celebridad.

Salgado ladeó la cabeza y juntó las manos pidiendo disculpas y una tregua.

Así lo entendió Velasco y preparó la siguiente andanada de su artillería.

—Sí, llevo el caso del suicidado, del aparentemente suicidado en la Gran Vía.

—Me han dicho que vais dando palos de ciego, que no avanzáis, que ni sabéis quién es el tipo. Me hablan de que hasta la situación procesal está viciada.

—¿Viciada? Tú sí que... —Reculó, pero le costaba horrores apocar su dureza verbal con Salgado—. Explícame eso e intenta hacerlo sin pensar que soy boba o que estás vendiendo una de tus motos a la audiencia.

—Que si primero se quiere encalomar el muerto y la investigación a la embajada holandesa, que si después os dais cuenta de que de holandés solo tiene un pasaporte falso, que nadie recuerda que se registrara en el hotel ni quién lo hizo por él, y el muerto va de la morgue a la camilla de los forenses y de la camilla otra vez al depósito.

—¿Y? ¿Eso es viciar una investigación? ¿Has aprendido la palabra en jueves? Esto es muy serio, Salgado. Aquí, afortunadamente, no hay un redactor jefe que me apremie para sacar algo a toda costa. Hay que estar muy seguros para avanzar. Dar palos de ciego es coger lo primero que te llegue, ponerle una etiqueta de seguridad con un «Podría haber sido lanzado al vacío», y tú sabes que así significa todo lo contrario a lo que pretendes insinuar, y darle la rimbombancia de los grandes titulares o venderlo como periodismo de investigación. Menos mal que cada vez abunda menos entre los tuyos ese *modus operandi*, pero qué daño hacéis los que seguís practicándolo.

—Si fuera así, ya habría contado todo eso. Es la comidilla en tu sección, por cierto. —Fernando no se arredró—. Solo te pido colaboración. Si estáis tan despistados, es posible que soltando alguna liebre muerdan el anzuelo.

—No tengo anzuelo ni pescado para la foca. Es lo que hay. Un apátrida del que nadie ha reclamado su cuerpo ni había denunciado su desaparición. No hay nada.

—Yo tengo entendido que sí, que estáis trabajando con la hipótesis de que esté vinculado a otro caso.

Velasco se mordió los labios. Su contrincante la conocía muy

190

bien y ese gesto reflejo la delataba. Pero la inspectora se repitió que no debía descartar que Salgado estuviera jugando de farol.

—No tengo ni idea de a qué te refieres.

—La mafia de boxeadores.

—¿De qué narices hablas? —La preocupación de la inspectora dejó paso a la curiosidad.

Fuera lo que fuera, el iluso de Salgado andaba despistado y se dirigía directo a una colisión. Le contó que le había llegado el soplo «de una fuente muy, pero que muy fiable» de que la anatomía del falso holandés era de complexión atlética, con manos de boxeador, y que eso le hacía candidato a ser el número 20, el que faltaba de los que habían sido liberados por los Mossos en Terrassa días atrás, de entre los nicaragüenses a los que extorsionaba la mafia de combates ilegales.

—No vayas por ahí, querido, que harás el más bochornoso de los ridículos.

Después se arrepintió de la advertencia, porque sin ese consejo a Salgado le hubiera faltado tiempo para alardear de información privilegiada y para pavonearse en el próximo *show* al que lo invitaran, quizás el de ese mismo mediodía. Tampoco se iba a hacer mala sangre por haber evitado el fiasco, ni con esa metedura de pata iba a tirar por la borda la poquita reputación que le quedaba al periodista. Desgraciadamente, no son esos los valores que cotizan al alza.

191

2

*E*l soniquete del Skype alertó a Salaberri, que se empeñaba a
fondo en su batalla contra los ácaros. Si Velasco hubiera llegado a saber el esfuerzo que suponía para él vivir en un entorno
hostil para sus obsesiones, lo condecoraba. Su biblia era un *best
seller* que esos días estaba sentando cátedra sobre las bondades
de vivir en un entorno ordenado. La limpieza era para Héctor
otro factor necesario. Nunca encontró a la persona que estuviera a su nivel y, claro, convivir con tres treintañeros a los que
Marie Kondo fusilaría al amanecer no era su ideal. ¿De dónde
salían las partículas que se reproducían en proporción geomé-
trica sobre el wengué de la mesita baja? Cuando se retirara, y
si todo salía según sus planes tampoco faltaba tanto, lo haría
a una ciudad de altitud suficiente para acobardar a los bichos
que anidan dentro del polvo. Leyó que el hábitat a partir de
los 1100 metros sobre el nivel del mar es una tortura para los
arácnidos microscópicos, y desisten.

Sonaba el Skype. Videochat con Velasco. Cerró la petición
de conferencia en el programa azul y accedió al canal privado que había habilitado para despachar a distancia con ella. Se
abrió la pantalla en cuadrantes pixelados que fueron formando
la imagen más precisa de la inspectora, en primer plano, en su
despacho.

—Buenos días, jefa.

—Lo podrán ser a partir de ahora. No me lo tomo como un
balance, sino como un deseo.

—¿Tan mal se ha dado? Si casi no ha habido tiempo a que
se tuerza.

—Si desayunas con Salgado, créeme que sí.

—Le gustan los deportes de riesgo.

—He salido indemne, al menos. Ya te contaré. En fin, remontemos. No te llamaba por eso. ¿Alguna novedad por ahí?

—Todo igual. Esperamos información.

—Pues la tengo, pero confírmame que no hay moros en la costa.

—No los hay.

—Indaga lo que puedas sobre Marta. —La orden disparó las pulsaciones de Salaberri—. Tal vez sea una chorrada, pero no estamos como para pasar por alto ningún detalle.

—¿De qué tipo?

—¿Tú sabías que Marta y Arlet son del mismo pueblo y que tienen la misma edad?

—¿Arlet, la chica que estuvo secuestrada? —entonó la pregunta con cantinela de mal actor.

—Sí, claro, la que apareció en El Capricho. De manera sibilina, sin interrogarla, sin que sea una ofensiva descarada, a ver si puedes averiguar alguna cosa sobre su pasado, si se conocían, si sabía de su historia, de su familia.

—Lo hago, lo hago. —Se tocaba la nuca, sudorosa, y se atusaba el pelo.

—¿Te pasa algo, Héctor? Te veo lívido. O es la calidad de la imagen.

—No, jefa, ya sabe. No duermo muy bien. Y tengo lo mío con la lactosa, y hoy se me ha colado en una tontada que he comido. No les vamos a dar el premio tampoco a la dieta equilibrada. Un poco de anarquía también en la comida. No es nada, y es todo eso.

—Espero que avancemos y podamos relevarte lo antes posible, Héctor. Te pido un último esfuerzo, pero cuídate. Solo una cosa más.

—Dígame, Velasco. —Intentaba controlar los nervios y mantener el tipo, pero no la había llamado Velasco en siglos.

—Salaberri —ella imitó el uso del apelativo con un atisbo de sonrisa—, sobre Andrés también tienes que descubrir una cosita. Parece que ha empezado a verse con una chica. A ver quién es. Solo eso. En cualquier caso, ellos deben seguir estando cómodos, no deben intuir siquiera que son algo más que cómplices o asesores para nosotros. Que no piensen que los tenemos en el objetivo y los marcamos de cerca. Mantenme informada. Y lo dicho, mejórate.

—Gracias, jefa. Me cuidaré.

Cerró el portátil y se secó el sudor de las manos sobre los pantalones. Necesitaba aire. Se miró en el espejo del recibidor mientras se ponía la chaqueta. Se le habían perfilado las ojeras a una profundidad morada que no le extrañaba que hubieran preocupado a la inspectora. Se repeinó con las manos, cogió las llaves y, antes de salir, levantó la solapa del bolsillo derecho de la americana, introdujo la mano para alisar el forro interior, rebuscó entre la pelusa que se hubiera podido acumular en los últimos minutos, la recogió imaginariamente juntando los dedos, todos menos el meñique, y la sacudió enérgicamente ya sobre el felpudo de la entrada como si estuviera santificando el lugar, con dos golpes secos consecutivos, al aire. Volvió a alisar el interior y pasó al lado izquierdo. Resopló en un intento de ahuyentar el nudo de adrenalina que se le había agolpado en el pecho.

3

*E*n orden natural, así llegó la modernización a la Policía. Primero son las personas, y las personas hacen a la institución. El que queda por remozar es el continente, el que albergaba la comisaría. Los edificios enfermos tienen difícil cura, por no decir ninguna. Sin embargo, las partidas del presupuesto habían ido poniendo parches sobre parches en las tres últimas décadas. Si se le hubiera diagnosticado un cáncer por aluminosis, no habría quedado más remedio que demolerlo, y aquí paz, para sus inquilinos, y después gloria, para quien se hubiera hecho con la contrata, al menos. Pero con este edificio no se quería aceptar la evidencia de que habría que desahuciarlo.

Se podían cablear las instalaciones eléctricas y de datos, se podía trazar una nueva conducción de climatización, se podía vestir de seda, pero el esqueleto y el ADN seguían terminales. La rotonda era uno de los misteriosos rincones donde el aire acondicionado ni congelaba las entrañas ni escaseaba como para considerar tecnología punta el abanico; era una rareza respecto al resto de dependencias y el lugar escogido habitualmente por Velasco para citar a Benítez, como kilómetro cero de sus charlas peripatéticas. La llamaban así, «la rotonda», por la forma que tenía el *hall* medio ovalado del que salían dos pasillos que conducían a las escaleras de servicio y otros cuatro pasadizos que desembocaban en las zonas más inhóspitas de administración, conocidas como «las galeras», y en otros archivos y almacenes tan grises y enmoquetados como desconocidos por la mayoría del personal, por muchos años que llevaran trabajando allí. La rotonda se había quedado en un plano intermedio de las otras plantas a las que se accedía con ascensor, en una deformación tan anómala como el rellano saliente que tenía la otra ala del edificio, el que utilizaba Benítez como área de descanso.

También esta era propia para el avituallamiento, en la rotonda estaban dispuestas las máquinas de *vending* y de café, capaces de atestiguar una amplia historia de conspiraciones, diretes y vaciles que se había desarrollado ante ellas. Velasco se sirvió uno solo a la vez que se volvía a preguntar cómo habían llegado hasta allí aquellos armatostes. Si no los cambiaban, sería porque la logística no lo permitiría. Lo milagroso había sido que los trasladaran hasta allí. ¿Cómo lo habrían hecho, a pulso? La memoria le daba para recordar que eran las mismas máquinas que aceptaban pesetas.

—¿Tiene cambio, jefa? —Apareció Benítez.

—Tú siempre dando…

—Las gracias, Velasco, las gracias infinitas.

—Tan infinitas como la cuenta que me debes.

—Hoy se lo voy a pagar en especie, en información.

—Vaya por Dios. Ingenua de mí, había llegado a pensar que eso ya iba con tu sueldo.

—Pero es que tengo bonus extra. Sí, solo también con extra de azúcar. —Señaló el botón de la máquina mientras Isabel echaba las monedas—. Confirmamos que la tal Ana es Ana Poveda, hermana del cara pardillo que se me escapó vivo, *cagontó*. Viven allí, cerca de Torre Arias, los dos hermanitos juntos, y yo estoy deseando que les hagamos una visita.

—¿Qué tenemos contra ellos? ¿Pirateo?

—A veces hay que asustar a la presa. Igual huye hacia otra, de caza mayor, y nos la deja en suerte.

—De momento, el que nos espera con un informe completo y traducido es Andreu. Ned ha *hablado* un poquito más.

4

Camino del Anatómico forense, Velasco le puso al día de su encuentro con Salgado, de los tiros al aire que había escuchado el periodista.

—Ha oído campanas y no sabe dónde. Está mezclando churras con merinas con tal despropósito que he llegado a pensar que alguien le ha filtrado eso a mala leche, para que se dé un hostiazo.

—Cada vez utilizamos un lenguaje más técnico, jefa.

Se recrearon en hacerle un traje a quien, a todas luces, no era santo de sus devociones.

—Pero no me fío. No sé por qué. Mantengamos la guardia en alto. Acuérdate, Benítez, del caso de Unimundo. Salgado no da puntada sin hilo.

Unimundo había sido una ONG con programas de ayudas sociales y proyectos en todo el planeta. En África y América Latina tenían una enorme implantación. Operaba desde España, donde ingresaba la cuota de cientos de miles de colaboradores. Con ese dinero creaba escuelas, centros de salud, y dotaba de infraestructuras básicas a colectivos abandonados por las administraciones y fuera de los planes políticos de Cooperación al desarrollo. De la noche a la mañana, y en una operación oscura que nunca se supo de donde partió, aunque sí a quién benefició, se abrió una causa contra el fundador de la ONG, al que acusaron de estafa y de apropiación indebida de cantidades millonarias. Salgado sacó la exclusiva del caso. Él siempre tenía información privilegiada e iba por delante de la que se servía por los cauces oficiales. El final del escándalo, cuando ya desapareció de los titulares y las portadas, fue que el expediente y la causa se tuvieron que cerrar sin pruebas. Salgado dejó el periodismo en activo años más tarde y se fue a la empresa privada, con un cargo de rango y sueldo envidiables. Ahora, de nuevo en los medios, su ya conocido afán por ganar notoriedad hacía que fuera visto con muchas reservas por posibles fuentes.

—¿Y por qué tenemos la suerte de que siga tocándonos los huevos?

—Eso todavía es más turbio, Benítez. Dejemos en alto este capítulo. Continuará.

Andreu los esperaba con los deberes hechos: nuevas conclusiones y, además, «traducidas», como le había rogado la inspectora.

«Es que si me llevo un dosier del que no entiendo la cuarta parte por cuestiones de tecnicismos, y el resto no me encaja por no haber podido entender lo primero, te tengo que dar la vara, Andreu. Tú pónmelo en formato literario, ya me entiendes.»

Y el forense había captado la sugerencia, habituado como estaba a que ni estos policías de las nuevas hornadas recibieran una formación adecuada en los conceptos básicos de anatomía y de química.

—Lo primero que nos llamó la atención fueron los zapatos. No había sufrido ningún tipo de desgaste la suela, como si los estuviera estrenando para la ocasión, pero sí le habían causado en el empeine y el lateral del pie unos arañazos producidos por roce con un elemento de madera. Esta coincidía con la del mobiliario de la habitación del hotel y alguno de esos desgarros era profundo, tanto que quedaban restos de astillas.

—Repasaremos el informe de los muebles, pero no recuerdo que se indicara ninguna anomalía ni mucho menos un destrozo, nos habría llamado la atención. ¿Qué más?

—Llevaba muchas horas, quizás treinta y seis, sin ingerir ningún alimento. A pesar de su aspecto impoluto y trajeado, sus brazos y manos responden a la anatomía de alguien que está acostumbrado a realizar trabajos duros con esas extremidades. También había restos en su sangre de un potente somnífero, quizás administrado por vía intramuscular, con una inyección, de la que no queda señal. Y por último: sufrió una fuerte conmoción en la parte occipital del cráneo, aquí. —El doctor se señaló la parte entre la nuca y la coronilla, en su intento de resultar más gráfico—. Aunque los traumatismos ocasionados por la caída no fueron en esa zona, sino en la frontal.

199

5

Si la tauromaquia fuera una ciencia exacta, dejaría de ser un arte. A pesar de ello, hay un solo axioma que es irreductible y se cumple en el cien por cien de los casos: corrida de la expectación, corrida de la decepción. Eso que le escuchaba a mi padre, de pequeña, cada año sobre el 22 de agosto, y que después, de adolescente, replicaba con una amiga cómplice bajo una risilla picaruela, se ha demostrado que es trasladable a otros ámbitos de la vida y de la creación artística. Ha vuelto *Twin Peaks*. No hacía falta, David Lynch. Lo único que he soportado del regreso ha sido la identificable música, que marcó una época y un género. Pero creo que me ha pillado en un momento de mi vida en el que ya no tengo cuerpo para esos pespuntes. Ya pasó la etapa de los postureos intelectualoides, majo. No estoy dispuesta a aparentar que me parece una obra sublime. Una cosa es crear mundos y universos propios y otra que la extravagancia sea el todo, sin nada detrás. No me vendas poética porque este traje del emperador no te lo compro. Es más, ni te pregunto por su precio. La segunda temporada de *Fargo* parece *Vacaciones en el mar* al lado del retorno de los herederos de Laura Palmer.

*E*sbozaba borradores en los tiempos muertos del rodaje para volver a publicar en *Asesinos de series*. «Es buena señal —se decía Marta—. Hay que volver a las rutinas.» Ese deseo le duró poco, justo el tiempo de recoger sus abalorios básicos del maletín que siempre llevaba consigo, con las cuatro cosas imprescindibles por las que preguntó en un blog especializado cuando se tuvo que hacer su «maletón». Ese ya tenía galones para dejarlo en un armario bajo llave en el plató, pero en el de mano no faltaban las tres bases de maquillaje, la máscara de pestañas con efecto volumen, un colorete en tono marrón medio y un cuarteto de sombras en la gama de los beige a los marrones. Con eso ya se las apañaba para acudir a alguna urgencia fuera del horario previsto.

Reconoció el coche nada más traspasar el portón industrial de la nave. Estaba medio subido a la acera de enfrente, en el antiguo vado de unos almacenes en traspaso.

—¿Qué haces aquí?

—Se va a saber todo muy pronto y deberíamos adelantarnos.

—Yo no tengo nada que ocultar, Héctor. Tú, como policía, es posible que no puedas dar todas las explicaciones que te pidan.

—Tú puedes verte más comprometida con tus amigos, cierto. ¿Cómo les vas a explicar que los has utilizado para recuperar a Arlet? Nos conviene a los dos dar una única versión.

—Aunque así fuera, eso tiene fecha de caducidad. En cuanto ella se reponga, se acordará de ti. Les contará que nos conocimos justo antes de que la secuestraran.

—Vamos a pensar con frialdad, no nos precipitemos. —Salaberri intentó ver las cosas con cierta distancia—. Ahora ya han descubierto que tú y ella sois de Anticaria, que tenéis la misma edad. Tampoco es necesario ser Sherlock Holmes para tirar de ese hilo y que salga vuestra relación, que sois amigas del alma, que llegasteis juntas y compartisteis piso en Madrid. A todo eso, ¿cómo respondes? ¿Por qué no les habías contado nada a Andrés y a Rubén? ¿Por qué no lo denunciaste a la Policía?

—Vuelvo a decirte que no tengo que mentir. No lo dije porque estaba coaccionada. Me daban órdenes amenazándome con las fatales consecuencias que tendría para Arlet. Tenía miedo. No iba a ponerla en peligro.

—Eso no te exime.

—Sigue siendo más grave lo tuyo. —El tono de Marta iba en aumento y la ira y la gesticulación también—. Es más, en todo este tiempo he seguido tus consejos. ¿Cómo coño explicas que un policía no denuncie un secuestro?

—¿Por amor? ¿Porque te quería? —explotó Salaberri ante

201

una desarmada Marta, que podía esperar cualquier huida hacia adelante de Héctor menos la confesión que acababa de escuchar, que había parecido más un ataque de furia que una declaración de amor.

Desde luego a Rubén, que contemplaba la escena a pocos metros de allí, apostado en su taxi, le pareció que estaba asistiendo a lo primero.

Fue otra tarde en la que Rubén se organizó para que la última carrera lo cogiera, casualmente, por la zona de la Ciudad de la Imagen, y hacerse el encontradizo para recoger a Marta. Le cambiaron el final.

6

A primera hora de la tarde, el pronóstico de Isabel Velasco sobre aquella jornada ya se había quedado muy corto. Como futuróloga tenía las mismas opciones que como maestra talladora de orfebrería, vamos, que no se iba a ganar nunca la vida en el mundo de las apuestas. Si algo tiene alguna posibilidad de empeorar, lo hace, y además te enteras cuando ya no hay opción de corregir el tiro. Un mail del comisario Rafael Castro cayó sobre su bandeja de entrada con la contundencia con que lo puede hacer el elefante en la cacharrería, especialmente si al paquidermo le hemos dado a beber una tonelada de orujo. Le desparramó la agenda a la inspectora e hizo saltar por los aires todo lo que tenía previsto en las próximas horas, y entre lo prioritario, acercar a su madre a la enésima revisión en la Fundación Jiménez Díaz.

—Puedo llamar a Rosi, ella te lleva encantada, mamá. Ya lo he hablado con ella.

—Pues mañana lo hablas otra vez para decirle que no se tiene que molestar tanto y le das las gracias —replicó Adela—. Ni que estuviera muriéndome. Vamos otro día, cuando tú me puedas llevar.

—Ni es urgente ni deja de serlo, pero tenías hora con el especialista y deberías ir. Eres muy cabezota.

—Tú no puedes hablar muy alto.

Era incorregible. A Isabel le entraba un acceso de mala conciencia por lo absorbente de su trabajo. Le parecía ciencia ficción eso que se estaba poniendo tan de moda en los discursos y el debate social: la conciliación familiar. Dudaba de que existiera de verdad una voluntad política para hacerla viable.

Es un mal endémico de un país que pierde horas y horas en *presentismo* en las oficinas, tantas como se van por el desagüe de la falta de productividad. Somos campeones del mundo en destinar dos y hasta tres horas para una comida a mediodía, en poner reuniones a las 7 de la tarde y en cerrar negocios a la hora de la cena y mucho más allá.

Un hombre podía ser inspector jefe, incluso comisario como el que la esperaba esa tarde en el golf de La Moraleja, y tener familia e hijos y, cojonudo, hasta vida social para «dar unas bolas» en horario aparentemente de trabajo. Ella, para dedicarse en cuerpo y alma a lo que era y sentarse en el despacho donde calentaba la silla en ese momento, había renunciado a todo el lote. No fue nunca una decisión consciente. No llega un momento de videojuego en el que has de optar por una pantalla u otra, sino que las cosas vienen rodadas o torcidas, sin anuncios previos sobre cuándo van a decidirse ni sobre sus consecuencias.

La inspectora Velasco leyó de nuevo el correo electrónico en el que, trufado de las más decimonónicas formalidades —como la de usar el verbo *trufar*—, le instaba a que lo pusiera al corriente del caso que ella estaba dirigiendo. De paso, de manera sibilina, le dejaba caer que se estaba pasando el arroz y a él lo achuchaban desde arriba. Rafael Castro, muy cerca de la jubilación, miembro de una generación de formación tosca, no consideraba necesariamente extravagante rubricar ese mail ortodoxo citándola «para que me puedas poner al corriente de los avances que, estoy seguro, tú y tu equipo habréis conseguido», al mismo tiempo que él ensayaba y perfeccionaba su *swing*.

7

*E*l comisario Castro tenía un argumento irrefutable para celebrar las reuniones de trabajo que consideraba que debían ser discretas en el campo de golf en lugar de en la comisaría. En su despacho oficial señalaba los plafones de luz, las lamparitas y la alfombra ajada y rumiaba: «¿Qué no habrá aquí si hasta en el despacho del ministro han colocado micros?».

Aquella isla verde al norte de Madrid era su segundo centro de operaciones y para algunos recibía poco menos que la consideración de paraíso fiscal. Al menos, era otro mundo. Un mundo que no estaba vedado a tanta gente como uno pudiera imaginar a simple vista plebeya desde el exterior de su barrera alineada de setos. O quizá suceda que hay más gente con posibles de lo que sospechamos. Cierto que algunos, sin tener donde caerse muertos, se endeudan y se hipotecan hasta más allá de las cejas con tal de husmear por esos pagos.

En aquel cuadrante de dos por dos metros, con vistas a la pradera de pelotas perdidas, Velasco estaba muy cerca de Castro, en el lado opuesto desde el que sacaba el hierro al aire, sonando el cimbreo que acababa en el golpe seco. ¡*Zasss!* y ¡*cloc!* se superponían una y otra vez, sincopadamente, desde todos los puestos de la falsa salida. Entre el repetitivo compás de los lanzamientos y la voz grave pero aquietada del comisario, el olfato de la inspectora se saturaba de la loción clásica que le recordaba a su padre. Era Floid, seguro, mezclada con una colonia de alta gama. Su superior siempre vestía con impoluta elegancia, no solo porque guardara las formas de la etiqueta que se suponían en aquel feudo.

Velasco llegó con un guion esbozado en la cabeza, uno en el

que ella se adelantaba a la ofensiva. No iba a esperar a que Castro la interrogara. Ya le había pedido explicaciones en el mail. Ahora, siguiendo la maestría de su propio mentor, trataba de ser la primera en poner a la caballería al frente. El papel que le había facilitado Nando, que se estaba ganando una alta consideración durante sus prácticas, justo cuando iba a salir por la puerta de comisaría había llegado como agua de mayo. Nubarrones al norte, por cierto. No quiso entretenerse en la previsión del tiempo ni formalidades de aproximación. A degüello.

—Ha sido una feliz coincidencia que justo hoy me llamara a capítulo, comisario.

—No se trataba de ninguna regañina, Velasco. —*Swing*. Golpe—. Es simplemente una puesta en común, ordenar las cosas, saber por dónde vamos a tirar.

En dosis de pequeños titulares, pero certeros, Castro le demostró que estaba al cabo de la calle de todas las causas que integraban la operación. Las series no, ni falta que hacía, porque el comisario tenía otro tipo de inquietudes intelectuales, también muy respetables.

—Llegados a este punto, ¿cuál es la novedad?

—Le traigo una fotocopia. —Rebuscó en el bolso—. Estaba en una taquilla del gimnasio donde iba Raquel Ares, la mujer que apareció muerta en su piso de La Piovera.

—¿La de Donado?

—Exactamente. Es un resguardo impreso en un locutorio. El comprobante de la compra de una nada despreciable cantidad de 159.000 euros en moneda virtual, en *bitcoins*.

—Moneda a la que es imposible seguirle la pista.

—No se le pueden seguir los pasos, aunque no siempre. No deja rastro oficial cuando se utiliza. Pero este resguardo sí nos da una información que, aunque no sé adónde nos puede llevar, ya nos abre un camino.

—¿Dónde lo compró?

—Es de un banco de Andorra. Es mucho dinero, comisario, mucho.

—¿Había cambiado algún hábito Raquel Ares? ¿Sabemos algo al respecto?

—Me ha dado tiempo a pedir que repasen la transcripción del interrogatorio de Donado. Parece que ella le había hecho alusión a que pronto podrían empezar una nueva vida, que últimamente le escuchaba decir que iba a cambiar todo —leyó Isabel en sus notas.

—Al menos, tenemos un nuevo punto de partida —*Swing*. Golpe. Y Castro se apoyó con las dos manos sobre el hierro—. Estoy recibiendo muchas presiones de arriba. No, de mucho más arriba de donde se imagina, Velasco. No ven con buenos ojos el plan de complicidad con los chiquitos estos de Internet. Siempre hay fugas. Demasiada información circulando por ahí, sin control. ¿Cree que ha merecido la pena el riesgo hasta el momento?

—Le entiendo. Yo creo que sí. Nos ha servido para relacionar una serie de crímenes que difícilmente hubiéramos situado en el mismo operativo.

—Sí, hasta ahora, sí. Hasta aquí hemos llegado a un punto en común. Ya estamos orientados. ¿Ahora merece la pena dejar esa rendija abierta?

—No hemos tenido ningún problema hasta el momento. Ni una filtración a la prensa. —Isabel tampoco defendía a capa y espada con especial vehemencia la opción de seguir manteniendo a la brigada bloguera, pero tampoco le pesaban tanto las posibles contraindicaciones.

—Bien, tendremos que reflexionar un poco más al respecto. —Castro hizo amago de volver a sus pelotas, dejando en ese punto la reunión—. Hemos logrado marear a Salgado, ¿cierto? —Y ante la cara de estupefacción de su inspectora, soltó el corolario—: Alguien lo tenía que despistar. —*Swing*. Golpe.

$\mathcal{N}$o era sencillo seguir el ritmo de Andrés cuando estaba en estado de gracia. Ya no solo para meter baza, sino para asimilar lo que brotaba como un manto de lava creativa que no había manera de contener. En pocos minutos puso las cabezas de Marta y Rubén como un bombo. En cualquier otro momento habrían estado más receptivos, pero no era la noche.

—¿Os habéis encontrado hoy también, de casualidad? —Así los recibió, con tono sarcástico y guiño a Rubén.

Con la cara ya pagó el taxista.

—Ahí abajo, en el portal, entrando.

Andrés interpretó que la frialdad de la respuesta venía desde la timidez de su amigo. Viró la conversación. Los llevó con cuatro imágenes narradas a la reunión con la agencia de publicidad que le había encargado una leyenda para los carteles con los que se iba a presentar en las farmacias un nuevo antihemorroidal.

—Para el *briefing* del producto me he documentado y alucina, porque no tenía ni puñetera idea de que mucha gente lo usa para tratar las ojeras y las bolsas de los ojos. —Cogía carrerilla—. Os podéis imaginar, me he tenido que morder la lengua para no hacer el chiste. Los ojos, joder, ¡los ojos! Sí que les he comentado que, si estaba testado que iba bien, que cambiaran el envase y que lo comercializaran también con otro nombre y específicamente para eso. ¡Ya! Que ya se les había ocurrido. Que habían hecho estudios de mercado y nanay, la gente solo se fía de que sea un buen antiojeras si es para las hemorroides. Somos tontos del culo. Este también me lo he ahorrado… Es muy complicado. O aceptas que sean un pelín incorrectos políticamente o vamos a caer siempre en un eslogan gris. Desde que dieron en la diana con lo de «sufrir en silencio», queda poco margen. Toda la elegancia está resumida ahí. Se ha hecho una frase tan popular que te permite decir que tienes almorranas en la recepción del embajador. «Pitita, le veo mala cara. Es que sufro en silencio.» Toma.

La perorata de quien tenía una noche cumbre solo era apostillada por sueltos «hummm», «claro», «sí sí», «ajá» que iban alternando indistintamente Marta y Rubén, con la cabeza en otros mundos.

—Por cierto, también he tenido tiempo para pasar algunos apuntes que tenía sobre el proyecto de la serie. Aunque nos vayamos a basar en lo que nos está ocurriendo, que desde luego nos da para varias temporadas, habrá que incorporar otros alicientes probados ya en la ficción. No sé, pensaba en cambiar nuestros perfiles para hacerlos más atractivos, o paliar una carencia clara que veo: le faltaría sexo o, al menos, alguna tensión sexual. ¿Y si metemos a una poli estupenda en casa? Cambio un Salaberri, ahora que no nos escucha, por una Amaya Salamanca. ¿Qué te parece, Rubencito?

—Miró el reloj—. Hablando de todo un poco. Salaberri. Es extraño que no esté aquí a esta hora. A cenar no falta nunca el campeón.

Marta no hacía más que pensar en las últimas palabras de Héctor. Estas solo sonaban en su cabeza, no las recogían los micros dispuestos en el piso registrado en la operación policial como «Lavapiés / blog».

Al otro lado, Nando se quitó los auriculares y repasó los guiones marcados con los minutos que consideró destacables, especialmente en el que echaron de menos a Salaberri: «23:25 horas. Es la primera noche en la que no cena en el piso».

A esa hora Rubén empezaba a querer deducir que la bronca que tuvieron en el coche quizá sirvió para romper del todo lo que pudiera existir entre ellos. Alimentaba esa esperanza. Trasteaba con viñetas y vídeos que le entraban por WhatsApp. ¿Y el matón? Juraría que le había hecho fotos. «Bah, qué más da.»

Marta se había vuelto a encerrar en su dormitorio. Se subió de pie a la cama para alcanzar el altillo y recuperar la carcasa del móvil alternativo, le instaló una tarjeta SIM que guardaba todavía precintada en la cartera y marcó el teléfono que recitaba de memoria. Sonó siete veces el tono de llamada. Nada. Repitió el intento otras tantas veces más. Tampoco. Salaberri no daba señales de querer hablar.

9

—*M*amá, ¿tú crees que he hecho bien?

—Pues claro que sí, niña. ¿Cómo ibas a dejar tus obligaciones para acompañarme a una consulta rutinaria?

—No me refería a eso, mujer. —Sonrió Isabel ante la ternura que le inspiró que su madre la disculpara siempre, ante cualquier situación—. Es que he estado pensando, en mi vida, en todo. En lo que he hecho, lo que he dejado de hacer. En si he renunciado a mucho, o a todo. Aquí estoy sola, a mis cincuenta años. Vamos, no del todo sola, porque estás tú, que vas, que vienes, pero ya me entiendes. —Tenía un yogur en la mano, sentada en el sofá—. Y esta es mi cena casi todos los días, ya muy tarde. Tele y a dormir.

Adela escuchaba y, sobre todo, sabía que esa noche le tocaba hacerlo. Ella le daba pequeños sorbos a una infusión hirviendo, de manzanilla, desde el sillón orejero.

—No me había llamado nunca eso que dicen que es el instinto maternal, el que tú tendrías conmigo, e incluso con mi hermano. Ahora tampoco, pero hay momentos en los que echo de menos aquello que echan de más mis compañeras, el tener una obligación aquí, en casa, que me ordene la rutina, que me obligue a ponerle fin a decir a todo que sí a cualquier hora. Veo ahora mi vida y tampoco sé cuándo podía haber tomado esa decisión, ni con quién. Tal vez es que de verdad existe el destino y no apareció nunca el momento ni la persona. José Ignacio. ¿Te conté que murió ese malnacido? ¿Que lo vi cómo se asfixiaba sufriendo de una manera inhumana ante mis ojos? No es que disfrutara, y tu Dios no perdonaría que confesara que creo que en aquello hubo algo de justicia poética. No me alegré, pero fue la encarnación de una venganza que, sin estar en mi mano, se consumó. Menudo cabrón. —Isabel miraba a un punto perdido, por encima de la tele, que irradiaba imágenes sin volumen—. Sí, ya sé que no te asustas de este lenguaje que se me pega de Benítez y de la jerga que escucho cada día, esa tan de macho, tan de ese mundo en el que, aunque lleve galones, me tengo que esforzar cada día en demostrar por qué una mujer como yo se ha hecho con ellos. Tengo que aparentar ser ruda. Recia, como decís en el pueblo, castellana borde que no se derrumba ni se inmuta ante nada porque tiene el alma escocida y con callo para que le resbale todo; para soltar un chiste de tías, para escupir con desdén. No hablo de hacerlo sino de algo todavía más difícil: hacer creer que eres capaz de hacerlo. No puedo perder las formas, entonces sería una marimacho. Imagínate, mamá, lo que dirían: «La bollera que los tiene bien puestos. Lesbiana, seguro. Si no se le conoce varón. ¿Y no ves cómo se mueve entre tanta testosterona? Lo que yo te diga». Pero llevo en la sangre y en la herencia de papá lo que vi en el cuartel donde vivimos. Un militar es un militar. Dentro y fuera. Como él, tengo que lidiar con los que llevan la semilla del mal, a los que en las facciones ya se les marcó cómo los ha envilecido la vida.

Fue el golpe de la taza y la cucharilla al caer e impactar en la tarima lo que hizo volver a Isabel de su abstracción. Un sobresalto del corazón en un vuelco. Un ahogo que le impidió gritar.

—Mamá. —La tocaba y no se lo quería creer—. Mamá, por Dios, escúchame. ¿Estás bien? Responde. —Y le agitaba la mano caída en el lateral, con todo su peso, y la cabeza ida hacia atrás.

La boca abierta. Los ojos entornados, en blanco. Isabel, con su pulso temblando y sin encontrar el de Adela, y con la otra mano, teléfono en ristre marcando el 112.

—Es mi madre. No responde, está… está como muerta.

10

*E*l mundo avanza a una velocidad endiablada. Estamos subidos en esa espiral de vértigo de la que no somos conscientes hasta que alguien de los que están a nuestro lado lo detiene todo con un frenazo brusco, en seco. Cuando se nos va, se ralentiza el carrusel de tal forma que no sabemos si gira en el mismo sentido que llevaba hasta ese momento. Para Isabel, los días posteriores eran un álbum con recortes desordenados de recuerdos en forma de fotos fijas. Avanzaba con la sensación de llevar el peso de unas botas de nieve sobre las dunas del desierto, de subir el río luchando contra la corriente.

La imagen de la capilla ardiente de su madre, sala 2, tercera planta, Adela Marín Ochoa. El recordatorio con el santo y la dedicatoria de «Tus hijos y allegados, en memoria», al que ella y Manuel dieron el visto bueno tal cual se lo propuso la empleada de la agencia funeraria. Momentos en blanco. Ahogo. Mala conciencia que sobrevolaba y se marchaba para dejarla respirar. Perdió la noción del tiempo y de la gente que la acompañó y la besó, y la abrazó desconsoladamente, en Madrid primero y con el traslado del féretro a Segovia después. De nuevo, rituales en sucesión de *déjà vu*. Como en un duermevela constante, con la tristeza pesando en los ojos, con el aturdimiento de no saber realmente qué está pasando, con flases de todos los velatorios de todos los asesinados cuyos casos la habían convertido en una esclava de sus investigaciones hasta el punto de no haber podido acompañar a su madre a una revisión. Sí, era rutinaria, y el corazón se le paró horas después y los médicos aseguraron que no se hubiera podido evitar, pero el hijo de puta, los hijos de puta, que la tienen en solfa día y noche no tienen la consideración de darle ese respiro. Se pasó el comisario Castro por el tanatorio con su esposa, y también sus colegas Nico, el joven Nando, Benítez en tres escapadas, hasta le sonaba haber visto por allí a Marta, a Andrés, a Rubén, a amigas con las que quedas, a amigas con las que no… Pero Salaberri…, no puede ser que no se hubiera acercado, ni un wasap, ni una llamada ni nada. O quizá no lo recordara, apenas recordaba nada con claridad. Eso sería.

Huyó hacia adelante una vez más. Aun barajando, como barajó, que ella sola no iba a arreglar el mundo; aun sopesando, como sopesó, que lo único que le prescribía el sentido común era adelantar las vacaciones; aun valorando, como valoró, que Arlet estaba liberada y pasaban los días sin poder hacer avances sustanciales, a no ser que se hubiera recuperado y aquel pijo de Escuder que la custodiaba en Pozuelo le hubiera dado el alta; o aun reconociendo, como se reconoció a sí misma, que podía pasarle el expediente a cualquier compañero competente y Castro lo entendería.

Si fuera por ella, lo más natural es que corriera turno en la escala y lo llevara Salaberri. Sin embargo, dos hechos ejercieron de contrapeso: ni Héctor aparecía por ningún lado, ni los asesinatos se detenían. Así que la decisión de cambiar sus anhelos la volvió a aplazar para mejor momento. En su última conversación con Adela, cuando le estaba pasando toda su vida por la memoria a la vez que a su madre —eso es lo que dicen que ocurre antes de abandonar este mundo—, no estaba haciendo más que un ejercicio de autoafirmación, no de enmienda a la totalidad.

Héctor Salaberri también conducía un híbrido japonés, como el taxi de Rubén, pero el suyo en gris marengo, y la anormalidad que presentaba su coche era visible en una fina capa de arena sahariana con la que se había enriquecido la lluvia sucia que se empeñó en enturbiar Madrid unos días antes. Esa era una pátina inusual para quien sufría una obsesiva compulsión por la limpieza. Estaba acumulando tizne y débito.

La gestión del parking del aeropuerto registró una alerta en la operativa. Está así mecanizado por motivos de seguridad y el protocolo insta a llamar a Tráfico advirtiendo de que en su sistema figuraba un vehículo inmovilizado durante más tiempo del estipulado para una zona que no está destinada a las largas estancias. Y la matrícula no tardó en dar la información administrativa de que pertenecía a ese grupo de funcionarios que están protegidos con una numeración enmascarada. Toda la liturgia que se mueve en cascada en estos casos la conocía perfectamente Salaberri. Si dejó aparcado allí el coche, o quería mandar un mensaje, en un sentido que todavía no eran capaces de averiguar, o se lo aparcaron. Del subinspector no había ni rastro.

No podía borrarse ahora del mapa Isabel. «Sería muy poco profesional por mi parte», se había repetido tantas veces que ya había asumido el tono con el que entró en el despacho del comisario Castro a declinar la oferta que le había hecho.

—Ahora ni se me pasa por la cabeza, Rafael. Yo se lo agradezco, pero me consumiría la impotencia. No es el momento del partido para que me siente en el banquillo. De la misma forma, le digo que también me tranquilizaría mucho que no intente iniciar una campaña de seducción para convencerme de lo contrario. Se lo ruego.

—No hay más que hablar —sentenció Castro a sabiendas de que nada podría hacerle cambiar de opinión—. Mañana nos ponemos al corriente de las novedades de estos días.

—¿Mañana? —preguntó entre extrañada y sarcástica—. Son las cuatro y media de la tarde. ¿Ahora tenemos otro rango de funcionario, de esos de media jornada y a casa? ¿Cambio histórico del que no me he enterado, o cómo funciona esto?

—Velasco, está cansada, exhausta. Han sido unos días durísimos, acaba de llegar de Segovia, dese una tregua.

—No creo que sea el momento de aflojar, Castro. Estoy perfectamente. —Hizo una pausa—. Mentira, estoy preocupada por el destino de Salaberri.

—Bien, pues veo que ya es oficial: a testaruda no le gana nadie. Por favor. —Le hizo un gesto de invitación a que tomara asiento—. Nos espera una tarde larga.

215

11

En paralelo al río Runer, siempre que la orografía lo permite, se perfila una pista natural de paso, con vegetación devastada por las pisadas de chirucas, clavos de calzado de montaña y puntadas de palos de apoyo. La práctica del senderismo tritura la pinaza y levanta barro que acaba en arena seca tras el deshielo. Los narcisos que se desperezan quedan relegados algo más allá, acomodándose enredados en las cortezas de los pinos rojos, de los abedules y avellanos, de los abetos de las duras laderas que marcan las cotas del Pirineo en esa latitud del valle.

Es el dibujo de una frontera que relame gotas que confundieron la noche entre la escarcha y el rocío. Todo está en el filo de los extremos, y así, a mitad de año, el cuerpo de Policía de Andorra recibió la mayor sacudida que recordaba.

Un grupo de cuatro excursionistas comunicó el hallazgo de un cadáver sobre los riscos de la orilla del Runer. Conocían la zona, eran de la comarca limítrofe del Alt Urgell y hacían esa ruta con asiduidad. Al mayor de ellos lo deslumbró un fogonazo de sol que se había colado entre el ramaje reflejado sobre el cristal de las gafas que llevaba el cadáver; gafas que, en consonancia con el resto de vestuario y su aspecto, eran más propias de un maniquí que de un montañero atacado por una bestia o llevado hasta la ribera por la corriente del río. Estaba en perfecto estado, como mostrado con pulcritud, expuesto al norte.

No iba a ser sencillo acceder para levantar el cadáver. Desde luego, la única opción era evacuarlo en helicóptero hasta un llano que hacía el trazado del cauce del Runer un kilómetro más al oeste. Cuando su crecida no estaba en pleno apogeo, presentaba una manga de terreno capaz de soportar que el helicóptero se posara allí. El campamento base se instaló en Sant Julià de Lòria.

—La complicación no fue solo de logística —le explicaba Castro a Isabel—. También de intendencia y hasta de competencias. Se personó el juez andorrano, pero con buen criterio detuvo todo el operativo. ¿Quién tenía que proceder? ¿Él o un juez español?

—Estaba en la frontera... Justo en la frontera, claro.

—Mitad por mitad.

—Y ahora me dirá que eso pasa también en una serie.

—En tres, en realidad. Parte de una que es escandinava y después ha tenido sus adaptaciones en otras fronteras. *El puente* fue la original, según me han informado, y la trama transcurre a raíz de encontrarse un cadáver justo en el límite administrativo de Suecia y Dinamarca. Después, hay un *The Bridge* entre México y Estados Unidos. La otra europea es en la que aparecen los dos cadáveres en *El túnel*, el del canal de la Mancha, entre Francia e Inglaterra.

—¿Ha dicho dos cadáveres?

—A eso iba. También aquí, igual que en la serie, cuando se va a proceder a retirarlo, se abre en dos. Literalmente. — Se detuvo ante la cara de horror de la inspectora, que estaba visualizando la escena con demasiado detalle—. Ya sé que tenemos el estómago hecho a prácticamente todo a estas alturas, pero es crudo, sí. La parte superior del tronco, de cintura hacia arriba era de una persona, de un hombre; de cintura para abajo evidentemente correspondía a otra, porque era un cuerpo femenino.

—E independientemente de cómo se pusieran de acuerdo para dirimir a quién corresponde el papeleo, levantamiento, diligencias y toda la burocracia, ¿quién sabía que nosotros tenemos trazada una investigación con series de ficción, con series con la marca de un psicópata o de varios? ¿Cómo llega a nosotros?

—No hay testigos de la peculiaridad del doble cuerpo. Aquello se prolonga durante horas por la discusión entre Ministerios, etcétera. A todo esto, hay que añadirle las dificultades para llegar hasta la zona. Por lo tanto, a los excursionistas que

217

alertaron del hallazgo se les evacuó en un santiamén. Como el asunto está en manos, en ese momento, de las altas esferas, se decide que es especialmente delicado para que trascienda y no se da información de ningún tipo a la prensa para no generar una alarma innecesaria. Nuestro hombre del Ministerio no se cosca absolutamente de nada. Ya sabes, materia gris, no hay más. —Se dio dos golpecitos con los nudillos sobre la cabeza—. No tienen en mente lo que nosotros llevamos entre manos, por más que los friamos a informes.

—¿Entonces?

El comisario abrió una cajonera que tenía a su izquierda, en un mueble robusto y de tanta profundidad que, desde donde estaba sentada, Isabel solo pudo ver un abrecartas que tenía aspiraciones de sable, con la empuñadura tallada y funda de piel. Castro extrajo un papel que puso sobre la mesa.

—Es una fotocopia. En el bolsillo del cadáver, de la parte superior del cadáver, apareció esto: «Nuestra moneda oficial es virtual. Correcto. La serie no se detiene». Y unas señas de Madrid.

—Por eso ha llegado hasta la Dirección General.

—Exacto, es la dirección del piso de Lavapiés, de los chicos del blog.

Velasco procesaba la información sin llegar a más conclusión que la de certificar que estaban ante un jugador perverso.

—¿Y ellos lo saben? Quiero decir, ¿se les ha informado del nuevo caso?

—Solo lo necesario. Del papel con el mensaje no tienen ni idea. Fue Benítez a explicarles el hallazgo y ellos son los que nos ilustraron sobre las coincidencias con esas series. Lo de la notita hemos creído conveniente ahorrárselo.

—¿Alguna idea sobre la verdadera identidad de los seccionados?

—De momento, ninguna, como en el caso del individuo que se lanzó desde la sexta planta del Capital.

218

12

Vídeo 01:

00h 01′ 56»

Imagen de plano detalle del GPS con la referencia validada. A la vez, recibimos la notificación vía satélite sobre las coordenadas. Confirmamos que están en el lugar acordado. Sincronización efectuada.

00h 03′ 27»

Cae la tarde. Cantos tribales de fondo. Se acerca el sonido. El soldado A y el soldado B siguen grabando escondidos entre la maleza. No han sido detectados.

El zoom se acerca a los hombres que lideran el grupo.

00h 04′ 35»

Congelamos la imagen. Ampliamos. El tercer hombre por la derecha. Es nuestro objetivo.

20 de marzo de 2017
GMT +05:30h

T01 x 07

1

—Sé que le guarda un especial respeto, o cariño, a Salaberri.

—Nunca ha dependido ninguna decisión profesional de ese afecto.

—Lo sé, jefa, tampoco estoy insinuando eso.

—¿Por dónde vas, entonces, Benítez? Ya sabes que prefiero los atajos. De frente, mucho mejor.

—No se vaya a tomar a mal lo que le quiero decir.

—Tú no te pongas tiritas y suelta.

—Lleva un par de semanas en las que se ha metido en un torbellino de los que no nos dejan pensar con claridad. Está echándole muchas horas a esto. Ha coincidido todo: la pérdida de su madre, la desaparición de Salaberri, los crímenes de Andorra...

—¿Usted también me manda a descansar, Benítez? Si el mundo se parara cada vez que se nos va alguien querido, si nos bajáramos en marcha en mitad de nuestras obligaciones y compromisos, si no le echamos bemoles y cogemos el toro por los cuernos, nos comen, Benítez, se nos meriendan por los pies. ¿O te me has vuelto un flojeras?

—No se trata de eso. Hablo de que no es bueno olvidarse de dormir, y no hacer los descansos reglamentarios o tomarse tiempo para poder verlo todo con cierta distancia, durante un rato.

Isabel asentía con la cabeza mientras apretaba el botón del expreso con doble de azúcar.

—Ese solo debe ser el quinto que se toma hoy.

—Premio a la aproximación.

—Se lo digo en serio. Empiezo por el principio.

—Así me gusta, que lleves un orden.

—¿Ha pensado que Héctor Salaberri se haya marchado sin

que nadie se lo haya llevado, sin secuestro de por medio, sin coacción ni nada que se le parezca?

—¿Que haya huido?

—Ya sé que me va a afear que como no es santo de mi devoción…

—Algo de eso habrá.

—O, como le decía antes, podría ser lo contrario lo que no nos permitiera valorar todas las opciones. Es lo que marca el proceder del código, jefa. ¿Qué información tenemos para descartar que se haya quitado de en medio voluntariamente?

Velasco se quedó pensativa. Acorralada, también.

—¿Tienes algún indicio de esos que consigues, o te llegan, milagrosamente por tus medios?

—Si no se me escapa nada, lo único que digo es que no hay nada, nada del verbo nada. Ni en un sentido ni en otro, ni para arriba ni para abajo, na-da.

—Remarca, remarca, que no sé si lo has dicho.

—Están todas las puertas abiertas, así que no nos cerremos.

—¿A qué, a nada?

—Es usted una lince, jefa. —E hizo el gesto de brindar con los cafés. Dio un sorbo y cogió aire—. Sé de lo que hablo porque lo he experimentado en carne propia. No debí dejar que se fuera tan fácilmente, solo por su cara de pardillo, a Javier Poveda, el del metro. Le he estado siguiendo la pista, a él y a su hermana. La chica no deja de deparar sorpresas. Todo era anodino en sus vidas, hasta lo de que saliera con Andrés Fajardo podía llegar a ser una de aquellas rocambolescas casualidades que se dan, más en las novelas que en la vida, pero se dan. Había pensado que antes de avanzar por otro lado, quizás le apetezca saber que Ana Poveda nos espera esta mañana.

—Pero ¿no íbamos a interrogar a los trabajadores de El Capricho?

—Ahí le ha *dao*, jefa. Es una de ellas. Fíjese por dónde que Ana Poveda estuvo trabajando como auxiliar de jardinería en la contrata que lleva el mantenimiento del parque. Estuvo hasta hace poco. Días después de liberar a Arlet, causó baja. Sigue vinculada a la misma empresa de servicios, pero cambia el destino en función de las necesidades. Toca muchos palos, no solo la jardinería.

—¿De qué tipo?

—Infraestructuras, mantenimiento… hasta servicios de catering. Es una empresa muy completita.

—Y nuestra chica, toda una mujer del Renacimiento. Qué versatilidad.

—¿Va con uve?

—Con doble uve de vámonos volando, que se nos quema el guiso.

Velasco no tuvo más remedio que felicitar a Benítez por el operativo que había ideado. No se trataba de organizar una procesión a comisaría por la que desfilara todo el personal de Tecnovial que hubiera podido acceder, desde cualquier labor, al parque de El Capricho, sino de revestir el interrogatorio de cuestionario formal e intrascendente. Para eso, lo mejor fue que los responsables de departamento los citaran de uno en uno en las mismas dependencias de la empresa, que rellenaran un formulario, el cual les serviría a los psicólogos y a los de la Científica para ver trazos de escritura y comprobar algunos datos más, y de ellos serían capaces de extraer conclusiones.

El paripé incluía que cuando los trabajadores fueran terminando de rellenar el cuestionario Velasco y Benítez los esperarían a la salida, les agradecerían uno por uno su colaboración y les lanzarían dos o tres preguntas sin que diera la sensación de que estaban interesados en nada específico. Ana Poveda no sería la primera en ser llamada, para no levantar sospechas, ni de las últimas, para que no tuviera tiempo de deducir por dónde iba la encerrona.

Camino de la sede corporativa de Tecnovial, Velasco, que ordenaba algunas ideas frente al volante, recuperó el tema espinoso:

—¿El cigarrillo?

—¿Qué cigarrillo? ¿De qué me habla ahora? Me ha pillado.

—Si sospechas que Salaberri estaba metido hasta las cejas en esto desde lo del cigarrillo mortal para Donado.

—Psss —dudó Benítez, mientras instintivamente se palpaba con la mano derecha la parte de la chaqueta donde llevaba la cajetilla—. A veces creo que no hay duda, quién si no. Pero me da miedo. O sea que creo que no, jefa.

—Muy sólido.

—Estuve haciendo la reconstrucción de aquel día y Salaberri en esas fechas ni se pasaba por las dependencias, estaba ya empotrado en el piso de los muchachos. Como no fuera por persona interpuesta… o qué se yo. —Y volvió a resoplar.

—¿Qué te pasa ahora con esos bufidos?

—Que se nos acumula la plancha y no doy abasto. Ese es otro frente que tenemos abierto desde la abducción de Salaberri, lo del piso de los asesores.

—No se ha destinado a nadie, imagino.

—Tampoco hace falta ser Julio Verne, pero sí, imagina usted muy requetebién. ¿A quién van a mandar, jefa? Si éramos pocos, ahora estamos más en cuadro que una falda escocesa. Esto no es el FBI. Se ha mantenido el operativo de vigilancia y seguridad, pero nada más.

Isabel Velasco buscó su taco de notitas adhesivas.

—¿Ha cambiado el color? ¿Apostamos por el verde este verano?

—Por ahí voy a iniciar mi cambio de vida, compañero.

—Usted siempre viviendo al límite. —Y le hizo un gesto coordinado de ojos y cabeceo para que mirara hacia la doble puerta, que parecía de madera de nogal, por la que salía el primero de los trabajadores en acabar el cuestionario.

Ambos se apearon del vehículo y se dirigieron hacia él sin prisas.

Tras unas preguntas de rigor y respuestas de rutina, «nuestras gracias más sinceras», escuchó Velasco decir a Benítez con una afectación sobreactuada, palmada en la espalda para transmitir proximidad y así hasta cuatro. La quinta fue ella.

—Te agradecemos especialmente que hayas venido para completar las fichas… ¿Te llamabas, perdona?

—Ana, Ana Poveda.

—Mil gracias. —Ya parecía que la iban a despachar—. Solo una cosa, Ana. ¿Nos darías tu consentimiento para llamarte si tenemos que cruzar datos y comprobar que no haya incoherencias con lo que pudieran decir tus compañeros? —Velasco se permitió guiñarle el ojo para enviarle entre líneas un: «Ya sabes que los tíos tienen una memoria de pez, y en efecto, es de besugo, y tú nos pareces fiable al mil por mil».

—Por supuesto, sin problema. —Estaba cómoda, pizpireta.

—Es que, además, leo aquí… —Benítez simulaba estar descubriendo el dato en unos apuntes—. Parece que ya no trabajas en El Capricho.

Mientras se lo confirmaba, Ana reparó en la brillante calvicie del agente y tensó la expresión, se le ensancharon los orificios nasales que parecían estar en posición de descanso y se dilataron como los de un búfalo cuando aspiró un chute de oxígeno a máxima propulsión. ¿Le sonaba aquel tipo? Hizo un mohín con los labios escorados a su derecha, se miró de soslayo en el escaparate de una librería que le quedaba enfrente ofreciéndose como espejo, y mientras se estiraba la coleta agarrándola con fuerza desde la raíz de su coronilla, les dio la espalda tras despedirse:

—A mandar.

Velasco se fijó en cómo Benítez midió la cadencia de las caderas de la joven y, especialmente, el empeño que puso en la observación anatómica de lo que el policía distinguía como «cuartos traseros».

—Asquito, asquito me das cuando te pones tan garrulo y machistoide.

—Sabe que es sin maldad, jefa. —Se ruborizó y le afloraron unas gotas de sudor en su despejado frontispicio.

—Hazle otro tipo de marcaje, anda. No vayamos a perderla de vista.

—No hay nada con peso contra ella, ¿no?

—Si quieres ir tú a explicarle al juez que la detenemos por ser hermana de un tipo que ha pirateado dos series, porque sale a cenar y lo que se tercie con un friki que hemos fichado como asesor y porque trabajaba de jardinera en la subcontrata de la empresa que lleva el mantenimiento de un parque donde aparece una secuestrada…

—Serán circunstanciales, pero es un triplete, Velasco.

—Tú lo has dicho, nada con consistencia para ponerle las esposas.

—Pero para apretarle algo más las tuercas, no me diga que no.

—Lo haremos, lo haremos. Todo a su tiempo.

2

Un ambientador eléctrico que evocaba al incienso pendía sostenido en la atmósfera de las instalaciones de Cronosalud. La recepcionista compró el dosificador del mejunje a la mañana siguiente de que Alejandro hubiera dejado su cama revuelta. Le había costado tanto conquistarlo... Se le grabaron a fuego las primeras palabras del doctor Escuder nada más entrar en su apartamento. Fueron para alabar su gusto por aquel aroma que lo envolvía todo. Y desde aquel día lo había dispuesto por cada rincón de la clínica, así la recordaría a todas horas. La chica no tenía medida, se cegaba igual por aquel amor imposible que por aumentar el nivel de embriaguez capaz de noquear hasta a la más basta de las pituitarias. Asfixiante.

El doctor Escuder subió un poco las persianas, lo justo para poder deslizar la ventana corredera y que el oxígeno fuera sustituyendo a la apestosa resina.

Arlet Zamora había dado muestras de experimentar una considerable mejoría. Se había dispuesto aquella consulta para que se sintiera cómoda. Escuder iba a mantener la primera charla con ella. Esperaba sacar algunas conclusiones que luego transmitiría en su evaluación al juez del caso.

—Te voy a hacer unas preguntas de rigor que te pueden resultar absurdas, infantiles —le explicó a su paciente en tono muy pausado, casi a media voz, mientras Arlet asentía—. Has dado tu consentimiento para que se pueda grabar esta conversación. —Señaló un dispositivo del tamaño de un móvil encima de la mesa baja que se interponía entre ellos y que emitía una luz roja intermitente.

El psiquiatra le dio la vuelta para que el piloto no hipnotizara a su interlocutora. Ahora rebotaba como una especie de láser contra la pared de color blanco roto oscurecida por la tenue luz de la sala.

—¿Te llamas Arlet Zamora?

—Sí. —Un sí que casi no se escucha en el registro.

A todo lo demás respondió de manera calmada con voz firme.

—¿Sabes dónde estás?

—En un centro de salud, en Madrid, y creo que con protección policial.

Escuder le hizo un gesto elocuente para que continuara.

—No sé exactamente cuánto tiempo llevo aquí porque los recuerdos de los primeros días son muy confusos, agitada al principio y durmiendo mucho, muchísimo después. Me despertaba, y todavía hoy me despierto, pensando que estoy durmiendo en una esterilla, secuestrada, en un zulo húmedo y frío.

—Si notas que te altera explicar alguna cosa o quieres que paremos, me lo dices en cualquier momento.

Ella bebió agua y negó con la cabeza.

—¿Sabes cuánto tiempo estuviste privada de libertad?

—He calculado que fue un año.

—¿Lo sabes o lo deduces?

—Sé cuándo pasó, y el día que me soltaron en el parque, la luz, la temperatura, el olor del aire eran los de Madrid en esa misma época, o muy parecidos. —Miró por las rejillas de la persiana buscando de nuevo el aire libre y se acarició el vientre con la mano derecha—. Esto es lo que más he echado de menos.

—¿A qué te refieres?

—Hablar. —Largo silencio—. Soy, o era, muy parlanchina. Ha sido una tortura añadida, parte de la penitencia.

—¿Te sientes culpable?

—Mucho. —Bebió agua de nuevo y ahora le temblaba el pulso—. Ya sé que me va a decir que no he sido yo la que ha violado todos los códigos morales y legales, pero yo lo incité, yo caí en la trampa, por desesperación, porque me sentía inútil y porque, la verdad, pensaba que era algo más inocente en lo que me estaba metiendo.

229

—¿No sientes rencor hacia nadie, hacia los que te han retenido durante todo este tiempo?

—La verdad es que no. No sé si será eso que llaman síndrome de Estocolmo, pero a la única a la que maldigo por todo el calvario por el que he pasado y lo que sufro es a mí, a mi ambición.

—No acabo de entenderlo. Cuéntamelo, si quieres.

Arlet inició un relato que parecía una detallada película que se hubiera proyectado una y mil veces para sí misma, tal vez en el intento de explicarse qué había ocurrido, quizás con la voluntad de encontrar un porqué, otro porqué que no la culpabilizara tanto. Contó en voz alta la historia que no había tenido oportunidad de verbalizar. Se remontó a su infancia, feliz según dijo, a pesar de la carencia de los padres ausentes: él porque se fue, y ella porque siempre estaba fuera y no volvía nunca, nunca a horas en las que una niña necesita de su madre. Lo que ahora llaman «los niños de la llave», sin edad para estar solos en casa, comer sin la tutela de un mayor, estudiar sin el referente de una figura adulta. Ella fue una niña «en acogida», en la que había sido su segunda familia, los Juncal. Tanto es así que, sin tener hermanos, tuvo más roce con Marta que el que hubiera llegado a crear con una hermana. A ella no le dejaban la llave, ni eran tiempos en los que una mocosa llevara móvil en la mochila y se extasiara en la pantalla del celular quitándose horas de deberes. Anticaria era una ciudad con vértebras de pueblo. De casa al cole, del cole al colmado de los Juncal, a la trastienda. Con su «prima» Marta trazaron mil planes para cuando volaran solas. Arlet fue aprendiz de todo y maestra en nada. Anhelaba las tablas, el escenario y los focos. Iba para actriz y se vino a Madrid. Se vinieron. De la mano, a compartir piso y muchas noches, cama.

—No, no éramos novias ni amantes ni nada de eso. Nos queríamos. Y cada una tenía sus aventuras, siempre con chicos.

Escuder anotaba, asentía, se reprimía alguna tos. Le hacía constar que estaba allí, pero no quería interrumpirla. De reojo confirmaba que la grabadora siguiera parpadeando.

—Llevábamos ya cerca de cuatro años aquí y yo me sentía fatal. Hacía trabajos muy esporádicos. De todo, porque la verdad es que no se me caen los anillos. Pero no salía nada de lo mío. Escogí la peor época. Pisé algún plató para ganarme un bocadillo de mortadela y una Coca-Cola haciendo de extra o de público. Lo hacía por ver si surgía un contacto. Nada. Marta estaba dentro de la industria, la acompañaba a veces también con el mismo fin. Pero ella maquillaba y yo al final terminaba ayudándola a recoger el maletín, poco más. Me quedaban pocas salidas.

»Volver a Anticaria tampoco lo veía como una solución, porque si aquí en la capital está mal el trabajo, allí es una miseria. Tampoco había nada ni nadie que me esperase. —Notó que el doctor ladeó la cabeza hacia la puerta, tras la que hacía días que se apostaba su madre queriendo saber de ella—. ¡Ah!, ¿mamá? No quería reconocerle mi fracaso. Igual que a mí misma, iba trampeando y postergando, aplazando la única verdad que se me revelaba en la cuenta corriente. Un día por otro, un mes por otro, vivía a costa de Marta. Seguía haciéndolo.

»Conocí a Mati. Habíamos coincidido en un curso de técnicas actorales. No fuimos íntimas, pero al fin y al cabo habíamos sido compañeras de clase. En las audiciones y el *casting* le fue como a mí. Cuando la vi en el supermercado, era otra Mati. O había dado el gran golpe o se había casado con alguien de posibles, le había tocado la lotería o, tal vez, la suerte la había llevado al elenco de un culebrón americano y había sacado tajada. Yo no la vi actuar nunca, desde luego. En mi pueblo se dice que «le ponía mucho interés», pero no es que el Señor la hubiera llamado por el camino de la interpretación. No la habían tocado con esa gracia. Ya sé que eso no significa nada en este mundo del artisteo, y a las pruebas me remito, a las miles que podemos encontrar por ahí. No es cuestión de talento. O no lo es solamente. ¿Y si se había liado con un productor pujante? Nada de eso.

»Ella fue consciente de la cara de pasmo que se me quedó cuando la vi con esa planta, la ropa cara, carísima, que llevaba, y hasta los potingues y pinturas, porque no es lo mismo cargarte el cutis con los de marca blanca. Cuando nos íbamos a despedir, se me acercó y me dijo que yo también podía conseguirlo, que era fácil tener otra vida, que se empezaba cambiando la actitud y pensando en otros términos. Me dijo que «el acceso a la abundancia» no estaba vedado para nadie. Así, textual.

231

»Se me pasó por la cabeza que fuera algo relacionado con la prostitución, con las chicas de compañía de lujo. Me lo negó sin que se lo preguntara. Supongo que se me transparentaban los pensamientos. Abrió la cartera y me dio un papelito. Era una dirección de un locutorio, mitad garito mitad café de Internet. Tenía que acceder a la red pidiendo al encargado que me pusiera con la línea 2. Solo tenía esas instrucciones.

»Tardé dos días en decidirme. Tampoco es que dudara mucho, quizás por inconsciencia, quizás por la desesperación que les lleva a los incautos a creer en esos mensajes emergentes que te achicharran cuando navegas: que si has ganado un Audi, que si has sido seleccionado para disfrutar de un viaje de cine a un rincón paradisíaco, o las que te exhortan a que dejes de perder el tiempo porque es facilísimo ganar mil euros al día. Somos los nuevos primos, los parias contemporáneos. Los timadores están ahora en la red, la red en la que caes igual que los ávidos de tomarle el pelo al tonto de las estampitas que te salía al paso haciéndose el encontradizo en plena calle, contigo y con su compinche. —Hizo una pausa. Se levantó no sin dificultad para mantener el equilibrio en los primeros pasos. Todavía tenía que tonificar la masa muscular, guardaba la memoria del entumecimiento de miles de horas de inactividad.

Escuder se quedó en el amago de auxiliarla. No hizo falta. Arlet dio una vuelta a la sala, inspiró junto a la ventana, sobre la que apoyó la frente y le echó el aliento, dibujando una nube de vaho. Con el dedo índice dibujó un «2» irregular.

—«Línea dos», le dije al muchacho imberbe y sudoroso que olía a especias de comida oriental y a rancio. Me metió en un cuchitril sin más ventilación que el ensordecedor ventilador de la torre enorme en una antigualla de ordenador. Me invitó a que me sentara, me metía prácticamente su camisa sudorosa en la cara, a la altura de las axilas, para teclear el usuario y el *password*. Solo había un icono en el escritorio, una imagen que me recordaba al Internet de la prehistoria. Una N de navegador. «Es ahí.» Y entré. —Arlet volvió lentamente hacia el sillón y se acomodó sobre su pierna derecha—. Entré en ese navegador que no me resultaba familiar y tecleé lo que llevaba escrito en el papel que me dio Mati.

»Se abrió una pantalla con un formulario en el que me

232

pedían respuestas a las cuestiones típicas, y una pregunta era como esas que te hacen cuando vas a entrar en Estados Unidos: ¿Tiene intención de atentar contra el presidente? Igual de idiota: ¿Quieres tener la oportunidad de mejorar considerablemente tu fuente de ingresos? Sí, joder, claro, por supuesto, he venido a eso. Una dirección donde nos recogería un microbús. Día y hora. Me presenté ese sábado con la promesa de que debía guardar el secreto, «pocos sois los elegidos». A partir de ahí, ya tengo más dificultades para ver imágenes claras y en orden de todo lo que me ocurrió.

Se le aceleró el pulso hasta notar que el corazón se le salía del pecho y retumbaba en sus oídos, la respiración se le fue entrecortando e irrumpió en sollozos. Se encogió rodeándose las rodillas con las manos entrelazadas y la cabeza camuflada entre ellas. Y dio rienda suelta a un llanto desesperado, a ratos convertido en aullido. Entre las lágrimas y los gritos, entre la congestión de sus mucosas, exclamaba y maldecía, con frases sueltas que cabalgaban al ritmo de sus más profundas pesadillas: «Hay que soltarla. Ya han encontrado el mapa y hay que soltarla». Su desconsuelo se desparramó como el caudal de una presa a la que se le ha roto el muro de contención. Gritó de nuevo: «Hay que soltarla. Ya han encontrado el mapa y hay que soltarla», y le explicó al psiquiatra que una mañana él ya no estaba a su lado, y volvía a tocarse el vientre, aunque ahora con un herido desgarro. Su día más largo y, por la noche, la vuelta en el furgón, «Así así así», y volvía a encogerse sobre sí misma.

Le pusieron fin a la tortura dos enfermeros a los que alertó Escuder. No tardaron en entrar preparados con un calmante. Arlet no opuso resistencia a aquella inyección que la iba a devolver a la calma de neblinas calladas de las que no quería haber salido.

3

¿*M*erecía la pena seguir aquella pista? Ni idea. Eso no se puede saber nunca a priori. Por eso tampoco se puede descartar.

A favor: la brigada de Investigación Tecnológica, con Ernesto de la Calle como portavoz, había validado que el relato de Arlet era plausible. La *deep web* funcionaba así, con aquel 2 del UHF alternativo, con un navegador, llámale N o llámale X, pero de los que no tenemos de serie en el ordenador doméstico, sea cual sea el sistema operativo.

En contra: de inmediato comprobaron que el locutorio ya había cambiado de vida y aspecto comercial. Figuró dada de alta en el Registro Mercantil una empresa, tan fugaz como irregular, que tramitó el alta en el ayuntamiento como local de ocio y comunicaciones. Ahora lucía un rótulo de Tintorería Express.

—¿No conoció usted a los anteriores propietarios? —le preguntaba Benítez a Rosario G. Este era el nombre con el que una chapa plateada identificaba a la oronda e hiperactiva empleada que soportaba el calor del extremo vapor gracias a una ligera bata rosa.

—No, ni idea. —Y ella seguía a lo suyo, marcando y grapando forros internos de trajes de invierno protegidos por fundas de plástico.

El policía creía que solo se iba a llevar de la calle Canarias un viaje al pasado. Lo conseguía siempre el olor a nuevo, por estrenar, de prendas desinfectadas en seco, de telas purificadas a golpe de planchas hirviendo.

—Pero Moshin sigue trabajando aquí —soltó Rosario sin imprimir mayor importancia a la frase.

—¿Moshin?

—Sí, el chaval que nos hace los encargos y envíos a domicilio. —En ese momento oyeron cómo desde detrás de una de las centrifugadoras industriales del fondo caían varias cajas de cartón—. ¡Moshin! ¿Qué has hecho ahora?

—¡Alto, Policía!

A la vez que se identificaba, Benítez pegó un salto por encima del mostrador que ni él mismo hubiera apostado a favor de poder ejecutarlo con esa agilidad ni ese ímpetu. La misma adrenalina lo espoleó a lanzarse veloz sobre lo que se movía entre las cajas, pero cuando las alcanzó, ya se bamboleaba una portezuela trasera de hierro que daba a una calle estrecha y oyó cómo la motillo de 50 centímetros cúbicos vencía la resistencia de la bujía y expelía el gas acumulado en el tubo de escape.

Iba sin casco, su cogote casi rapado era lo único que le dejaba ver el portaequipajes enorme que llevaba la Vespino sobre el cobertor de la rueda trasera. Saltó disparado de la acera al asfalto, a punto de llevarse por delante a un matrimonio de cierta edad, que paseaba a ritmo de no tener prisa porque ya pasaron ochenta años sufriéndola. En la maniobra, el manillar se le quedó atravesado casi en ángulo recto, bloqueado sobre el límite de cemento pintado en azul que, a intermitencias, marcaba el carril bus en la vía de bajada hacia Embajadores.

Moshin giró el cuello pero no pudo hacerlo con la dirección del ciclomotor y lo último que vio fue cómo el autobús arremetía contra él con toda la violencia que se imprime cuando se frena después del golpe. La moto salió despedida contra un kiosco de prensa y Moshin Hamid, que con su verdadera identidad había sorteado unos años antes la cornada y el rejón de las concertinas en Melilla, quedó con el pecho aprisionado bajo la doble rueda de aquel gigante azul cargado de pasajeros. De su boca salieron los últimos borbotones de la sangre con la que se ahogó sin que se pudiera hacer nada por su vida.

Moshin Hamid adquirió esa identidad proporcionada por una de las mafias que prometen la llave de Eldorado. Dejó testimonio de su ADN sobre la valla que lo hirió, aquella que decían los medios de comunicación que él y otros compatriotas habían «asaltado», cuando lo que pretendían era saltar, y era un salto al vacío, por la desesperación que provocaba la desazón y el frío gélido que se vive en la soledad de los desiertos. Y Moshin, que era Naseem de nacimiento, no tuvo los papeles a cambio de nada. Malherido, con los costurones supurando pus entre las intercostales, firmó el pacto de sangre en el Centro de Internamiento de Emigrantes del que lo ayudaron a huir con la complicidad de la noche y la mordida bien pagada a un vigilante.

No le iba a faltar trabajo, solo tenía que «firmar ahí, amigo». Lo que suscribía era un consentimiento para que un testaferro operara en su nombre como administrador único de una, dos, cien sociedades. Una maraña de complejidad administrativa para hacer, deshacer, interponer, vender, suscribir bonos. Él iba a tener un salario de peón figurando en los papeles como rey y jefe de todos los ejércitos de a cuantas sociedades le estamparan su sello. Tuvo suerte con las cuentas y trampas de ingeniería financiera que practicaron en su nombre. No así con el 55, el autobús urbano al que no pudo sortear.

4

—¿*P*or qué nos lo habías ocultado?

—Estaba amenazada desde el primer día.

—¿Por quién?

—Se supone que por los que la tenían retenida.

—¿Lo sabía alguien más, Marta?

Silencio.

—Es el momento de hablar. No hay ningún cargo contra ti pero, a partir de ahora, sabiendo que estabas al corriente, sí que puede comprometerte que te enroques y no colabores. No puedes obstruir la investigación. Ella ya está a salvo, se está recuperando, y no querrá, ni tú tampoco, que vayan a seguir sueltos por ahí, con absoluta impunidad, campando a sus anchas y cometiendo atrocidades sin ningún tipo de escrúpulo.

Velasco se había acercado al piso de Lavapiés aprovechando que a Marta no la habían convocado para el rodaje de *Belleza y traición*. Algunos confidenciales apuntaban conflictos con el contrato de la estrella, y si no se desencallaba el duelo de egos, tirarían del comodín de pegarle el tajo definitivo al eterno culebrón.

—¿Sabía alguien más lo de Arlet? ¿Quién? ¿Se ha pagado algún rescate? ¿Qué sabes? Cuéntamelo todo, Marta. —La inspectora seguía utilizando aquel tono entre autoritario y paternalista, oficial y cariñoso.

Antes le había hecho saber que Arlet había hablado y que ella estaba allí para tener una charla sincera, a modo de tanteo para preparar la formalidad del interrogatorio.

—No eres una extraña para nosotros, llevas meses colaborando, aunque ahora nos hayamos dado cuenta de que podrías haberlo hecho mucho más. No vamos contra ti, Marta.

—Me cuesta hablar. No he sido nunca muy expresiva. Todo este tiempo he estado midiendo mucho lo que podía decir, lo que podía sugerir según lo que se me escapara. Y todo fue a peor cuando se instaló Héctor aquí.

—¿Te sentías intimidada por la presencia de Salaberri?

—Intimidada, no. No es esa la palabra. Estaba entre la espada y la pared. Solo he tenido ganas de huir. No lo he hecho por mi amiga, por Arlet. Ahora que se va recuperando y que Héctor se ha esfumado, quiero salir de aquí.

—¿Le llamabas por su nombre?

—¿A Arlet? —preguntó sorprendida Marta.

—A Héctor, a Salaberri, me refiero. Ya lo has hecho un par de veces. Me ha dado la sensación de que lo hacías además con mucha naturalidad. —A Velasco le llamó la atención esa muestra de confianza, añadida a que hubiera utilizado la expresión coloquial «se ha esfumado».

En la tesis en la que estaba trabajando ponía especial énfasis en que el lenguaje no es inocente, en cómo nos puede dar pistas de calado psicológico sobre nuestro interlocutor por la forma de utilizarlo, de escoger una u otra palabra, de expresarse con un estilo de oratoria u otro. No es gratuito, no, nunca lo es. Como tampoco era casual que Velasco buscara la aproximación con la sospechosa para transmitirle la sensación de que no era una encerrona, rematando frase sí frase también con su nombre: «Claro, Marta; ya veo, Marta; sí, Marta». La Marta que corroboró todo lo que ya había explicado de su historia en común con Arlet desde la infancia y de su aventura en los Madriles hasta que alguien separó sus vidas.

—Fue pocos días después de conocer a Juan, que no era Juan ni analista de datos, sino Héctor Salaberri, sí.

—Marta, ¿me quieres decir que os conocíais antes de todo el paripé este de la brigada de asesores sobre series que él mismo me convenció para que pusiéramos en marcha? —Velasco hacía esfuerzos para acallar la exclamación que le pedía paso: «Calma, Isabel, calma, que si exploto no ganamos nada. Contente».

—En realidad, me lo propuso él, sí. Como te decía, Arlet y

yo no éramos lo que puede decirse novias, no teníamos una relación como tal. Yo ya había mantenido algunos rollos, líos o casi noviazgos, con hombres siempre. Cuando conocí al que después supe que era Héctor, ella se comportó de manera extraña, más arisca que otras veces, celosa creía yo. Por lo que me cuentas, es probable que aquellos días ya estuviera tentada por quien la abdujo y secuestró, pero yo desde aquel día me sentía culpable.

»Hasta que recibí la llamada. Estaba en casa con él, con Héctor. De hecho, fue el día que supe que se llamaba así y que se dedicaba a lo que se dedicaba. Hasta el momento de la llamada se me pasaron mil cosas por la cabeza, pero casi todas tenían que ver con la idea de que a Arlet le hubiera dado un pronto, que estuviera llamando la atención. Estuvo muy rara, como digo, los días antes de que no volviera a dormir. Estaba como bipolar. La veía exaltada, optimista, me llegaba a decir que saldríamos de la miseria en dos telediarios, y a las pocas horas la veía otra vez sumida en esa languidez que le consumía toda la energía.

—Arlet desaparece y tú no denuncias nada, Marta.

—No, bueno, exactamente no es así. La primera noche me preocupó, aunque a veces no aparecía hasta el día siguiente. No era frecuente, pero pensé que quizás se había encontrado con una amiga, o que se había dado cuenta de que yo había «triunfado», como decía ella, y se había evaporado un tiempo para no incordiar. Al segundo día, sin embargo, ya me mosqueó más la situación. Héctor, que todavía no era poli para mí, me dijo que tenía entendido que hasta las 48 horas no se podía denunciar una desaparición de una mayor de edad. Me aseguró que lo sabía de buena tinta. «Eso lo has visto en las pelis», le dije. Me convenció de que era así.

—¿Cuándo te llaman? ¿Dónde estabas, Marta?

—Estaba en casa, a los dos días. Serían las 9 de la noche. Me llamaron al móvil, desde un número sin identificar. Preguntaron por mí. Era una voz masculina, con acento que yo hubiera dicho que era ruso o nórdico. «Arlet vale un millón de euros», y un enorme silencio. Me quedé bloqueada. No entendía nada. No podía ser. ¿Qué broma macabra era esa? ¿A quién se le ocurre secuestrar a alguien que no tiene donde caerse muerta? Ni ella

239

ni a quien se le estaba pidiendo un rescate. Volvió a hablar: «Tú puedes encontrarla y ganar esa cantidad. Solo hay una condición básica. No lo puede saber nadie. Nadie —remarcó—. Irás recibiendo instrucciones». Y colgó. Pero ya era imposible que pudiera cumplir la primera y gran condición. El teléfono estaba puesto en modo de manos libres, con el altavoz. Y él estaba conmigo. Héctor y yo estábamos en la cama. Atendí el teléfono, que estaba en la mesita de noche, de un respingo, estaba en guardia día y noche por si recibía noticias de Arlet. Nada más sonar, pulsé la pantalla como pude, y todo, todo lo escuchó Salaberri.

—¿No te aconsejó que fuerais a la Policía?

Negó con la cabeza.

—¿Cómo reaccionó, Marta? ¿Tú crees que su desaparición ahora tiene que ver con esto? ¿Pudiera estar metido en algo raro?

—No sé, no sé nada. —Marta miraba al techo con los ojos acristalados y lluviosos—. Me dijo el último día que nos vimos que todo lo había hecho por mí, por amor, porque me quería. ¡Ahora! Ahora me dice lo que no me había confesado nunca. Y desaparece, el gilipollas. Lo he estado llamando desde la otra línea que teníamos. Nada, no da señales de vida.

—¿Desde el otro teléfono?

Marta se levantó como una catapulta, espoleada por la rabia que le generaba revivir todo aquello. Llegó a su habitación y de un salto se plantó encima de la cama, abrió el altillo y le llevó a Velasco el móvil alternativo.

—Me lo dio Héctor. Me dijo que era una forma segura, con tarjetas que él me proporcionaba para usar y tirar. Una llamada, una tarjeta. Después tenía que hacerla desaparecer. Antes de que viviera aquí me ponía en contacto con él y lo mantenía informado si llegaban novedades sobre Arlet, a través de este sistema. Ahora no contesta.

—Nos tendrás que dar el número y el teléfono. Nos lo tienes que explicar todo, absolutamente todo, Marta.

5

$\mathcal{N}$o fue casual. Marta no se unió a Rubén y Andrés por una de aquellas sucesiones de hechos que se dan por esas conjunciones del universo de las que era tan fan la propia Arlet. Todo formaba parte de un plan, pero no un plan del destino, sino de sus secuestradores, los que habían puesto precio a su vida en esa macabra yincana en la que obligaban a participar a Marta, pero también a los demás sin que ellos lo supieran. Esa fue la primera consigna que recibió. Tenía instrucciones concretas para que el dúo del blog de *Asesinos de series* se convirtiera en un trío.

Así se hizo la encontradiza con Rubén, subiéndose a su taxi después de que recibiera los datos sobre su matrícula y supiera por dónde solía terminar su jornada. Una tarde tras otra, allí estaba Marta, hasta que se produjera la *coincidencia*. Rubén solía llevar a uno de los hoteles próximos a un polígono industrial a uno de los ingenieros a los que recogía en sus oficinas y, desde allí, solo realizaba alguna carrera sobrevenida que le cuadrara ya con el fin de la jornada. El día de la lluvia torrencial Marta se coló en las vidas de los chicos del blog y empezó una amistad. Y Rubén pensó que era algo más, que podía llegar a serlo.

—Aun con todas estas evidencias, Castro, yo no me atrevería a sentenciar que Salaberri es culpable o que está metido hasta el tuétano. —Velasco, junto a Benítez, estaba exponiéndole al comisario sus descubrimientos de las últimas horas.

—Ah, ¿no? —Castro no dejó claro si era un suspiro de resignación o de incredulidad.

—No, comisario. Ya sé que ha actuado de espaldas a sus obligaciones.

—«De espaldas a sus obligaciones» es una fórmula que utilizan los sinvergüenzas de los políticos, Velasco, pero no me retuerza usted el lenguaje, por Dios, usted no.

—Lo siento, de acuerdo. No se ha ajustado su comportamiento a la norma, a la ley, al código ético de conducta de la Policía, pero ¿y si lo ha hecho coaccionado? Ya sé, quizás no sea un eximente, pero nos puede ayudar a entenderlo.

—Lo único que entiendo ahora es que hay cargos contra él, que tenemos que emitir una orden internacional de busca y captura, y que si aparece algún día, intuyo que va a ser poco menos que imposible que vuelva a formar parte del Cuerpo. —Miró instintivamente a Benítez.

—Sí, señor, no es sencillo purgar los pecados en esta casa —respondió este dándose por aludido—. Por cierto, que lo que debemos solucionar es si intervenimos en el polvorín en el que se va a convertir el piso de Lavapiés cuando salte la liebre y se sepa todo allí, o si recogemos bártulos y aquí paz y después gloria.

6

De par en par. «¿Habrá entrado alguien?» A Rubén se le pasó por la cabeza que el matarife con complexión de armario ropero lo estuviera esperando dentro, que la organización criminal había encontrado el piso y ahora que ya no les protegía Salaberri lo habrían registrado y lo habrían revuelto todo. «Estará manga por hombro, habrán desperdigado sin miramiento todo el contenido de librerías y cajoneras por el suelo.» Había visto muchas veces esa imagen en la ficción pero, antes de traspasar el umbral de la puerta de su casa, sospechaba que el salón le iba a devolver la fotografía del caos, de la guerra, de la intromisión en la intimidad, del abordaje de lo más personal. Oyó ruido. Una persona, o tal vez dos. No. Oía pasos de al menos tres.

243

El miedo nos pone a salvo, es parte del instinto de supervivencia. El miedo y el terror que se le habían colocado entre el pulso y el sudor frío. Las rodillas temblando daban fe. «No te tienes que hacer el héroe, Rubén.» Las escaleras a cuyo pasamanos estaba aferrado en pura pugna entre si accedía al piso o las bajaba de dos en dos peldaños, «estas escaleras están diciéndome que lo más sensato es aprovecharme de ellas y correr como poseído, y en la calle ya se verá. Pero la puerta, abierta y sin embargo nada hospitalaria, me reclama porque podría estar Marta al otro lado, retenida, amordazada. ¿Querrán hacerla hablar?». Silencio. Escaleras o puerta, a mil pensamientos por segundo las opciones se alternaban a mayor velocidad que las gotas de sudor por su frente.

—¿Rubén? ¿Eres tú? —Oyó desde dentro la voz de Andrés.

«Será una trampa. Lo tienen amenazado. Entro y el armario ropero lo tiene inmovilizado con el brazo casi tronchado contra su espalda y una pistola en la sien.»

—Coño, Rubén, entra ya, que tengo el gusto de presentarte a unos señores.

Dos operarios de la Brigada Tecnológica recogían y cerraban las bolsas que pasaban por ser de las que llevaba Salaberri cuando se iba al gimnasio. Habían retirado micros y cableado hasta de debajo de los ácaros. Otra chica, de Inspección forense, había tomado mil muestras de todos los rincones y las etiquetó en bolsitas según correspondieran, en principio, a MJ (Marta Juncal) o a HS (Héctor Salaberri). Antes de que pudiera procesar aquel despliegue tan distinto del imaginado, en el umbral de la puerta Rubén notó que le tocaban dos veces el hombro.

—Perdón, ¿me permite?

Dos manos más para recoger las pertenencias del subinspector desaparecido. Era una coreografía ensayada, lo habían hecho cientos de veces. En pocos minutos, el silencio y la soledad para Andrés y Rubén. Tardó algo más el primero en poner al corriente al recién llegado.

—¿Y ahora?

—Otra vez solos, por fin solos tú y yo —bromeó Andrés buscando la escapatoria, una vez más en el humor.

—¡Déjate de hostias! ¡Ya me dirás para qué ha servido tenerlos de corbata, porque a ti no te ha parecido sentir una pipa en el respaldo de tu coche! ¡Ya me contarás qué cojones hemos pintado en toda esta mierda! Los primarrones, hemos sido los gilipollas a los que han utilizado. No me puedo creer que para Marta haya sido eso, ¡hayamos sido! —Y blandía una nota de despedida firmada por ella que le había dejado sobre su mesita de noche—. ¿La poli también nos va a dar las gracias por los servicios prestados por mail, o esperamos un wasap? —Su cólera aumentaba sin contención—. Y tienen impunidad para habernos monitorizado hasta la sopa, al parecer.

—Calma, Rubén, calma. Había una orden, un permiso judicial para hacerlo. Hemos pecado de ingenuos, sí. Nos cegó que a cambio íbamos a tener material para escribir nuestra serie sobre las series, «basada en hechos reales», vividos en carne y hueso.

—Y la íbamos a firmar con Marta, ¿no? ¿Ella nos pensaba descubrir en algún momento el pastel? ¿De quién nos podemos fiar ahora?

—De nosotros, amigo. De nosotros. Tú lo acabas de decir.

—He dicho tantas cosas… —Se dejó caer sobre el sofá abatido, alcanzado por la rendición.

—Lo de la serie. Esa no nos la quita nadie. Tenemos abierto el final, eso sí.

—Lo que tenemos es que darnos prisa. ¿Y si Marta ha pensado lo mismo?

—No la juzgues tan mal. Entiendo que tú sentías algo por ella y ahora mismo solo te ves engañado, traicionado. Ella lo ha hecho por salvar la vida de su amiga. No creo que esté por sacar tajada de esto ni que se vea con fuerzas de utilizar esta historia para escribir absolutamente nada.

—Dice que se va con los Lannister, si todavía está a tiempo. O que vuelve a Anticaria, que ya verá. —Se templó Rubén, y en los ojos una neblina.

En la mano, la despedida de Marta en la que le explicaba que había decidido acabar con todo aquello; en la que le confesaba su perversa y secreta relación con Salaberri, aunque de lo primero solo era verdaderamente consciente ahora; en la que Rubén leyó que ella no sabía exactamente qué rumbo tomar, pero que no los olvidaría nunca; en la que confiaba que con la perspectiva del tiempo pudieran volver a encontrarse y hablar de todo lo que habían vivido sin rencores, porque ella no quiso nunca utilizarlos y los quería muchísimo, a él y a su compañero.

Andrés se acercó para echarle un brazo por encima del hombro. Se miraron de reojo, en silencio, y se echaron a reír. Se apoderó de ellos esa risa floja, tonta, huidiza con la realidad, nerviosa, de las que brotan cuando no están invitadas, como en los funerales a la hora de dar el pésame.

—Tenemos una historia —pudo decir Andrés cuando dejó de ahogarse con la tos posterior al ataque—. Tenemos una historia y la vamos a explotar.

Cogió el mando de la tele. Buscó entre los programas en *streaming* que se grababan por defecto, los de los últimos siete días. Uno de esa mañana, concretamente. Pulsó en avance rápido. Congeló la imagen.

—¿Ves quién nos va a sacar de pobres? Este señor. —Señalaba a la pantalla—. ¿Tú has firmado algo? Porque yo no. Ese fue el trato, con un apretón de manos, muy español todo —le decía al oído a su amigo—. Nadie nos asegura que hayan quitado todos los micros, incluso ¿y si hay alguna cámara? Tendrá que ser de alta resolución para que nos puedan escuchar.

Rubén tenía los ojos abiertos y los oídos también, como cuando un niño pequeño descubre el misterio de los secretos a media voz.

—No hubo ningún compromiso de confidencialidad, nos embaucaron en esto porque nosotros asesorábamos a cambio de tener un espectáculo que explicar desde la primera fila, ¿no? Pues eso vamos a hacer, campeón. Lo escribiremos en su momento, pero ahora lo va a saber el mundo entero porque nos lo va a comprar ese capullo.

Iba a repetir *señor*, pero Andrés, que se movía en los medios, sabía que el apelativo de *capullo* se ajustaba mucho más a la definición de Fernando Salgado.

7

*U*na sola imagen puede ayudar a encaminar la investigación e incluso a resolver un caso. En su libro, Ernesto de la Calle explicaba con un ejemplo real cómo fue así gracias a una botella de un refresco. Quizás ese era el error al que se refirió en su entrevista, el fallo que no están a salvo de cometer incluso los depravados más profesionales. Un secuestrador puede enviar una fotografía como prueba de vida y en esa instantánea dar más información de la que quiere ofrecer. Se le escapa un detalle, o quizás más.

Al fondo, medio tumbada, una botella vacía de 50 centilitros de un refresco de naranja, de Nairinda, una marca que tuvo cierto éxito hasta los noventa, pero que pasó a ser un recuerdo nostálgico para una generación que estuvo haciendo chistes populares con la calidad del brebaje y su nombre. En un formato, el de los 50 centilitros, que no era nada habitual. ¿Se seguía fabricando Nairinda? ¿Dónde y quién la comercializaba? La botella que aparecía en la foto no era objeto de coleccionista. Quien la guarda como un elemento que tiene para él cierto valor sentimental no la deja medio tumbada en un sótano donde, por otra parte, resultaba evidente que no era donde están reteniendo a la víctima, porque unas franjas horizontales en rojo y una profundidad muy superior a la que se destina a esconder a un secuestrado delataban su condición de garaje. Nunca se presupuesta un zulo de más de cuatro metros cuadrados. Tampoco se le ofrece en el menú a la víctima un refresco en botella de cristal para que pueda autolesionarse. La foto era tan generosa en calidad como el espacio. Ampliando la imagen se veía que la botella todavía conservaba restos de líquido anaranjado. Si tuviera cierta solera y antigüedad, se habría oxidado, o estaría en estado tan avanzado de putrefacción que el moho se habría reproducido en forma de verde poso acolchado.

Nairinda dejó de ser una marca de la empresa que la había registrado tres décadas atrás y, una vez cancelada la producción, la firma matriz no consideró importante mantener el patrimonio del nombre. Es más, sus gerentes creyeron que se había contaminado de una mala prensa, de connotaciones que la vinculaban con un producto de baja o dudosa calidad, y contemplaron como una interesante opción vendérsela a un avispado empresario, muy modesto, para el que tener la tarjeta de presentación de una bebida que se había hecho popular era un éxito, un distribuidor que sostenía más la idea de que es mejor que hablen de ti aunque sea para mal, pero que hablen.

Este no tenía capacidad para comercializarla por todo el mundo, ni tan siquiera abarcaba toda la Península. Desde su centro logístico llegaba a casi toda Castilla y León pero, específicamente en el formato que aparecía en aquella imagen, solo se podía encontrar en una provincia, y donde más se había vendido era en una comarca donde varios municipios celebraban unas fiestas populares justo en las fechas en las que se había hecho la foto.

Como toda prueba de vida, la víctima aparecía con un periódico de una jornada determinada. Allí estaba el resquicio por el que se podía colar el investigador, la ventana de entrada o salida de la atmósfera que tanto cuenta en las misiones espaciales, esa que hay que aprovechar en el momento idóneo porque no sabemos si la suerte de las coordenadas van a tardar mucho tiempo en volver a ponerse de nuestro lado.

Por eso el propio Ernesto había propuesto lo de la web para pedir la colaboración ciudadana. Estaban reunidos, convocados por Castro, todos a los que les concernía la investigación, todos los que estaban con el agua al cuello en aquel operativo. El comisario no tenía más discurso motivador que el de apelar a cómo le estaban «apretando las tuercas» desde muy arriba. Decía lo de las tuercas pero, si no estuviera «la señorita Velasco» delante, habría optado por un símil más testicular.

—¿Una web cómo, De la Calle? ¿No hemos quedado en que

no nos conviene mostrar nuestra debilidad? Hacer público que está suelto un criminal en serie desde hace, como mínimo, un año, y que la Policía es tan torpe e incompetente que no sabe por dónde están soplando las balas es como dispararnos en el pie en medio de la plaza pública. Si le parece, también nos hacemos una colonoscopia en un *live* de esos.

—No me he explicado bien, señor. La web sería de imágenes que no nos comprometan para nada porque no hemos de explicar que todas las fotos son de una misma sucesión de asesinatos ni que todos esos asesinatos han sido cometidos bajo un mismo patrón. Es más, podemos poner cebos, trampas, mezclando las fotografías con otras que sean de cualquier otra investigación, o ni eso, inventadas.

—¿En qué imágenes piensas, Ernesto?, ¿qué tienes en la cabeza? —A Velasco se le notaba interesada.

—De entre todas las que se toman en las escenas del crimen, hay muchas que son de contexto, que los de la Científica han valorado una y otra vez, a las que les han dado mil vueltas y han ampliado y positivado hasta la extenuación. En alguna de ellas, igual alguien puede encontrar la botella de Nairinda que nosotros no hemos sido capaces de ver, de momento.

Se produjo el juego de miradas en el que los presentes van buscando el gesto de aprobación de su superior o del compañero con el que se sienten más cómplices. No había ninguna mueca de resistencia. En pocas horas se habilitó la web www.colaboraconlapolicia.com, un *hashtag* en las redes sociales, donde tanto predicamento se había granjeado el Cuerpo desde los tiempos del transgresor Carlos Fernández como *community manager*, y se abrió una comisión de servicios donde se implicó a personal de Comunicación y de prácticamente todos los departamentos.

Castro tenía la orden de que no se escatimara en poner toda la carne en el asador para lograr alguna pieza de caza, a poder ser mayor. En la web se veían fotos que eran un mero anzuelo, combinadas con alguna de la habitación 623 del hotel Capital, de la sala donde murió Fidel Calixto Brey, el exmilitar que estuvo en Afganistán; una fotografía de la única parte que había quedado en pie del chamizo donde murió carbonizado Raúl Pinedo Aduriz, el empresario arruinado con una condena por violen-

249

cia de género; del piso de Raquel Ares, y otra del esquema del tatuaje que no se llegó a hacer porque murió en su piso de La Piovera; una más de la zona donde se halló la furgoneta frigorífica en la que apareció descuartizada la chica ucraniana; también se veía la caja de herramientas que se encontró junto a Mikel Larrainzar, el fontanero mortalmente atropellado; el equipaje de mano de Emiliano Carbonell, muerto por un dardo venenoso que encontró el sueño eterno en el aeropuerto; también de la pizzería de Usera que voló por los aires; se descartó, por su dureza, poner una foto de la chica de Villalba, pero se eligió una de su mesita de noche; más unas piernas con pantalón largo y calzado, por una parte, y un rostro masculino sin identificar, por otra, ambas imágenes tomadas en la frontera que marca el valle del río Runer entre España y Andorra, e incluso, una más del negro a quien ellos llamaban Ned, el falso holandés, el que destrozó su rostro contra el asfalto de la Gran Vía.

Lo reconstruyeron de manera virtual. Esa fue otra idea de Ernesto:

«Igual que se hace a partir de un cráneo que ni siquiera está completo con los hallazgos de Atapuerca. Creo que, a partir de otros datos antropomórficos que nos proporcione el forense, tenemos *software* para completar cómo sería la cara de Ned. ¿O no es así, Andreu?»

Y así se hizo. Antes de cerrar la reunión, De la Calle corroboró que esa tarde nadie podía ser más protagonista que él:

—Por cierto, creo que es importante que conozcáis todos este dato: entre todo el material que hemos recogido de la casa de los blogueros, había un cable conectado al *router* que no era de nuestro estándar y que es de los que permite redireccionar todos los datos que se hubieran compartido y que pasaran por él. No lo puso nadie de los míos. Así que, o los chicos o Salaberri.

8

¿ *Y* aquella insistencia? «Rebasa lo meramente profesional», pensaba Velasco. Lo creía ella y cualquiera que pudiera verlo con distancia. Ya le había hecho llegar la grabación de la charla con Arlet, conversación que había escuchado tantas veces que era capaz de adelantarse con el movimiento de sus labios a la frase que estuviera por llegar, como los actores nefastos, que frasean al aire el texto de quienes les dan la réplica.

Tambіén estaba sobre su mesa el informe preceptivo escrito por el doctor Escuder evaluando la conversación e implementando los avances o retrocesos que se hubieran observado en la paciente Arlet Zamora. «Pues ya está. Si hay algo más, que me lo haga saber por los cauces oficiales.» Tenía avisos de llamadas de Escuder que la asaltaban por todos los frentes. Al llegar a comisaría, en el móvil, en el correo electrónico.

—Llámale y dile que te cuente a ti, Benítez, que estoy en una inspección, que me tengo que ir de viaje, que me he evaporado con el calor, lo que se te ocurra, pero hazme el favor de quitármelo de encima.

—Aquí hay una historia muy bonita de amor, jefa, y usted está rechazando al galán, *mi'jita*.

—No te me pongas en plan culebrón, anda, y haz lo que te digo. —Le alargó un papel con el teléfono del psiquiatra—. Si tiene algo sólido, ya veremos.

—Ya le digo yo lo que tiene «sólido» aquí, el amigo.

Isabel hizo como que no había escuchado lo que Benítez consideraba una ocurrencia y ella una impertinencia.

Volvió a ponerse los auriculares. De nuevo reprodujo las palabras de Arlet cuando estuvo a punto del ataque de ansiedad, después de que se volviera a tocar el vientre. «Ya han encontrado el mapa, hay que soltarla.» Pausa. Lo escuchó de nuevo. «Fue mi día más largo y, por la noche, la vuelta en el furgón.» La *vuelta*. No un viaje, no se refería al traslado, sino a «la vuelta». No podía ser casual la elección de esa palabra. Insistía Velasco en su teoría de lo que esconde, de lo que guarda y lo que desvela el lenguaje. Una vuelta. Está claro que no se trataba de un trayecto largo. La dejaron en el parque, a una hora a la que no se puede acceder y menos con un vehículo. El recinto estuvo abierto el fin de semana, y ella amaneció el lunes allí.

Dos golpes en la puerta y Benítez de nuevo:

—El pájaro la ronda, jefa. Hágame caso. Solo quiere hablar con usted. Dice que es un tema delicado y yo no lo dudo. Muy delicado.

—Ahora tenemos otras prioridades. Si es de ley, que decía mi padre, ya volverá a insistir. —Velasco se levantó dejando atrás la silla giratoria con un golpe certero de glúteo, sin que fuera ostentoso, como cada uno de sus movimientos.

Era una maga sin proponérselo. La mejor de las virtudes de los prestidigitadores descansa en que los ojos de la concurrencia anden entretenidos en cualquier sitio menos donde está sucediendo lo obvio. Si Isabel se remangaba levemente los puños de la blusa, conseguía que le mirases a los ojos, y si sentía la necesidad irrefrenable de colocarse el sujetador, emitía un efluvio invisible para que concentraras la atención en cualquier otra parte de su anatomía.

—He estado pensando, y tenemos que razonar lo que sea y como sea para que nos permitan cerrar un par de días las catacumbas aquellas de El Capricho y analizar a fondo con los de la Científica los pasadizos y túneles, las posibles trampas y puertas que pueda haber. Noté algo estando allí, quizás fue intuitivo, y eso no es lo que vamos a relatar. Ya sé que es poco ortodoxo y nada científico, pero escucha a la chica. —Le volvió a reproducir el fragmento que ella escuchaba ya por millonésima vez—. Creo que hay razones para pensar que siempre la retuvieron allí. «La vuelta.» Tiene todo el sentido.

—¿Piensa en Ana Poveda?

—Pero no nos centremos solo en ella.

—Porque ya no trabajaba allí, se lo recuerdo.

—¿Y tan difícil es haber hecho una copia de las llaves con las que se accede? Apunta eso también. —Velasco dibujó en el aire el gesto de escribir sobre una libreta inexistente—. ¡Ah! Y hay que repasar del informe de la primera inspección las notas que se hicieran sobre huellas de neumáticos. También quiero ver las fotos del interior de los vehículos. Las marcas de los vehículos en el terreno, para comprobar que todas pertenecen a los camiones y furgonetas de mantenimiento. Y las dactilares que se puedan tomar, por si hay coincidencias con las de Ana Poveda.

—Inspectora, que yo recuerde, Poveda no tiene antecedentes y cotejarlas con las de su DNI ya sabe que nos obliga a remover Roma con Santiago.

—Sí así fuera, no creo que el juez se negara ante la concurrencia de pistas. Pero además, ¿sabes eso de que mujer previsora vale por dos? —Y a la vez que Benítez asentía, Isabel le mostraba un bolígrafo—. La tenemos, la tenemos fichadísima. A ella y a todo el personal que fue a Tecnovial a rellenar los formularios «de trámite». Tan inocente no fue la convocatoria. Los bolígrafos utilizados están custodiados e identificados como corresponde, también los papelitos, como base para futuras pruebas caligráficas si fueran necesarias.

—Pues menos mal que usted vale por dos, porque no llegamos, no llegamos. Estamos en cuadro, somos los que somos, y uno menos desde que Salaberri se ha caído de la convocatoria.

—Está al corriente la autoridad. Tanto es así que esta tarde se incorpora un nuevo subinspector.

—¡Coño! ¡Ahora sí que va en serio la cosa! En estos tiempos en los que no se cubren las bajas, algo se habrá movido en la estratosfera. Es un alivio saberlo.

Pero en el fondo Benítez sentía la contrariedad de saber que en condiciones normales la llegada del refuerzo iba a hacer en la práctica que él no fuera más la mano derecha de Velasco, que iba a tener a otro investigador por encima en galones, y también constataba lo que en los últimos tiempos se reprochaba a sí mismo: que por su indolencia de otros tiempos y por su mala cabeza, a su edad y con sus conocimientos, era todavía un soldado raso.

—¿Y quién es el elegido para la causa? —Aun así, simuló mostrar el interés del que va a recibir a un deseado huésped.

—Un tal Toño Saiz.

—¿El maño? Joder, qué tipo…

—Te veo muy puesto. Yo no lo conozco de nada, ni si es maño o extremeño… Sé que estaba destinado en Barcelona, poco más.

—Seguro que cuando lo conozca nos pondremos de acuerdo en la definición de que es un tío peculiar. —El silencio y los ojos abiertos de la inspectora lo conminaban a que compartiera lo que sabía del nuevo—. Sí, llevaba tiempo en Cataluña, y tampoco sé si es o no aragonés, pero lo llaman el Maño porque empezó a hacer carrera infiltrándose en una secta, de las peligrosas, ¿eh?, de las que venden credo espiritual y religioso, pero eso no es más que un disfraz de llamada mística. Lo que hay detrás es una organización perversa, criminal y mafiosa con hambre de enriquecer a su líder. Llegó hasta el centro de poder, a sentarse a la derecha del Padre. Ya verá que habla poco, muy poco, pero es tenaz y cabezota.

—Al final, nos conocemos todos. En ocasiones, de oídas, con el peligro que conlleva fiarnos de la versión más o menos interesada que cuentan de nosotros los demás, y lo que es peor, de cómo crece la leyenda, casi siempre para mal, distorsionada hasta la caricatura, hasta el esperpento.

Al soltar esa perorata, Velasco pensaba en la pésima fama que rodeaba a Benítez y que todavía contaminaba la visión que se tenía en el Cuerpo sobre él. Las patologías mentales estigmatizan y hay gente que da por sentado que te acompañarán toda la vida. Uno puede superar una insuficiencia renal o una cardiopatía, aunque le dejen la huella de cierta limitación, pero una esquizofrenia o una bipolaridad ya no las vences para gran parte de la sociedad. Las ocultas en tu expediente porque parecieran estar más en el apartado de los antecedentes penales no cumplidos que en el del expediente médico.

Vibraron al unísono los teléfonos.

El de Velasco con un wasap del doctor Escuder: «De ahí mi insistencia. Le quería advertir de lo que ya no tiene remedio».

En la pantalla de Benítez, un mensaje de Nando: «Imagino que estaréis viendo la tele».

9

—*E*n unos minutos, en exclusiva, el periodista Fernando Salgado nos dará detalles de lo que desde hoy vamos a conocer como «El Asesino de series». Una cadena de crímenes, todos con una marca común: están basados en algún hecho, en alguna trama, en imágenes, en argumentos de series internacionales de televisión. El asesino en serie más depravado de los conocidos hasta la fecha en nuestro país y que tiene en jaque a la Policía desde hace, al menos, un año.

Esa voz en *off* enfatizaba el dramatismo apoyada en una sucesión de imágenes de ficción de telefilms de serie B tratadas con un filtro de oscuridad, bañadas en efectos de sangre como elemento de continuidad para la mezcla de escenas, mientras sonaba una música tétrica espantosa, de Casiotone.

Se fueron a publicidad. Volvían en siete minutos.

Así llevaban toda la mañana, era el gran anzuelo del día para lucimiento y gloria de Salgado, que entraría a matar en el último tramo, ya rondando el mediodía.

—¡Hijos de puta…! —Como habían hecho los móviles, las voces de Isabel y Benítez también se expresaron a coro.

—¿Piensa en los mismos que yo, jefa?

—No pueden ser otros. Los nenes del blog.

—O eso, o es un regalín que nos deja a título póstumo su amigo Salaberri.

Aun a sabiendas de que no podían parar lo inevitable, ni que el muro de protección informativa —el cinturón sanitario— con el que se estaba salvaguardando el operativo podía seguir firme y en pie durante mucho tiempo, la crisis no iba a ser fácil de gestionar. Cuanto más se acumulan las aguas en el embalse, más complicado es minimizar los efectos del desbordamiento. Imposible, porque además fluye buscando su cauce natural, regando e incluso inundándolo todo. Luego llega el lodazal que provoca, toda la morralla que arrastra y las tapas de registro de alcantarillas que hace saltar por los aires. Su fuerza es incontrolable.

La actividad fue frenética desde ese momento, el tiempo se escabullía y los nervios en la unidad policial se tensaban. Llamadas cruzadas en todos los sentidos: del Ministerio a la Comisaría General, de Castro a Velasco, por ver si había alguna forma de parar lo que ya había cogido velocidad de misil en trayectoria de colisión, y de Velasco a Escuder.

—Vino haciéndome muchas preguntas.

—¿Se refiere a Salgado?

—Sí, claro.

—¿Cómo es posible que no me lo hubiera dicho antes? —Al formular la pregunta, Velasco se dio cuenta de que no tenía el pulso a su favor, pero lo intentó pasando al ataque.

—Mire, ins-pec-to-ra —remarcó cada sílaba el psiquiatra—. He perdido la cuenta de la cantidad de mensajes que le he ido dejando. Como comprenderá, es un asunto que, hasta por motivos de seguridad, es muy delicado para dar ningún tipo de información por teléfono, y menos por escrito. —Utilizaba una asertividad tan firme que estaba a una corchea de transitar por otro tono más propio de la irascibilidad—. Lo que no puedo entender es que en dos días no haya tenido un minuto ni tan siquiera para interesarse por quien vela por alguien que es de su competencia.

Estaba claro que Escuder no quería dar detalles de que se refería a Arlet, en vigilancia como testigo protegido y, en sus palabras, Velasco captó: «A ver si creía que era un capricho personal o tal vez tiene tan buen concepto de usted y tan pagada de sí misma está que quizás se imaginó algo más personal, se-ño-ri-ta».

Ese tratamiento que ni siquiera el médico había pronunciado: no había forma más sencilla de rozar en Isabel el encendido de la furia, aunque no era el mejor momento para encabronarse por subtextos. Amagó y se mordió las ascuas, y eso le provocaría ardores por la noche, pero no había más tutía.

257

—Lo siento, créame que lo siento. Escuder, estamos supe-rados por los hechos. Sé que ha sido un error. Le pido disculpas.

Y él pasó la pantalla. Era una forma de aceptar las disculpas de Velasco.

—Vino a verme, como le decía, pero alguien le tuvo que dar la clave para llegar hasta mí.

—¿Marta, quizás?

—Es lo único que se me ocurre, la amiga de la chica. Pero ya vino muy documentado sobre cosas que estoy sabiendo por la tele ahora mismo.

Otros dos golpecitos sobre el tablero que, a modo de puerta, separaba el cuadrilátero acristalado donde se refugiaba Velas-co. Las persianas interiores en esa ocasión estaban en todo lo alto. Quería ver las carreras de acá para allá, pero especialmen-te quería ver venir al comisario o a sus superiores si iban a embestir contra ella.

—Perdón, jefa, me dicen del despacho de Castro que suba en cuanto pueda —dejó el recado Benítez—. Bueno, que suba-mos, *ambos dos.*

—Doctor, le tengo que colgar. Hablamos, sí. […] Y mis dis-culpas de nuevo. […] Gracias. Buenos días.

10

*A*l menos solo era un trayecto de 21 escalones de ascensión, aunque fuera a los infiernos. Siempre mejor eso que no la humillación de tener que acercarse al campo de golf, por muy elegante que se comportara en lugar público el señor comisario.

Cuando Benítez y Velasco entraron en su despacho, Castro estaba frente a su mesa, de cara a la puerta, en pie. Del personaje sentado en una silla giratoria de respaldo enorme destacaba una cabeza esculpida en una geometría cuadriculada con un trabajo más tenaz que artístico, hecho sobre cabello negro, tupido y rebelde. El morrillo se arrugaba en pliegues que sobresalían del cuello de la camisa.

—Les presento a Toño Sainz. —Al comisario se le coló una ene en el apellido del nuevo subinspector, pero nadie se atrevió a enmendarlo.

Saiz se dio la vuelta y mostró todo lo que se estaba temiendo Velasco. Sí, además de a cuadros, la camisa era de manga corta. Llevaba años luchando en esa cruzada. Ya lo había conseguido con Benítez y ahora le traían al nuevo subalterno hecho con un molde rudo y tosco de Alfredo Landa, de complexión ancha, o *fortote*, como dirían en su pueblo. Pues allá él con sus criterios estéticos. Difícilmente podría colocarse en otro lugar que no fuera el de las antípodas de unos mínimos requisitos de la elegancia, pero bastante tenía ella ahora encima como para volver de nuevo a pelear en esa causa.

—Bienvenido. —Velasco le alargó la mano.

Quizás él esperaba un par de besos.

—¿Qué tal, cómo estás? —Benítez fue más próximo.

—Siéntense, por favor —los invitó Castro.

Todavía no sabían qué tono de voz gastaría Saiz. Con gestos, cabezadas y miradas había arreglado cualquier intercambio comunicativo hasta el momento.

—Saiz llevaba tiempo solicitando un traslado a Madrid. Tiene un chaval, de cinco años, que a pesar de estar bien y controlado, sufre un problema de salud, cierta insuficiencia respiratoria. —Castro miró hacia Saiz, que le devolvió una señal de asentimiento—. Les cuento esto para ponerles en contexto y porque así lo acabo de acordar con él. No quisiera invadir su parcela privada sin su consentimiento. Bien, les decía que por esa razón lleva tiempo buscando poder desplazar a toda la familia aquí, porque requiere revisiones y cuidados que le obligan a ver al especialista con frecuencia. Y, cuando surgió la vacante provocada por la desaparición de Salaberri, mi amigo Suárez, de Barcelona, me habló de él. Tiene una gran experiencia en sectas y colectivos extraños con fines oscuros de captación. Ahora mismo no podemos descartar, después del testimonio de la chica secuestrada, que pudiera haber algo de eso detrás.

Toño Saiz se frotaba con el dorso de la mano la barba, tan cerrada que parecía rasparse en el lateral de una caja de cerillas.

—Quinientas mil —soltó Saiz, como al que se le escapa un pensamiento en voz alta.

—¿Perdón? —Benítez verbalizó la extrañeza del resto.

—Las personas que han sido captadas por sectas en España —sentenció el nuevo subinspector.

Y es cierto que, como muchos otros asuntos que se cuelan y salen de la agenda informativa, que cabalgan a modo de Guadiana por ella, no dejan de existir porque no estén en los principales titulares de la actualidad o porque centren el interés de menos reportajes.

Hacía pocos días que Velasco había escuchado ese mismo dato en la radio. Los números también contemplaban otras vías de captación de jóvenes para grupos radicales, menores de edad sobre los que se ejerce una manipulación delictiva, a los que anulan y pisotean su voluntad y la de sus tutores. Medio millón de familias que han visto cómo uno de sus miembros perdía el oremus y entraba en un grupúsculo en el que podían rendir culto a un dios en la tierra, a una droga, a terapias alternativas, a ideas antisistema violentas o, simplemente, no sabían qué había sido de él.

—Saiz se incorpora desde hoy, pero creo que no exagero si les digo que está al corriente de toda la operación y del expediente, que se ha estudiado a fondo.

—Sí. —Volvió a ser lacónico. Tenía una voz grave y redonda. Sería de no gastarla en exceso.

—¿Y piensa de verdad que Arlet pudo haber sido captada por un movimiento de carácter sectario? —le dio pie Velasco.

—No sé. Diría que no.

Silencio. Silencio que solo se rompió con la petición por parte de Saiz para que le llamaran Toño o, al menos, para que lo tutearan.

—Claro, mucho más próximo así —lanzó Benítez, tan castizo—. ¡Vaya día para sumarte al equipo, ¿eh?! —Señaló hacia una pantalla de televisión que, sin sonido, devolvía la imagen de Salgado.

No hacía falta oírlo para imaginar lo que se estaba regodeando en los detalles morbosos que manejaba sobre el caso. La forma de ladear la cabeza, de impostar la gesticulación de la oratoria. Todo lo que odiaba Isabel. Tanto como que Benítez hubiera desviado la atención hacia el punto delicado del día.

—¿Cómo es posible que el personaje tenga toda la información que, además, está cebando? —inquirió el comisario.

—Lo cierto, Castro, es que solo vemos posible que haya salido del piso de los chicos —apuntó la inspectora.

—O Salaberri. —Benítez no lo olvidaba.

—A este último, mientras no sepamos nada de él, va a ser difícil controlarlo, pero a los niños… Habrá que ponerles las cosas claras, quizás.

—Tal vez es un poco tarde para eso, Castro. Lo debimos tener en cuenta antes. No se firmó absolutamente nada sobre la confidencialidad que deberían guardar. Solo se pactó el intercambio de que nos orientaran con las series y, cuando estuviera resuelto el caso, serían los únicos que tendrían toda la información para convertirla en libro, serie, película o lo que les diera la gana con la única condición de que cambiaran los nombres.

—Un poco tarde, sí. —Volvió a sonar a sentencia la voz de Saiz mientras subía el volumen de la tele—. Con permiso.

Salgado ya estaba relacionando la web puesta en marcha por la Policía en la que pedía la colaboración ciudadana con la cadena de asesinatos. Y ya no era difícil deducir que el enigmático suicidio de la Gran Vía también se vinculaba al mismo hilo. Allí estaba, en primer plano, el rostro reconstruido pixel a pixel del falso holandés al que conocían cómo Ned.

—¿Por qué no lo hacemos nosotros? —Poco locuaz de nuevo el recién llegado.

—¿Hacemos qué, compañero? —Benítez era el primero siempre en saltar.

—Comparar la imagen. Pedimos ayuda en la web y lo podemos hacer nosotros. —Y fue directo al ordenador del comisario—. ¿Puedo?

Tecleó en el buscador el nombre de un programa, uno entre docenas de los que estaban disponibles, muchos de ellos en línea, para buscar coincidencias de imágenes en la red.

Antes no era posible, pero una vez que se habían reconstruido informáticamente las facciones de Ned, si habían acertado y el individuo tenía alguna foto por ahí, en las redes sociales, por ejemplo, el rastreador les podría dar pistas sobre su verdadera identidad. Habían pasado ya tres meses. Nadie reclamaba su cuerpo.

11

—*L*levan todo el día igual. ¿Apago? —Y señaló con el mando la tele.

A esa hora de la noche, en otra cadena y con otra corbata, Salgado seguía haciendo del caso del Asesino de las series su historia, la película que él estaba recreando para el mundo como una producción exclusiva, manejando los tiempos, eligiendo bien lo que mostraba y lo que ocultaba, a su antojo, en función de lo que demandaba el mercado. Secuenciando ahora un asesinato, más tarde otro, uniendo los hilos de ambos con una aguja que enhebraba si le convenía en ese momento punzar sobre más o menos sangre, respondiendo a su idea de un periodismo que solo entiende de reclamos y no de certezas éticas.

—Ven aquí. —Andrés le señalaba la cama y planchaba con la mano la sábana donde invitaba a Ana Poveda a volver—. Si yo podría contarte muchísimas cosas más… —le recitó con cantinela insinuante.

—Ah, ¿sí? No me extrañaría, con ese coco que tienes para la inventiva…

—No tengo que ponerle mucha imaginación. Ese pájaro de los sucesos sí que lo está revistiendo todo de un tonito sensacionalista repugnante. Creo que la hemos cagado, pero a base de bien.

—¿A qué te refieres?

Andrés se incorporó en la cama y se colocó la almohada y un cojín a modo de respaldo.

—Ahora ya no importa, ahora te lo puedo explicar todo. —Rebobinó en el aire con la mano derecha, con el índice girando en sentido contrario a las agujas del reloj—. Te acordarás de que, en ocasiones, cuando me preguntabas a qué me dedicaba, te explicaba que estaba en varios frentes: a mis guiones de farmacia, *gags* por encargo, *claims* de urgencia, y que, además, con mis compañeros de piso, teníamos un blog que nos estaba dando mucho trabajito.

»Ese extra era un lío en el que nos metimos, o nos metieron. Imagino que no estábamos obligados, pero nos pudo la curiosidad y la ambición por conseguir hacer nuestra serie. Eso es lo que habíamos deseado siempre los tres. Teníamos un plan, una propuesta que circulaba por ahí, que habíamos dejado en mil despachos. De la noche a la mañana, nos llaman para lo que nosotros creíamos que era una oferta de que el papel pasara a la pantalla. Nada de eso. Alguien, coincidencia o no, estaba ejecutando nuestro plan, pero en la realidad. Alguien cometía asesinatos que seguían la pauta del previo que escribimos para la tele: se cometían asesinatos que estaban basados, o que recordaban, a casos de series de ficción.

—Me estás tomando el pelo.

—En absoluto.

—¿Y han llegado a sospechar de vosotros?

—Llegamos a pensar que era así, que por eso la Policía contactó a través de una productora con Rubén, con Marta y conmigo, pero creo que nunca estuvimos en su punto de mira. Nos propusieron que los ayudáramos a traducir lo que quería decir el Asesino de las series.

—¿Y?

—Un poli estuvo viviendo con nosotros, con la excusa de protegernos y de paso vigilarnos. Héctor se llamaba, o se llama…, porque ha desaparecido.

—¿Lo han apartado del caso?

—No, tengo entendido que es como si se lo hubiera tragado la tierra. Esa es otra historia larga, porque parece que ya estaba liado con nuestra compañera.

Lo que acababa de oír Ana fue como un puñetazo, seco, en la boca del estómago. Lo tuvo que encajar sin tiempo para ponerse en guardia, sin la oportunidad de protegerse de la cara lívida y el labio tembloroso que la hubieran delatado si Andrés no hubiera tenido la mirada centrada en otra horizontalidad de su anatomía.

—¿Surgió el amor durante la convivencia? —preguntó con un hilo de voz, conteniéndola para que no se le quebrara.

—No, ya venía de lejos. Él y Marta lo habían urdido todo para conseguir liberar a una amiga.

Desnuda, con un pico de la sábana cubriendo solo su cintura de corsé, Ana escuchaba el relato de una historia que, según se le desvelaba, la estaba haciendo hervir por dentro, que le oprimía el pecho de ira, que le impelía a morderse el labio para contener la rabia, que le humedecía los ojos de celos y traición, que le tersaba la piel mientras contenía un escalofrío. Todo eso lo tradujo Andrés como síntomas de un estado de excitación de otra naturaleza.

Pausó el relato para iniciar otro, susurrándole cada paso que daba con sus manos sobre su pecho, y de ahí le pasó los dedos por la boca y jugueteó con ellos y su lengua. Ana lo mordisqueaba y aumentaba la presión de sus dientes. Andrés sobre su oreja, el aliento que desataba en ella convulsiones de puro estremecimiento y liberaba en cada jadeo acallado un desahogo de la ansiedad que le oprimía la garganta. Andrés notó el ardor, la quemazón de su entrepierna cuando le atrapó la cabeza entre los muslos y gimió, y gritó. Para él, de placer; ella lo hacía con la rabia de quien clama venganza.

Y así se entregaron a una salvaje cadencia en la que, en cada acometida, Ana marcaba el paso con un latigazo que salía de la palma abierta de su mano contra la espalda, en la cara, contra los glúteos, aferrándose a su pelo, arañando la piel de sus brazos, sacudiéndose el dolor por la garganta que ya, sin contención, gritaba el llanto a pulmón abierto:

—¡Hijo de puta! ¡Grandísimo hijo de la gran puta! ¡Cabrón!

Cayeron rendidos. Andrés le apartó el pelo de la cara y confesó que nunca le habían gritado así de placer.

Ella cerró los ojos y vio el rostro de quien se le desdibujaba ya después de varias semanas, el del cabronazo de Salaberri.

265

12

*E*ntró deslumbrada. Guardaba en la retina el último fogonazo del sol de media tarde que en Madrid, en ese albor que tiene el verano adelantado de junio, parece quedar suspendido en el horizonte, vigilante y echando un pulso: a ver quién claudica antes. O te recoges tú, o me guardo hasta mañana yo.

Arlet la esperaba con la ansiedad calmada en el cóctel de trazodona y alprazolam, y con la ilusión puesta en miligramos de recaptadores de serotonina.

—¡Hermana! ¿Hermana?

—Hermana.

Lloros en un abrazo que las fundió en un instante eterno. Marta apartaba la cara de su hombro para mirarla a los ojos, acariciarle el cabello, de corte a trasquilones y entristecido, para volverse a hundir en su hombro. No olía como olía Arlet. Vestida con esa larga blusa, mitad camisón, y perfumada en aceites y alcoholes de linimentos hospitalarios.

Volvían a perderse en la mirada de la otra, a enjugarse las lágrimas y a rodearse en el intento de protegerse para siempre.

—Tenía razón, mal no le puede hacer —le reconocía Escuder a Velasco en la sala de juntas de Cronosalud, desde donde seguían el reencuentro de las dos chicas en su despacho.

—Creo que, aunque se puedan sentir vigiladas, de algún modo van a estar más desinhibidas si no estamos presentes físicamente. Quizás podamos sacar algo en claro. Arlet tal vez pueda contarle a Marta más de lo que nos ha dicho a nosotros.

—No he podido venir a verte hasta hoy. Sabía de ti, que estabas bien. Bueno, que ibas mejorando —precisó Marta en el despacho del psiquiatra ante la expresión de duda de su amiga, que la escuchaba dejando caer la cabeza ligeramente hacia su hombro izquierdo a la vez que encogía este—. Pero no me decían ni dónde te habían metido ni cuándo te podría abrazar, Arli.

De nuevo se besaban por todo lo que no se habían besado en un año que se hizo infinito.

—Estaba en Bilbao, cerca, en un rodaje de una serie espectacular. Ya te contaré, Cersei. Me han mandado llamar. ¿Ves? Ya se me ha pegado el habla medieval. —Y se dejaron ir en una tímida risa—. Pero cuéntame tú.

Marta se contenía y medía cada palabra. No quería que se sintiera interrogada y, menos aún, que cualquier cosa que escuchara de su boca sonara a reproche.

—Perdóname. Lo siento mucho, muchísimo. Por lo que te he hecho pasar…

—De ninguna manera. No te puedes fustigar de esa forma. Tú no puedes echarte la culpa de nada.

—Por mi mala cabeza de nuevo, Marta. Por mi ingenuidad. Pensaba que íbamos a vivir cómodamente, que no tendría que sablearte más. —Y se sonó la nariz, con las mucosas congestionadas por el llanto—. ¿Al menos eso te lo habrán dado?

Marta arqueó las cejas, apuntando hacia cualquier rincón donde pudieran estar las cámaras o los micrófonos.

—Me da igual que escuchen.

—No. —Marta seguía temerosa—. Yo no he recibido nada. Ya habrá tiempo para hablar, habrá lugar para todo.

—Se lo habrá quedado él también. ¿Qué sabes de él?

No sabía si le estaba hablando con coherencia. Arlet se dio cuenta.

—Me refiero a Héctor. Se habrá llevado el botín, el botín también. Y espero que haya sido él quien me lo haya quitado y quien se haya llevado a nuestro hijo. —Se acarició el vientre, pero esta vez en un estado de calma extraña, inducida por la sedación.

Marta la miraba queriendo pensar que lo que creía entender era producto del estado alterado en el que se encontraba Arlet. Lo peor es que en el fondo sabía que no era una alucinación transitoria de su amiga, y que ya todo era posible.

267

—Por eso también te pido perdón, hermana. Estaba embarazada de él y yo no tenía ni idea. Cuando desaparecí, ya llevaba en mis entrañas a nuestro hijo, al hijo que iba a ser mío y de tu novio, Marta, de tu novio. —Su mirada volvía a perderse buscando el exterior.

Velasco dejó escrita en una de sus notas adhesivas la hora en la que Arlet había hecho la revelación. No iba a acudir de vacío a la reunión de crisis que había convocado el comisario Castro al día siguiente.

—Muchas gracias, doctor.

Le extendió la mano y Escuder la despidió con dos besos. Ni puñetera gracia le hizo. Que se saltaran sin previo aviso las fronteras protocolarias que ella establecía la sacaba de quicio, se tambaleaba su certeza de hierro de saber poner límites sin alterarse, sin parecer maleducada, aunque el cuerpo le pedía escupirle un: «Vas a besar a tu hermana, gilipollas». Pero lo que salió de su boca fue:

—Nos llamamos.

13

*D*espertó en un charco de sudor y con la boca seca, las mandíbulas doloridas, las encías en carne viva. Había pasado la noche mascando sus pesadillas, apretando los dientes y rechinando esmalte contra esmalte. «Pongo el aire, lo apago y subo la persiana. Ahora, parece que mejor al revés.» Confundiendo duermevelas con desvelos y sueños de imágenes imposibles con realidades de argumentos desatinados, cábalas angustiadas, conclusiones imposibles.

Los pósits graneaban el suelo de su dormitorio. Eran los que se había llevado a la cama. Repasó los apuntes y los barajó, como el que busca en el tarot la respuesta que quiere escuchar. Acabaron sembrando la tarima, hechos pequeñas bolas arrugadas, reducidas a lo inútil. Nada. Un apunte, una señal, una palabra o un subrayado que la esperara como otras veces, el dato que hubiera engullido su memoria y que ahora cobrara otra suerte de vida y un nuevo sentido. Eso buscaba. Quería poner en orden la película de los hechos antes de volver a exponerlos en la mañana que acechaba. Pero la mañana venía y el resultado no. El sueño, menos.

Una pesadilla entre peleas con el sudor sí se le manifestaba. Uno en el que estando ella sola en una butaca gigante, de piel, en un cine, de la pantalla empezaban a emerger espirales de pasta fresca que llegaban a su asiento volando sin peso, casi en suspensión y se las ofrecía el aire posándose como plumas. Espirales que desenrollaba ella cuidadosamente y donde venía escrita en tiza de color negro «Frágil». La letra se esfumaba y se perfilaba la cara de un bebé, uno por espiral, proyectándose cada rostro en la pantalla. Todos eran Salaberris. Uno tenía sus ojos, otros sus labios y barbilla. Hubo versiones de Salaberri de todas las etnias y complexiones. Dejaba de verlos cuando una mano enorme le tapaba los ojos y una boca introducía una lengua afilada en la suya. Bebía de esa lengua, que iba suavizando su rugosidad para convertirse en la lengua que nunca había jugado con la suya de esa manera y, cuando se iba a beber el sudor que le llegaba desde la sien, se deshizo en un grito ahogado con el reflujo de su estómago, con ganas de regurgitar al oírse decir ella misma con la voz del doctor Escuder aquel puto «Nos llamamos».

Sentada en un charco formado en sus sábanas se maldecía otra vez. «¿Nos llamamos? ¿Qué formas son esas para una señorita? ¿Nos llamamos?» Así despertó, con la piel rasgada por sus uñas. Así emprendió Velasco lo que prometía ser una jornada intensa, y nunca lo sería más de lo que había sido su noche.

14

—*D*esde hoy, un mes, no más. Un mes tienen para poner en solfa al Asesino de las series, para resolver el caso, para callar siquiera el regodeo con el que el condenado de Salgado se pasea por las teles. —Iba aumentando el volumen de voz de Castro con cada golpe que daba con su mano extendida sobre el reposabrazos para puntuar los objetivos.

Lo proclamaba desde su habitual timbre grave, aunque haciendo gala de sus cualidades de tenor en un aria de solista que empequeñecía a todos los convocados. Sentados a ambos lados de una mesa ovalada, que era conocida como «la de las crisis», atendían Velasco, Benítez y Saiz. Habían incorporado también a Nando; a Nico, de escudero de Ernesto de la Calle; al propio Ernesto; a Andreu por parte de los forenses y la Científica, y a Almudena Granados, la jefa de Prensa y Comunicación. De Almudena se hubiera podido oír desde el extremo opuesto de la mesa cómo le rugían las tripas al ritmo de su taconeo nervioso. Llevaba poco en el Cuerpo y prácticamente se estaba estrenando con un órdago a la grande. La superaban los acontecimientos y vivía con la sensación de que cuando se intentaba incorporar de un zarandeo por una ráfaga de viento, llegaba un tornado a por ella, que iba de tormenta en tormenta. Eso, cuando no había tenido tiempo ni de orientarse en la casa. Isabel le iba mandando mensajes de apoyo que eran fáciles de entender, y Benítez y Andreu miradas de otro tipo, con ensoñaciones más febriles y primitivas.

—¿Cómo debemos reaccionar? ¿Qué piensa usted, Granados, qué nos aconseja? ¿La callada por respuesta, como hasta ahora? Ya sé que no podemos desmentir al personaje, se nos volvería en contra cuando se sepa que es verdad la esencia de lo que dice, pero ¿qué hacemos? ¿Salimos a matizar sus fantasías? ¿Sale usted ante los medios y cuenta que esto sí, pero solo hasta aquí, porque lo demás es literatura y morbo? —Castro quería actuar y con diligencia.

—Busque a otro Salgado que sea más de fiar —salió Toño Saiz al rescate de Almudena.

—¿Quiere dos tazas, amigo? ¿Abrir otro frente?

—No, está bien visto —argumentó Almudena como jefa de Prensa—. Hay que conseguir que otro periodista de mayor prestigio que Salgado y con credibilidad tenga línea directa con lo que nosotros le sirvamos, lo que nos interese filtrarle.

—Es la única forma de eclipsar a Salgado. No le podemos cerrar el grifo, pero repartamos agua entre otros y que esos otros sean los que nosotros decidamos. Si se desvían, si se desmadran, nosotros tenemos la llave y ellos verán, porque se la podemos quitar en cualquier momento. —Velasco lo veía claro.

Almudena conseguía respirar sin hiperventilación, y un atisbo de sosiego en el rostro del comisario se interpretó como que se daba por buena la propuesta.

Castro invitó a que la inspectora jefe, en virtud de su cargo, hiciera la correlación de lo conocido y descubierto hasta el momento, y que se incorporaran las novedades de las últimas horas al expediente de la operación que, desde hacía meses, ya no llamaban por el ridículo nombre de «Sopa de sobre», porque periodísticamente ya había calado el de «Asesino de las series». Se alegraban de que no hubiera trascendido el primero.

Isabel, que llevaba en las piernas el agotamiento de su noche toledana, tiró de profesionalidad para exponer sin fisuras, «de pe a pa», que decía Benítez, los hechos que eran certezas y los que estaban en el camino de las intuiciones, los aspectos que abrían preguntas y las dudas solventadas. En el capítulo de las novedades, causó impresión saber que el que había sido compañero de equipo hasta hacía bien poco cada vez aspiraba a ser el hombre más buscado por la Policía, y no porque se temiera por su vida precisamente, sino porque se quería proteger la de los demás, incluido un hijo que había gestado con la secuestrada Arlet. Ese detalle fue el que más conmovió a los reunidos.

El forense se levantó para acercarse a la pizarra.

—Por lo que a nosotros respecta, ya podemos asegurar que Ana Poveda ha estado en el laberinto de pasadizos y túneles de El Capricho con posterioridad a la fecha en la que dejó de trabajar para Tecnovial. —Andreu dibujó en cuatro trazos una especie de gran tubo del que salían unas calles laterales—. Este es el conducto que hace las veces de arteria principal en el búnker del parque. Y aquí, las salas que ahora tienen diferentes fines.—Trazó un círculo sobre la segunda a la derecha—. En esta, donde se guarda el material de mantenimiento y por la que la labor de Ana Poveda no la obligaba ni a pasar de casualidad, están todas las marcas de sus huellas. Habría que hacer un barrido general, levantar las estanterías y el suelo si es necesario. Ahí podría estar el zulo.

—Y hay que detener a Poveda, ya, cojones, que parecemos lelos —clamó Castro a la vez que Velasco les indicaba a Benítez y a Saiz que no perdieran ni un segundo.

Al mismo tiempo, Nico recibía en el móvil un mensaje del laboratorio de la Tecnológica: «98 % de coincidencias rostro de Ned y *frame* de vídeo Internet. Isla Sentinel del Norte».

Nico tecleó el nombre de la isla, que no le sonaba absolutamente de nada ni había oído jamás. Los primeros resultados en Google se referían a «la isla más aislada y peligrosa del mundo», «Sentinel del Norte, la isla perdida e inexplorada con la tribu más aislada y hostil».

T01 x 08

1

La isla Sentinel del Norte está situada al este del golfo de Bengala, frente a un círculo de arrecifes vírgenes, con playas bañadas por el azul turquesa del océano Índico. Administrativamente pertenece a la India. Sus nativos reaccionan de manera hostil ante cualquier intento de contacto con extranjeros, es posible que como forma de evitar la destrucción de su civilización. No están inmunizados contra nuestras enfermedades y cualquier contacto con gente de fuera de su isla podría serles fatal.

En algún momento de sus 60.000 años de existencia, los misteriosos sentinelenses decidieron aislarse y poco o nada se sabe de ellos. Se supone que viven de la pesca, la caza y de la recolección de plantas. No existen siquiera evidencias de que practiquen la agricultura o de que conozcan el fuego. Podría ser la única comunidad humana que se ha quedado anclada en el Paleolítico. Sus habitantes son descritos, por los que se han acercado con catalejos o prismáticos hasta su costa, como de piel oscura y pelo afro.

La geografía complica más la visita a Sentinel del Norte: sus 72 kilómetros cuadrados están cubiertos por una densa jungla, carece de puertos naturales y la barrera de arrecifes de coral que la rodea a unos mil metros de la orilla hace muy difícil la navegación, casi imposible durante diez meses al año.

Maurice Vidal Portman (1860-1935), un canadiense al servicio de la Marina Británica, que se encargó de «pacificar» a varias tribus del archipiélago de Andamán, desembarcó en la isla en 1880 al mando de una expedición militar. Su misión era captar a algún habitante al que enseñar inglés para que les explicase qué demonios pasaba en la isla. Los sentinelenses se refugiaron en el interior de la selva. Vidal Portman consiguió capturar a una pareja de edad avanzada que paseaba por una playa y a cuatro niños. Los ancianos enfermaron y murieron al poco tiempo a bordo del navío. Los niños fueron devueltos a la playa con algunos regalos de los británicos y no se sabe qué ocurrió con ellos. Hay dudas sobre por qué no los llevaron consigo si se trataba de formar a intérpretes y emplearlos luego en el control de la isla. Quizás pensaron que habían convertido a los niños en armas biológicas pero, si ese fue el plan, no funcionó.

Esto impidió a Vidal Portman documentar la isla de Sentinel del Norte, como había hecho con otros pueblos originarios, o saber siquiera qué lengua hablaban. Quizás salvó a los isleños de morir de alguna enfermedad europea que pudiesen portar los británicos. En cuanto a su idioma, se cree que no son capaces de comunicarse con las tribus jarawa, que son las más próximas y con las que, al parecer, han tenido algún encuentro y disputa en el pasado.

En 1896 un convicto escapó de una prisión de la India con una balsa improvisada que acabó varando en Sentinel del Norte. Días más tarde, el cadáver del preso fue encontrado en la playa lleno de perforaciones provocadas por flechas y con la garganta cortada.

En 1974 un equipo de rodaje de *National Geographic* arribó a la isla para intentar grabar a sus misteriosos habitantes. El encuentro comenzó de manera tensa. Los documentalistas se acercaban portando regalos: una caja con cocos, una muñeca y un lechón. Frente a ellos, los guerreros sentinelenses, semidesnudos, armados hasta los dientes y en actitud hostil. Acabó con la huida de los visitantes, con el director del documental con una flecha clavada en la rodilla y el animal que llevaban como ofrenda, mutilado.

En 1981 la nave de carga *Primrose* embarrancó cerca de la isla y los indígenas la rodearon e intentaron el asalto en varias ocasiones. La tripulación pidió por radio un urgente rescate aéreo o que les lanzasen armas en paracaídas. Tras pasar una semana defendiéndose con hachas de bombero y pistolas de bengalas, fueron rescatados con helicóptero. Los sentinelenses desguazaron parte del buque, que se puede apreciar desde Google Earth, con el fin de utilizar el metal para construir lanchas y flechas.

El antropólogo Trilokinath Prandit visitó varias veces la isla en 1991 y llegó a desembarcar con regalos que dejaba en la playa. Consiguió establecer algún breve contacto pacífico con alguno de los isleños pero, en cuanto se dio la vuelta para dirigirse hacia su embarcación, lo atacaron lanzándole flechas. Prandit no ha vuelto a la isla.

Se estima que sus habitantes son entre 50 y 400 individuos, y se especuló con que podrían haber sido engullidos por el tsunami tras el terremoto que afectó a la zona en 2004. Tres días después del movimiento tectónico, el Gobierno indio envió aeronaves que consiguieron fotos de supervivientes. Estos no perdieron la oportunidad de disparar con sus arcos a los aviones. Y está confirmado que en 2006 mataron a flechazos a dos pescadores que se atrevieron a internarse en sus caladeros.

Así constaba en el informe de urgencia redactado por la Brigada Tecnológica. Datos que estaban ahí, en la red abierta, en publicaciones como *Forbes*, *Neatorama*, en *Stock and History* o en la propia Wikipedia. También circulaba el vídeo que se registró tras el devastador tsunami en el Pacífico en 2004. Se adjuntaba una de las capturas con la imagen congelada y ampliada. Era Ned, quedaban pocas dudas.

279

—Tengo que verlo. Benítez, dile a Nando que consiga un mapa. Así de grande. —Velasco extendió los brazos en posición de crucifijo—. Esto hay que encararlo al estilo de la vieja escuela. No tiene sentido ocultar un panel. Ya saben más sobre el caso millones de españoles que muchos de los que pululan por esta comisaría. Así que preparen un corcho de pared a pared. Y cambia esa cara, échale cafeína o lo que haga falta, compañero. Va a ser un día largo, tanto que quizás sean dos.

—He pasado mala noche. El calor que está haciendo este mes de junio no es normal.

—¿Ahora vamos a tener una conversación de ascensor? —Velasco se había dado cuenta de que Benítez no se había cambiado de ropa.

—No es eso, jefa. Han cerrado colegios, hasta la comisaría de la calle Luna… Se asfixiaban en Pasaportes y DNI. El personal se llevaba ventiladores de los 70. Un número. Situaciones propias de África en una capital europea.

—Aquí no nos podemos quejar, no estamos mal. Aquí funciona, aunque sea a pedales, eso. —Señaló un aparato de aire acondicionado antediluviano y ruidoso—. Y más vale que no pasemos mucho calor porque hoy no hay tregua. ¿A qué hora han salido para casa de Ana Poveda?

—Saiz me acaba de avisar de que estaban aguardando en la puerta desde antes de las 8. Ahora, en torno a las 9, es cuando suele bajar al perro. Al chucho no lo detenemos, ¿verdad?

—Era buena señal: le pasara lo que le pasara, Benítez no había perdido el sentido del humor.

—Que le lean los derechos, por si acaso —le siguió el rollo Isabel—. Vamos a la rotonda, que allí pienso mejor, y de paso nos metemos otro chute del laxante ese con aspiraciones de café.

Una vez junto a la máquina, Velasco le contó que quería un mapa porque no era que la geografía fuera su fuerte, y a ver dónde estaba la puñetera isla esa de la que no había oído hablar en la vida.

—¿Solo?

—Y con dos narices, eso es. ¿Has leído el informe?

Benítez asintió mientras se quedaba hipnotizado con la caída del vaso de plástico y la magia de la perfecta sincronía que había en el brazo motor y el grifillo de la máquina. Le maravillaban esas menudencias de la tecnología y, a partir de ahí, cualquier sofisticación se le antojaba pura magia. En ocasiones, magia negra.

—Pensemos. Una isla donde habita una tribu que está alejada de la civilización, de cualquier contacto con otro tipo de vida, y que, según cuentan las crónicas, podría tratarse de la más anclada en el tiempo de los antepasados de los antepasados de nuestros más remotos antepasados.

—Sin máquina de café, siquiera, jefa.

—Ni falta que les hace. Quizás por eso sobreviven. Y resulta que uno de sus habitantes, o un clon de él, aparece suicidado, vestido de Armani, en pleno centro de Madrid.

—Lo que explicaría que la manicura del caballero no fuera precisa.

—Por ejemplo. O que mostrara señales de que su piel había estado curtida y expuesta al sol, que la masa muscular fuera propia de una persona preparada a un altísimo nivel físico…

—Sí, eso apuntaba la autopsia.

—¿Y cómo carajo llega hasta aquí y con esa pinta?

—Médico no soy pero… —Benítez consultó las notas que llevaba en una aplicación del móvil, con la misma apariencia que las de Isabel, pero así iban siempre en el bolsillo abultando menos y sin requerir el bolígrafo que a ella frecuentemente se le perdía en la dimensión paralela del fondo de su bolso—. Lo he leído en el informe. Es una tribu que no ha tenido ningún contacto con nuestras enfermedades ni con vacunas ni medicinas como los antibióticos. No tienen medios ni tampoco han desarrollado defensas contra ellas. Puede resultarles letal un catarro, una gripe, un sarampión, mil enfermedades que tenemos controladas y superadísimas.

—¿Con eso qué me quieres decir?

—Que lo lógico sería pensar: se habría puesto todas las vacunas, porque desde 2004 hasta nuestros días, tiempo ha tenido. Vale, pero no mantendría unas manos de trabajar el campo ni conservaría esa planta, esa complexión.

—O sea, que optamos por la otra vía: la de que llevara aquí tan poco tiempo que no le hubiera dado opción a un bacilococo ajeno a su naturaleza a poner en riesgo su salud. Porque tampoco había nada de eso en la autopsia, ¿o sí?

—Llamo a Andreu y salimos de dudas.

—Llámale y, de paso, lo convocas para una reunión de equipo que vamos a hacer a las 12 en la sala donde quiero ver el panel ese con el mapa ya instalado.

—¿Habremos interrogado ya a Ana Poveda?

Vibró el teléfono de ambos. Benítez leyó el mensaje y se quedó con la hora.

—Me respondo yo mismo. Parece que sí. Saiz ya la ha invitado, amablemente, a que lo acompañase hasta aquí. Es decir, que antes de las 10 podemos empezar con ella.

—Has utilizado la primera persona del plural con seguridad dos veces.

—¿Lo dice por el *nosotros*?

—Lo digo porque te has invitado tú solo.

—No es una fiesta, jefa. Más que autoinvitarme, podría haber dicho que me solidarizo, arrimo el hombro, me ofrezco a colaborar, que es lo que estoy haciendo.

—Vas fenomenal de lengua.

—Hace tiempo que no me lo decían, con lo que yo he sido…

—No te pierdas en el pasado y llama al forense, anda. Estaré en mi sitio, yo también tengo que convocar a alguien. Ahora me cuentas.

De regreso a su despacho, Velasco vio cómo estaban montando en la sala de reuniones los soportes del panel, ajustando las patas metálicas, y cómo uno de los operarios de Servicios generales llevaba un mapamundi enrollado en la mano.

La llamada que iba a hacer la inspectora era de carácter estrictamente profesional. No sabía por qué tomaba tantas precauciones, pero se aseguró de cerrar bien la puerta con el pestillo del pomo, una de esas pestañas metálicas que siempre le recordaban a los arcaicos interruptores de la luz de la casa de sus abuelos en el pueblo y, cuando la evocación la llevaba allí, le devolvía la imagen de su madre, jovencísima, sin achaques, con una sonrisa roja, llena de luz. La tenía muy presente. Le daba la sensación de que la había despedido hacía un siglo, pero a veces, sin embargo, se detenía segundos antes de marcar el teléfono para preguntarle simplemente cómo había ido el día, o si se comentaba mucho en la peluquería el último chafardeo con el que se estaba salseando la crónica rosa de esos días.

Buscó en la agenda. En favoritos estaba «Mamá». Le lanzó un beso y le pidió que le diera suerte. En la «E», Escuder. Se había despedido de él con aquel inapropiado «Nos llamamos» y era el momento de demostrarle que se refería con rigor a asuntos periciales, los únicos que justificaban que estuviera marcando su número una mujer como ella. Si había dos o tres tipos de hombres de los que abominaba, muy probablemente el doctor se encontrara incluso en dos de esas categorías.

Tres tonos de llamada. Sorpresa al otro lado. ¿Por qué estaba tan nerviosa? ¿Por qué quería salir la tensión adolescente por cada uno de los poros por los que transpiraba? El aire acondicionado seguía rugiendo y helando el despacho. Eso no era.

—Sí, doctor, buenos días. […] Gracias, sí, le llamaba… —Y por qué narices dudaba, qué hacía poniendo aquella voz con caída ñoña y timbre melifluo—. Le llamaba porque empezamos a tener alguna pieza del puzle en su sitio. Vamos a hacer una puesta en común, hoy a las 12 del mediodía y, en su calidad de psiquiatra y al haber estado tratando a la secuestrada, nos parecía interesante contar con su presencia. [...] Ya sé que le he podido avisar con muy poco margen... [...] Claro, no se preocupe. Tampoco somos el colmo de la puntualidad, se puede incorporar cuando pueda. [...] De acuerdo, luego nos vemos, pues. [...] Un beso.

Para olvidar. Para enmarcar en la acumulación de despropósitos y para pellizcarse en los mofletes hasta hacerse daño, como cuando era niña y se imponía esos autocastigos. Le podía. Perdía el control de sí. Le pasaba con el puñetero doctor recién salido de la fábrica de pijos del barrio de Salamanca y, sobre todo, con el teléfono de por medio. Pero ¿qué beso ni qué niño muerto?

Afortunadamente, Benítez la sacó del bucle de flagelación en el que se había perdido.

—¿Qué le pasa, jefa? —Nada más entrar en el despacho notó su rostro mudado—. A ver si nos vamos organizando. Si el que hoy tenía mala cara era yo, quiero la exclusiva.

—El café, Benítez, tampoco ha superado mi intestino hoy el aguachirri.

—Es usted pura ciencia, qué manejo de términos.

Velasco lo condujo hasta la sala de reuniones.

—Tú, pura ciencia, ahí tenemos el GPS de nueva generación. —Ya estaban sujetando el mapa con unas chinchetas—. Descubramos dónde está esa isla misteriosa.

—¿Ya estamos otra vez con las series?

Velasco cayó en la cuenta de que la reunión de trabajo podría estar más concurrida de lo previsto.

—¿Vendrá Andreu a las 12?

—Afirmativo.

—No sé si me dirás lo mismo de los nuevos invitados que te voy a encargar que convoques. ¿Lo de las series me lo has dicho por lo de la isla?

—Joder, sí, pero como comentario a pie de página, mujer, una tontería, por lo de *Lost*.

—Por si no es una chorrada, tienes que conseguir que vengan Andrés, Rubén y, si no ha vuelto al rodaje, Marta.

Ante la cara de estupor de su subalterno, argumentó:

—Van a acceder a venir voluntariamente. Otra cosa sería que prefirieran que los recibiéramos aquí con los brazos abier-

283

tos y les pusiéramos esa alfombra roja que siempre colocamos a los detenidos, claro. Los podríamos acusar de revelación de secretos, no sé, digo yo, que tampoco he reflexionado mucho, pero así improvisando seguro que me salen dos o tres figuras más a las que nos podríamos acoger.

—Sembrada. Cuando está sembrada, hay que quitarse el sombrero. Y de en medio, porque tiene un peligro… Solo una cosita: ¿no va ser pelín tenso todo después de lo que ha pasado con la chica?

—Tendrán que apechugar. Los actos tienen sus consecuencias y cada palo que aguante su vela.

—Sin rencor, ¿no?

—Justicia divina. Una por ocultación, los otros por listillos. Lo que sigue saliendo por esa bocaza surgió primero de sus boquillas. —Y señaló la tele, donde una mañana más acumulaba méritos para ser condecorado como rata de cloaca el que se vanagloriaba de ser el más agudo periodista de investigación, el ínclito Salgado.

—Aquí. —Estiró el brazo hacia el panel con el mapa, un poco forzado, Benítez—. Lo podían haber puesto más alto, joder. Cómo se nota que los que manejan la intendencia ya son de segunda generación de solomillo. Su madre… —Hurgaba en una caja con chinchetas de cabeza plastificada de colores—. Ya pienso que lo hacen a mala leche. Si esa isla, en lugar de estar ahí llega a estar en Bangladés, necesitaba una banqueta.

—Pero ¿tú sabes dónde está Bangladés?

—La Policía no es tonta. Me documento. He estado haciendo averiguaciones. ¿Cómo se puede llegar desde la isla esa de Sentinel a los Madriles? Se lo consultas a Google y ni *pa'trás*. He hecho dos o tres llamadas. Y en navegación aérea coinciden en que lo lógico sería que se pueda llegar en helicóptero o bimotor, un avioncejo para trayectos más o menos a tiro de piedra, hasta Bangladés y de allí a Madrid. Hay otras alternativas como centro de operaciones, pero apostemos por Bangladés, hágame caso.

—¿Alguna vez no lo he hecho?

—Paso palabra. —Miró de nuevo la pantalla del móvil—. Ya están aquí. ¿Sala de interrogatorios? —Velasco asintió—. ¿Y estoy en la pomada o no?

—Estás, pesado, estás. Y dile a Saiz que venga a verme a mi despacho.

Velasco regresó a su habitáculo pero no cerró la puerta: no quería despistarse con el espectáculo de Salgado encendiendo su televisor, pero así le llegaba como rumor de fondo el sonido del que había en la sala común, donde estaba encendido y a un volumen que llamaba la atención a los que llegaban de fuera, pero al que nadie de los habituales hacía caso. Solo quizás los primeros días de las entregas por fascículos de *Los cuentos de Salgado*. Benítez pasó por delante de una de las pantallas y puso cara de asco al oír que anunciaban «nuevas revelaciones en exclusiva». Sería, como cada mañana, al final del espacio, aunque machacaran con el anzuelo desde el primer café.

En ese momento procedían los contertulios a darle vueltas al mismo trigo que les había servido en anteriores programas el colaborador estrella:

—Claro, es peligrosísimo el poder que puede llegar a tener una serie que los chavales ven en el móvil o en el iPad, sin ningún tipo de tutela por parte de sus mayores. Y, en este sentido, fíjate lo que ha ocurrido en varios países, el último caso que estuvimos contando, en Perú, donde una chica ha emulado a la protagonista de *Por 13 razones* y ha dejado mensajes a título póstumo a su círculo de amigos, bueno, compañeros más que amigos, y ha acabado quitándose la vida.

—Es muy peligroso, sí. Puede resultar perverso. En algunos países se ha prohibido su emisión y, en otros hay un enorme debate sobre si debería permitirse.

—Además, no olvidéis que se ha detectado que el juego ese macabro de La Ballena Azul, que está haciendo furor entre los chicos de esas edades, también tiene como resultado fatal que puede acabar con la vida de quien se enfrenta al reto.

—Sí, Alberto, recuérdanos eso.

—Empezó en Brasil, también se han dado casos en China, y algún instituto en nuestro país, a través de sus docentes, ha alertado de que habían detectado síntomas de que algunos de sus alumnos pudieran estar en las redes de los que, sin ningún tipo de escrúpulos, se encargan de captar a adolescentes en plena depresión por una crisis de identidad que es fácil tener a esas edades, y les proponen superar 50 pruebas durante 50 días. La última consiste en quitarse la vida.

—Pero de eso hablaremos en unos minutos, con Fernando Salgado.

Y se volvía a emitir un *next coming* con imágenes de la torre de Londres, el edificio de viviendas sociales Grenfell que había ardido unos días atrás, con centenares de familias afectadas, cerca de setenta muertos, mientras la voz en *off*, al ritmo tétrico de una música seudofúnebre que apoyaba la pieza anunciaba:

Hoy, la posible conexión internacional del caso del Asesino de las series. ¿Fue un incendio provocado? ¿Cómo pudo predecirlo una serie en 1993?

PRESENTADORA: Desde luego, es muy difícil pensar en una simple casualidad. Se ve que la serie *House of cards*, la original británica, en 1993 planteaba en un capítulo la crisis en Downing Street por la mala gestión y la escasa información sobre qué había ocurrido en esa misma torre, el mismo edificio que se incendia, donde mueren en torno a setenta personas, y, lo que resulta más sospechoso, el fuego lo provoca en la serie una explosión en la cuarta planta, igual que ocurrió hace una semana en la realidad.

Y, sin solución de continuidad, dos de los colaboradores que habían estado diseccionado y valorando la actualidad de Sucesos, aparecían en unas hamacas, ante un escenario de croma que emulaba ser una playa caribeña.

—Tenías tanta razón, Alberto. Lo que entraba por la ventana no era calor, era fuego. Auténtico fuego.

—Pues claro, María. ¿Ves qué maravilla? Con la oferta para este verano de aire acondicionado Traikin, la brisa que tú quieras llega a tu casa.

Tal cual.

Y

—¿Todo en su sitio, Saiz? —Así recibió al subinspector.

—Sin novedad, Velasco.

—¿Ha puesto algún problema? —Y empezó a andar hacia la sala de reuniones haciéndole un gesto para que la acompañara.

—Ninguno, parecía que estuviera preparada.

—¿Abogado? —Isabel se contagiaba y se mostraba tan lacónica como su interlocutor.

—Desde allí mismo lo ha avisado y ya ha llegado.

—Necesito que mientras la interrogamos Benítez y yo, estés al frente del operativo. Estate atento desde la sala de escuchas, por si surgiera algún dato nuevo. Dile a Almu, de Comunicación, que le suelte a nuestro hombre anti Salgado que es una gilipollez lo de liar lo de Londres con esto y, de paso, que le deje caer que ya estamos procediendo con las primeras detenciones, sin especificar. Y, por último, que te hagan algunas averiguaciones sobre esto. —Le señaló el mapa y siguió la ruta hacia la sala de interrogatorios—. A ver si nos podemos enterar de qué vuelos y de qué tipo pudieron llegar desde la zona, especialmente desde Bangladés, en horas o días anteriores al 22 de marzo.

—Ok. —Que sonó a «¿Nada más?».

—¿Cómo va el chaval? —Velasco cambió de tono—. ¿Ya tienes aquí a la familia?

—Llegaron ayer, sí. Mañana le hacen la prueba.

—Tranquilo, que te escapas en el momento que sea. Espero que vaya todo muy bien.

Le dio un abrazo, afectuoso, al que Saiz respondió con cierta rigidez. «Falta de costumbre», pensó Velasco mientras abría la puerta de la sala más triste y oscura de aquel edificio, ya de por sí sombrío.

Una mesa, cuatro sillas bajas de respaldo de madera roída y lacada en verde manzana, de pupitres de colegio, donde te encogías en un fajín a la altura de los riñones.

Dos contra dos. En las de la izquierda, ya sentados, Ana Poveda y su abogado. «Como se llame Daniel, la liamos, clavado a DeVito», pasaba por la mente de Benítez, que esperaba de pie a su superiora. Intercambiaron una mirada cuando entró Velasco. Ellos sabían que se estaban preguntando si alguno de los dos tenía fichado al señor pequeñito, de traje y puños con gemelos de florituras que no se llevaban desde hacía siglos, camisa con las que debían ser sus iniciales, bordadas, una «D» y una «S» —«Ya verás que es una "D" de Danny, atentos»—, y unas gafas de pasta que le resbalaban, por el sudor, como escurriendo el bulto.

—Daniel Satué, soy el abogado de Ana Poveda. —Alargó la mano para saludar a Velasco y después hizo lo propio con Benítez.

«Lo sabía, Danny DeVito en versión murciana.»

—Me gustaría saber qué cargos hay contra mi defendida, y por qué nos hacen perder el…

—Parece que tenga usted prisa —lo interrumpió Velasco remarcando con la mano la invitación a que hiciera mutis—. Por partes, señor Satué. No me sea peliculero y así seguro que será más sencillo y fluido el diálogo. Vamos a charlar, pero con unas normas. Hacemos nosotros las preguntas.

—Bien, bien. —Se sentó, algo intimidado.

Ana observaba la escena. El torso erguido, con un vestido de algodón ligero, de color crema, con unos tirantes que exageraban la espalda de nadadora en la que reparó Benítez el primer día que la vio cenando con Andrés. Ni se inmutaba. Como mucho, algún estiramiento de cuello, de lado a lado, calentando para lanzarse a la piscina. Dibujaba algún semicírculo con sus hombros. Velasco reparaba en la forma cómo Benítez la examinaba de arriba abajo. No era con lujuria. Tenía los párpados agotados su compañero, y en las ojeras una herida de tristeza que hacía mucho tiempo que no le veía.

—¿Ya se ha identificado a la detenida y se le han leído sus derechos?

—Sí, inspectora.

—Ana Poveda, ¿cierto? —dirigiéndose a ella, y por primera vez le sostuvo la mirada—. ¿Ya estaba esperando que hoy fuéramos a detenerla?

—Una está preparada para todo en cualquier momento. —La seguridad e insolencia con la que profirió la frase contrastaba con el timbre infantil y dulce que tenía su voz.

—Iba con una maleta de cabina, de viaje…

—Hace calor en Madrid, sí.

—¿Se puede saber adónde tenía intención de huir? Del calor, me refiero.

—En el aeropuerto improvisaría.

Mientras Velasco miraba hacia donde sabía que Saiz captaría su atención, el abogado se intentaba zafar de las apreturas de su silla y de la incomodidad manifiesta que le provocaba la situación. Se pasaba dos dedos entre la papada y el cuello, se aflojaba la tensión de la corbata y volvía a ensanchar la camisa, sacando el índice húmedo y, creyendo estar exento de que lo observara nadie, olfateándoselo.

—¿Has ido mucho por los almacenes que hay en el búnker de El Capricho después de trabajar allí?

—Ahora mismo no recuerdo.

—Mujer, tampoco te pregunto por cuántas veces has ido a Mercadona en el último año. Es un destino que una no olvida si pasa por allí sin tener ninguna obligación laboral…

—Si hay huellas tuyas hasta en el reverso del papel higiénico, chica. —Se incorporó Benítez a la ofensiva—. Tú colabora porque, ante la evidencia, es mejor que nos ayudes; te estarás ayudando tú.

Por primera vez Ana Poveda consultó algo al oído de su abogado. Este se puso la mano delante de la boca, como hacen los futbolistas en el campo para que no les lean los labios.

«Hasta en eso no es más gilipollas porque no se entrena», añadió Benítez al traje que le estaba confeccionando a Daniel.

—¿Y bien? —preguntó Velasco por el resultado de las deliberaciones entre detenida y su defensa.

—¿Puedo renunciar a mi abogado? —les sorprendió Ana.

—Estás en tu derecho, eres libre, por supuesto. —La inspectora vio el cielo abierto.

Y Benítez no pudo disimular su satisfacción. En un tris estuvo de agitar el puño en señal de victoria.

—No, pero eso… —se aturullaba Daniel Satué desconcertado.

—Acaba de renunciar a su defensa, ya puede salir.

Satué no daba abasto para recoger el portafolios, colocarse las gafas en el arco del tobogán de su nariz, mientras se de-

289

sencajaba de la silla enana y se estiraba la chaqueta del traje, arrugada en volantes sobre sus lorzas. Ahora sí que hizo mutis, por el foro.

Tomó la palabra una serena Ana Poveda en cuanto se perdió el rastro de su abogado y la sala de interrogatorios volvió a ser un compartimento estanco. Portazo.

—Estaba alertada por la organización de que esto podía ocurrir, sobre qué ocurriría si me detuvieran. Me dieron instrucciones muy específicas. Lo primero que tenía que hacer era llamarlo. —Su mentón se alzó en la dirección que había tomado Satué—. No lo conocía de nada, pero me ha dado tan mala espina como toda la mierda esta en la que me he visto envuelta desde que acudí a ellos. Quiero acabar ya. —Se despejó la frente con ambas manos y se ajustó la coleta—. Me siento estafada, engañada, traicionada. Me reclutaron sin que me diera cuenta. Sin percatarme de dónde me metía, me vi inmersa en una trama que debe ser gorda, y que se me ha ido de las manos.

»Si es como cuentan en la tele, me da miedo, los últimos días he vivido atemorizada. Está claro que debo ser una pieza, un soldado, una parte mínima de un engranaje colosal. —Bebió agua—. Estaba estudiando Literatura, viviendo con mi hermano, al que creo que asustasteis, y ahí me acojoné yo también. Lo único que hacíamos era ganarnos unos eurillos para sobrevivir, hackeando programas para piratearlos y quien nos mandaba eso los colocaba en páginas de descargas. El que domina la informática es él. ¿Sabéis los *pop ups*, los elementos emergentes de publicidad que te atosigan cuando entras en algunas páginas, esos que te ocupan el escritorio y si tienes el altavoz alto te llevas un susto de mil demonios? Pues eso, hay que ser muy ingenuo, o estar muy desesperado para decir que sí, que tú también quieres ganar fácilmente 6.000 euros al mes. Incluso te dices: «La leche, qué idiota el resto del mundo, pero si tiene lógica». Eso hizo mi hermano, Javier. Le dio al «sí».

»Lo citaron para darles las pautas de en qué consistía el curro. Me lo contó y mi primera reacción fue llamarle de todo, agoté el léxico en improperios. «Pero serás memo, no se puede ser más gilipollas, tío.» No acababa de entender que Javi, que por sus conocimientos no podrías imaginar que pudiera ser víctima de una de esas engañifas, hubiera mordido el anzuelo así. Estaba cabreada como una mona, y en lugar de él, me personé yo. Lo hice dispuesta a enfrentarme a quien fuera, a denunciarlos, a amenazarlos... Un encantador de serpientes me desmontó. Me hizo ver que no era así. Que se podían hacer muchos encargos para llevarse un sobresueldo, y que si no quería entrar en las inversiones, si yo creía que era una estafa piramidal, que le diera una oportunidad. Creo que a estas alturas no hará falta que os diga quién fue el contacto de la organización...

—Lo estoy viendo. —Velasco no salía de su asombro.

—¡Salaberri! —remató Benítez.

—Me pagaba bien, mucho. Caí en sus redes, en las de sus encantos.

—¡Joder con Héctor el Empotrador! —Sí, lo dijo en voz alta.

Y recibió un golpe por debajo de la mesa para afearle su comentario. El tacón de Velasco era disuasorio.

—Me enamoré. Como una tonta. Además, no me parecía que fuera del todo malo lo que hacía. Era un trabajo. No sabía lo que había detrás, o no quise verlo. Porque al principio era: «Monta un vídeo», «Lleva esto a una tintorería» o «Descárgate un par de series», en un portátil que me facilitaba él mismo. Para qué servía lo que me mandaba, ni me interesaba ni yo preguntaba. Lo más extravagante fue hacerme pasar por camarera de servicio en el hotel Capital, limpiar una habitación y dejar un ordenador. Creía que era una diversión. Era un reto que tenía su parte excitante de chute de adrenalina. Él me pagaba con dinero y con más excitación. Después de esos episodios teníamos sexo desatado. —Ahí tuvo que hacer otra pausa. Esta más larga.

—¿Quieres agua, Ana? —le preguntó Velasco.

Se llevó el vaso a la boca, solo mojó los labios, y asintió. Benítez se puso ante el espejo e hizo la señal como de beber en un vaso invisible, y antes de que retomara el hilo Ana, dos golpes en la puerta avisaron de que había llegado una botella más.

—Después he ido encajándolo todo. Cuando habla ese periodista del caso del hombre carbonizado en una cabaña, el militar asesinado, o del que se lanzó desde la habitación que yo limpié, entonces cuadra todo.

—Lo de las huellas en El Capricho… —le dejó la frase en suerte Benítez.

Ana sabía que aquello la implicaba de forma más grave en el delito de secuestro. Parecía que le hubiera leído el pensamiento la inspectora jefe.

—En lo otro, a no ser que sobrevenga algo más, podríamos convenir que se te implicaría como cómplice, por pertenencia a banda criminal, psss…, hasta te concedo que pudieras eludirlo con cierta habilidad procesal, alegando desconocimiento y tal y cual. Vale.

—Yo tampoco tenía ni idea de que en la sala de mantenimiento, en el almacén de El Capricho, hubiera un zulo y que allí estuviera secuestrada esa chica.

—No lo sabrías hasta que la sacaste de allí. Siendo así, ya añadimos las figuras de cooperación necesaria, ocultación de datos, el propio secuestro…, uy, qué mala pinta. —En el papel de poli malo, Benítez.

Silencio. Ana Poveda había ido perdiendo la rectitud de su columna, poco a poco se iba encogiendo, encorvándose, dejando huella de sus manos sudadas sobre la formica; ya la había abandonado la arrogancia de unos minutos antes.

—Estuve dejando la comida ante la trampilla. Solo hacía eso, de verdad. —Le temblaba también el habla—. Ni puñetera idea de que era para una mujer secuestrada.

—Vamos, no me jodas, niña.

—Lo juro. No lo supe hasta que me amenazó para participar en la operación de la salida, para liberarla. Hasta ese día, yo acudía allí, supuestamente, para darle de comer a un chico de la organización que estaba ocultándose de una banda terrorista a la que se había hackeado por encargo. ¿Cómo iba yo a saber lo que había detrás? ¡Detrás de la trampilla y detrás de toda esta movida!

Velasco anotó en un pósit: «Trampilla cuarto material Capricho», y se lo dio rápidamente a Benítez para que lo mostrara al cristal, por si Saiz y el equipo que seguía el testimonio de Ana Poveda no hubiera reaccionado al oírlo. No hizo falta, el subinspector había dado las órdenes necesarias para que salieran dos de sus hombres hacia el nordeste de Madrid.

Ana se había desmoronado, y rota, aflorando toda su fragilidad, intentaba darle coherencia al resto de su relato:

—Héctor, casi desde el principio, me explicó que era un agente de seguridad, de Inteligencia, que captaba gente de cierto coeficiente intelectual desaprovechada y con necesidades económicas, que yo era una de las elegidas. No podía saberlo nadie, y nunca me planteé si podía estar en el filo de la legalidad siquiera.

—¿Conocías a alguien más de la organización, de los que trabajan para Salaberri?

—No, que yo recuerde... —Dirigió la vista hacia arriba, ligeramente a la izquierda, hacia donde creemos que guardamos el archivo de la memoria—. Tal vez, esporádicamente, a un chico que tenía acento del Este.

—Y el traslado de la secuestrada, ¿no lo harías tú sola? —Benítez era el incisivo.

Negó hasta cuatro veces con la cabeza.

—¿Y?

—El del acento eslavo podría ser uno de los dos matones que me esperaban en la entrada de la verja, pero con verdugos y guantes, tapados de arriba abajo. Ellos me dijeron dónde tenía que poner el furgón y la subieron por los portones traseros. Dimos la vuelta por los caminos de tierra del parque, según me iba diciendo el que se sentó a mi derecha, y lo dejamos en el laberinto.

—¿Lo?

—La, la dejamos. Pero de eso me enteré después. Todavía creía que era el chico al que estábamos protegiendo y que lo llevaban a un lugar más seguro.

—Cuéntanos lo de Andrés, Ana —la invitó a cambiar de paso Velasco.

—¿Podemos hacer una pausa?

Benítez e Isabel se interrogaron sin mediar palabra. Acordaron que sí.

—Diez minutos.

Los policías se retiraron hacia uno de los rincones para hablar en voz baja. Ana Poveda se levantó y se estiró. Flexionaba un poco las rodillas y sacudía pequeñas patadas al aire. Benítez no le quitaba ojo de encima.

—Creo que ya nos ha dicho lo más importante. ¿Tú la crees?

—Yo sí, jefa. Otra que cayó en las redes y lo que no son las redes del follador pendenciero que hemos tenido entre nosotros.

—Ese delito no lo conocía. Mejor que en el informe que elevemos al juez lo argumentemos de otra manera.

Ana volvió a sentarse y a mirar al techo.

—Te veo más cansado a ti que a ella, Benítez.

—Ya le he dicho que ha sido una noche larga. —Y se dio cuenta de que Velasco, en esa distancia corta, estaba buscando algo con el olfato, como sabueso que lo hace de manera instintiva—. No, jefa, ni una gota. Ni alcohol ni tabaco. Tampoco pastillas. Sigo limpio. Solo estuve por ahí llorando mis penas con Alfonso. Él bebió lo suyo y lo mío.

—¿Novedades de Mariana y el chaval?

—No vuelven, jefa. No vuelven. Que si quiero ver a mi hijo, que me vaya a Ecuador. Y no hay quien la baje de ahí.

—Sí que lo siento, Ricardo.

—Gracias, jefa, pero estamos en lo que estamos.

Se acercaron de nuevo a la mesa para sentarse frente a la interrogada, que parecía hacer ejercicios de respiración para relajarse. Ella misma tomó la palabra donde lo habían dejado. Explicó cómo Salaberri le había encargado que contactara con Andrés, que era un mujeriego y que le gustaban del corte y tipo de ella. Por lo que Ana tenía entendido, Salaberri se había logrado infiltrar en el piso donde vivía Andrés con otro chico y una chica que estaban siendo investigados.

—Hace poco me enteré de que ella era otra de sus conquistas, otra de las que se había pasado por la piedra, y a la que seguro que también manipulaba, el muy cabrón. —Ana elevaba el tono y empezaba a hablar ya desde el despecho—. Me mostró a Andrés en una de esas redes de contactos, en Tinder. El propio Héctor me hizo las fotos para subirlas al perfil y me ayudó a redactar lo que debía poner para llamar su atención. Nada del otro mundo, la verdad. Con que me sugiriera como predispuesta y le echara el anzuelo, mordería. Así fue.

—¿No te sentías utilizada, Ana? —Velasco hincó el diente en el lado de los sentimientos que empezaban a desbordarse por los ojos vidriosos de la chica.

—Como una puta. Ahora lo pienso, y como una auténtica puta que se ha enamorado de su chulo.

—¿Has vuelto a tener algún contacto con él? —quería saber Benítez ya impaciente.

La cabeza gacha de Ana auguraba que el avestruz alargaría el cuello y largaría lo que quedaba por decir:

—Esta mañana.

No era momento de interrumpir. Había más de una pregunta en el aire tenso y de expectación a un lado y otro de la cristalera: «Vamos, coño, esta mañana ¿qué? ¿Qué te ha dicho? ¿Qué te ha escrito? ¿Te esperaba en el aeropuerto? Canta ahora, hostias».

Se reprimía Benítez porque la experiencia le decía que en esos momentos hay que callar. Presionar podría provocar que hubiera una detonación no controlada y el testigo huyera hacia delante. Paciencia. «Está a punto. A punto de caramelo.»

—Me ha escrito un SMS al último teléfono de prepago, de los que solo podíamos utilizar una vez y deshacernos de ellos, quemar la tarjeta… —Bebió de nuevo agua—. Me esperaba en el aeropuerto.

—En el aeropuerto, ¿dónde? ¿Te iba a llamar de nuevo? ¿Qué indicaciones te había dado? —Benítez ya era una metralleta y volvió a notar la rodilla de Velasco por debajo de la mesa. Calma.

—En la terminal ejecutiva, o corporativa o algo así. Si el taxista no sabía llegar, que le dijera que está cerca del Sheraton, yendo hacia carga y descarga.

La dejaron con la palabra en la boca. No había acabado la frase cuando Benítez abría la puerta y, dirigiéndose a los agentes que la custodiaban, ordenaba:

—Os hacéis cargo de ella. Está detenida de momento.

Velasco ya se había adelantado y fue al encuentro de Saiz. Al pasar por delante de la sala de reuniones se fijó en la escena provocada por el reencuentro de los chicos del blog. Miró la hora en el móvil. Eran puntuales, acababan de dar las doce. Andrés y Rubén, sentados juntos. Marta, de pie, simulaba ins-

295

peccionar el mapa con las chinchetas puestas allí, en Bangladés y en un punto casi microscópico del océano.

—Saiz, Benítez y yo nos vamos en un coche. Dile a Nando que los entretenga. —La inspectora señaló la sala—. A ellos y a los que van a ir llegando. Que hagan una puesta en común con lo que sabemos.

Por el fondo del pasillo llegaba con su paso medido Andreu charlando con Ernesto de la Calle.

Velasco se acordó de que en cualquier momento también se sumaría Escuder. Volvió a mirar el móvil por si tenía algún mensaje. No.

—He avisado para que envíen refuerzos. Tres coches más.

Ya se había unido Benítez, que fue el que llamó al ascensor.

—Creo que debemos movilizar a los de operativos especiales —sugirió Velasco.

Saiz ejecutaba las órdenes. Cada vez que obtenía una respuesta satisfactoria, sin soltar el teléfono, levantaba el pulgar o se limitaba a confirmar que todo estaba en orden con un «ok».

Conducía Velasco, por supuesto, y también hablaba, sobre todo, ella:

—Tengamos en cuenta que el tal Satué, el abogado que le había facilitado el propio Salaberri, ya le habrá advertido de que estaba detenida. Por lo tanto, está al corriente de que puede cantar en cualquier momento. —Y aceleró bajo el ruido de la sirena que Saiz acababa de colocar sobre el techo del vehículo.

—O sea, que nos estará esperando. —No quedó claro si era ironía o lo decía absolutamente en serio Benítez.

—Sí, claro, con los brazos así de abiertos. —La inspectora se dirigió a Saiz—: ¿Qué me ibas a decir antes?

—Nando al teléfono, señora.

—Dile que lo llamas desde el del coche y así lo escuchamos todos. Ah, y casi prefiero el «jefa por aquí, jefa por allá, jefa esto, jefa lo otro» de aquí el amigo que no lo de «señora».

Saiz se sonrojó mientras iba marcando el teléfono del agente.

—¿Sí? —Oyeron todos por los altavoces a la segunda señal.

—Nando, vamos hacia el aeropuerto. Tenemos el manos libres... No queda mucho. Cuenta.

—Le va a interesar, Velasco.

—Pues eso espero, canta ya, bonito.

—Hay un avión privado, un Falcon, que pidió volar a las 20:15 horas con salida desde la terminal ejecutiva. El destino, Singapur.

El vehículo entró en uno de los túneles de ese Madrid horadado en laberintos de Scalextrics eternos subterráneos, donde se pierde el GPS y la cobertura del móvil.

—Singapur no tiene tratado de extradición con España —recordó Saiz mientras intentaban recuperar la comunicación—. Además, no está lejos de esa isla, ni de Bangladés.

—Bien apuntado, Saiz. Imagino que habrá algo más. A ver si podemos salir de este maldito agujero y volvemos a tener línea. —Y Velasco le daba una y otra vez a la rellamada.

Lo de la luz al final del túnel fue textual. En la pendiente de salida se hizo la voz, la de Nando de nuevo al aparato.

—Le decía, jefa, que el avión está a nombre de una de aquellas compañías que salían en el listado de empresas en las que colocaron a Moshin Hamed como administrador, al morito, al pobre diablo al que se llevó por delante el autobús cuando huía…

—Que sí, que sí, que sabemos quién es. —Velasco lo iba registrando mentalmente todo, y quería que avanzara, además de sentirse incómoda por si Saiz, recién llegado, veía en lo de referirse a alguien como *morito* un detalle que apestaba a xenofobia.

Pero lo cierto es que para Toño había pasado totalmente desapercibido el matiz. Casi tanto como para Benítez.

—La compañía es Oceanic. Aquí viene lo mejor. El avión lleva su nombre. ¿Y la hora a la que pidió volar?

—Ocho y cuarto.

—¡Bingo! En ese formato lo han visto más claro los chicos de las series. 20:15 es como decir 8 y 15. Oceanic 815, el nombre del vuelo de *Lost*.

—¡Vamos, no me jodas! ¡No me jodas, no me jodas! —Benítez había entrado en bucle y daba golpes sobre el salpicadero—. ¡Hostia puta! ¡Esto es un puto juego macabro! ¡Es una trampa, jefa! ¡Es una trampa!

En ese momento entraban en la terminal, y detrás de ellos, el séquito de los coches de apoyo y el furgón con el equipo de

297

los que Benítez llamaba *Los hombres de Harrelson*. No salía nadie de los vehículos. Por radio interna se presentó: «Isabel Velasco, inspectora jefe, al mando de este operativo». Puso al corriente a todas las unidades sobre lo que tenían entre manos.

—El avión no se va a mover de la pista, del hangar o de donde esté. Que nadie se precipite. Es mediodía. No tiene pista de salida hasta las 8 de la tarde, y ya hemos pedido una orden urgente al juez para que no vuele bajo ningún concepto. Repito que no hay prisa. Vamos a hacer las cosas con tiento. No quiero que a nadie se le escape una bala ni una acción violenta si no es estrictamente necesario o no he dado yo la orden. Suerte.

Cortó la comunicación por radio.

—Llevamos solo el café, Benítez, hoy no vamos a recordar el día por lo bien que vayamos a comer, precisamente. —Y dando dos palmadas como el que se anima a la vez que ahuyenta la pereza, se dispuso a bajar del coche cuando sonó de nuevo el teléfono.

Lo atendió Benítez.

—¿Nando? […] Ya. […] La leche. […] Ok. Ok. —Colgó—. Jefa, novedad. Más interesante si cabe: ese mismo avión aterrizó en Madrid el 21 de marzo. Exacto. Si está pensando que es justo el día antes de que Ned se lanzara desde el Capital, es que está pensando lo mismo que yo. ¿Sabe de dónde venía?

—¿Con la B?

—De Bangladés.

—Puede ser su centro de operaciones —se sumó Saiz. Se había retirado para hablar con una de las patrullas de la Policía destacada permanentemente en el aeropuerto: habían localizado la nave—. Es un Falcon 900 de fabricación francesa. Tiene una autonomía de unos 9.000 kilómetros. Esa es casi la distancia de Madrid a Bangladés.

—¿Harían escala allí para saltar a Singapur? —preguntó retóricamente Velasco.

—Afirmativo —remató Saiz, que en la anterior exposición creyó que daba por agotado su crédito de palabras para ese día.

Volvieron al coche para seguir a la patrulla que les abría paso circundando el edificio central de la terminal hasta acceder a las zonas adyacentes a las pistas donde estaba detenido el Falcon.

298

—Han repostado hace hora y media. El depósito de quero-
seno, lleno hasta arriba. Salió del hangar y le dieron posición
en el lateral de la H4. —Leía Benítez el mensaje que le enviaban desde comisaría, convertida en el centro de operaciones
logísticas.

Allí estaba el avión ejecutivo. No era nada desde la distancia, pero se presentaba en un fuselaje blanco marfil, imponen-
te, viéndolo a sus pies. Coches y furgones de los GEO y demás
efectivos movilizados dibujaron una doble hoja de laurel co-
ronada frente al avión creando una barrera intimidatoria para
cortarle el paso. Desde la cola accedió la carretilla que portaba
la rampa y situaron la escalera encajándola en el portón delan-
tero. Se veía semiabierto.

—¿Procedemos al asalto? —pedía confirmación el mando
de los GEO por radio.

A la señal de Velasco, contestó Saiz:

—Afirmativo.

De dos en dos, en movimientos de zigzag, cruzándose entre
ellos, protegidos con cascos y chalecos, con las armas apuntando siempre hacia puertas y ventanillas de la aeronave, en
orden y ritmo perfectamente ensayado, alcanzaron la cima de
la rampa. No había respuesta de ningún tipo desde dentro. La
puerta cedió suavemente. Los policías fueron accediendo, desa-
parecían como si el Falcon los engullera de dos en dos.

—No vemos a nadie —comunicaron al centro de operaciones, adonde llegaban imágenes algo pixeladas que tomaban las Go Pro instaladas en uniforme y cascos.

Imágenes en movimiento rápido, agitado, de lado a lado,
sobre la parte de la cabina que estaba habilitada con amplios
sillones de piel, alguno de ellos abatido en cama, con una mesa
de madera noble en la zona central. Cuatro pantallas dispuestas en los laterales, con señal técnica de nieve, como si una
antena hubiera perdido la señal.

—¿Y en cabina? —Saiz, desde el coche.

—Entramos ahora. Aquí sí, dos cadáveres, varones, en los
asientos de piloto y copiloto —describía la escena el agente que
iba en la cabecera de avanzadilla. Lo hacía con la naturalidad
de quien está dictando la lista de la compra a pesar de que el
panorama era dantesco—. En posición de copiloto, hombre de

avanzada edad, en torno a 80 quizás, con orificio de entrada de bala posiblemente por disparo efectuado por él mismo, tal vez habiendo colocado el cañón en el interior de su boca. Orificio de salida en parte occipital. Sangre y restos en techo en ángulo de 45 grados desde coronilla de la víctima A y en pared posterior a su posición.

—¿Ve cómo nos ha ido bien renunciar al desayuno, Benítez?

—Aun así, se me revuelve todo, jefa.

—Vete haciéndote a la idea, que en diez minutos estamos arriba.

—Sí, para no perdernos detalle.

—Lateral de la primera víctima descrita —continuaba la narración el agente de los GEO—, una botella de oxígeno con conducto de salida bifurcado, propio de las bombonas de auxilio de respiración. Está sobre el pecho, no llega a la nariz. El arma con la que se puede haber disparado, caída a los pies, sobre su zapato derecho.

—No toquéis nada, vienen los de la Científica. Y cuando nos deis el ok, subimos con la inspectora jefe y el subinspector —instruyó Benítez.

—Ok. La otra víctima, sobre el sillón de piloto. Viste traje de calle. Varón, de aspecto atlético, quizás cerca de 1,90. Si es lo que parece, él ha preferido dispararse en el pecho.

—Quiero que uno de los chicos, Rubén, el taxista, intente identificarlo. —Velasco estaba segura de que la intuición no le iba a fallar—. ¿Tiene el rostro intacto?

—Correcto.

—Mándame una imagen. ¿Rasgos?

—Juzgue usted misma. Ahí va.

A Velasco cada vez le quedaban menos dudas. Y se disiparon todas cuando Rubén identificó al individuo como el que se montó en su taxi para intimidarlo, el mismo al que vio salir del negocio de alquiler de coches de la calle Murcia, cerca de Atocha, y deshacerse de un móvil y de algo más en una alcantarilla. Del que había hecho fotos y casualmente desaparecieron de su móvil a la vez que se evaporó el poli que tenían en casa.

—¿Iría a por mí, jefa?

—Ya te he dicho muchas veces que tengo poderes, pero

no tantos como tú piensas. No soy capaz de adivinar a qué le estabas dando vueltas ahora para que me sueltes esa duda.

Velasco y Benítez estaban esperando a que los hombres que estaban arriba les dieran el visto bueno para acceder al avión y hacer otra inspección ocular.

—Me refería al cigarrillo que mató a Donado. Me hizo pensar el otro día. Y me pregunto si Salaberri lo habría preparado para mí, si había encargado rellenarlo y era yo su objetivo. No hago más que darle al coco.

—Héctor sabía que tú no fumas, quítate eso de la cabeza. Vamos descubriendo poco a poco quién es, o quién era, pero tengo claro que quería dejar la señal de otra serie en los pulmones de José Ignacio y no en los tuyos.

—¿Usted cree que se sentía un justiciero?

—¿Por?

—Sé quién era Donado, jefa. Estoy al tanto. Un hijo de la gran puta del tamaño de la T4. No sé los demás, y es cierto que Héctor no ha podido actuar solo en toda esta cadena de crímenes, pero alguno más, como el empresario arruinado al que carbonizaron en la cabaña, también tenía antecedentes por violencia de género.

—No soy capaz de verlo así, Benítez. Tampoco lo justificaría. Hay muchos muertos, de toda ralea y condición, de los orígenes más variados, con sus miserias y grandezas como cada uno de nosotros, y no me veo ahora mismo en condiciones de deducir qué pueden llegar a tener en común.

—Subamos. Vía libre —interrumpió Saiz.

No sabía si es que cada vez tenía más aguzado el sentido del olfato o que la descripción que había escuchado por radio la había predispuesto a saber que se iba a encontrar en la cabina del Falcon con las paredes y la moqueta irrigadas de vísceras y sangre, eso que en su nariz excitaba las mismas frecuencias que el intenso olor a latón y grasa, a caldero medio oxidado untado en manteca. Le vino la primera arcada. Había aprendido a contenerlas. Desde los tiempos de instrucción había adquirido la habilidad de controlar lo que parecía que era una inevitable reacción fisiológica. No le quedaba más remedio, a la fuerza ahorcan. No había otra alternativa si quería evitar las risotadas y comentarios despectivos y machistoides de sus compañeros,

301

hombres acomplejados que sentían el alivio del cobarde si se quitaban de en medio a una rival de oposición, o la intimidaban haciéndole creer que no era justo acceder hasta allí siendo, como era, tan inferior. «Por mis muertos que no poto.»

En las pantallas laterales de la zona de confort, la niebla dio paso a una imagen propia de prueba de contraste, de blanco perfecto. Llegó acompañada de un sonido penetrante, de acople ensordecedor. Silencio. Miradas de inquietud.

«Sabía que era una puta trampa», reivindicaba para sus adentros Benítez, aunque no se atrevía a que sonara a reproche en ese instante.

El hombre que yacía en la cabina, el que había tenido la generosidad de esparcir sus sesos en diminutos fragmentos, aparecía en primer plano con un mensaje póstumo. Llevaba conectado el dispensador de oxígeno que se bifurcaba para cada uno de los orificios nasales. Saiz miraba en los ángulos del techo. Velasco y Benítez se percataron de que iba buscando las cámaras. El hombre de la pantalla, vivo en aquella grabación, fiambre a un metro de ellos, se deshizo del respirador de un manotazo.

«Solo uno. Esto tiene que ser un intercambio de igual a igual —escupía cada palabra, subía una rampa en una prueba de esfuerzo con cada golpe de voz—. A mí no me queda mucho. De hecho, si estáis viendo esto, ya me morí. Os he dado esa ventaja. Un sacrificado por nuestra parte. De igual a igual. ¿Quién se queda de vosotros? Ahora tenéis que decidir.»

En la pantalla apareció un fondo blanco de nuevo, y una cuenta atrás para Velasco, Benítez y Saiz.

«30… 29… 28…»

—Nos vamos los tres, esto es una locura. ¡Nos vamos los tres! Es una orden —se impuso Velasco frente a las estatuas que tenía ante sí.

De nuevo, el personaje en la pantalla:

«Empecemos desde cero, por si tenéis la tentación de salir todos los que estáis. Si fuera así, las trampas se penan. Los fulleros no son dignos. Uno ha de quedarse. Solo uno. O eso, o volamos todos.»

No había mucho tiempo para pensar. «¿Volamos todos?»

—Me quedo yo —Saiz fue contundente.

«Cuenta atrás de nuevo desde 30… 29… 28…»

—Soy el que tiene conocimientos de aviación —recalcó el subinspector.

—¿Y qué cojones tiene que ver eso? —Benítez estaba furioso consigo mismo.

—Eso digo yo. Estoy al frente de este operativo. La responsabilidad es mía.

«22… 21… 20…»

—De verdad, jefa. Estuve en el ejército, en aviación, me manejo en esto por si he de llevar el pájaro a algún sitio.

—Castro… ¿Me pueden poner con Castro? Comisario, ¿está usted ahí? —preguntó desesperada Velasco por radio.

«15… 14… 13…»

—Saiz, que sea él —respondió la voz de Castro.

«10… 9… 8…»

—Quédate esto. —Velasco le dio el *walkie*—. Y mantén el teléfono con el altavoz puesto. ¡Todo el rato!

Abrazos. Latidos que presionaban la yugular. Puerta cerrada tras las espaldas de Benítez y Velasco.

«3…2…1», oyeron mientras bajaban las escalerillas con los brazos en alto y advirtiendo que no iban acompañados.

—De nuevo la imagen —narraba Saiz.

De nuevo la voz áspera:

«Si me estás viendo, seas quien seas, eres el elegido. Si me estás viendo, habéis hecho las cosas bien. Sigamos por ese camino.»

El sonido era bueno. Velasco corría, camino del coche, de vuelta al centro de operaciones. Ella, con la recepción de radio. Benítez, pegado al móvil.

—Diles que graben, que lo graben todo. —Y subrayó la orden con el gesto que quedó como recuerdo atávico en dos o tres generaciones, el de apretar en el aire con el índice y corazón los botones de *rec* y *play* en un radiocasete.

«Vosotros nos vais a dar vuelo. Y yo a vosotros, lo que esperáis después de tanto tiempo. Yo ya soy historia. Me he sacrificado. Ahora te han sacrificado a ti.»

—¡Hijo de la gran puta!

—Como aportación técnica, no está mal, Benítez. Calla y escucha, por Dios.

«Mientras das órdenes para que nos faciliten la pista y llega el capitán que levantará esto, ve anotando lo que te dicte. Ya. Primer cajón del escritorio. Ahí tienes papel y una pluma a la que le tengo un especial cariño.»

Había cortes en el continuo del audio. Se notaba que estaba editado. Se eliminaban respiraciones al final de las frases en las que le faltaba el aire.

«Es una Visconti. Cuídamela. Apunta…»

Y empezó a enumerar una eterna retahíla de cifras, puntos y comas, letras, alternando mayúsculas, minúsculas, signos.

«Queremos salir a la hora acordada. A las 20:15.»

Eran las siete de la tarde.

—Ponme con Castro por otra línea, por una que sea segura.

—Vamos a la radio de la comisaría central del aeropuerto, jefa. ¿Sabe qué cojones eran todos esos números y toda la leche esa?

—Me hago una idea, sí. Tenemos que comprobarlo. ¿Cuánto tardamos en llegar?

—La comisaría está muy cerca. Están alertados, y Castro también.

—De momento hay que conseguir que piensen que van a poder salir.

—Ha dicho que tiene que llegar «el capitán».

—No me creo nada.

—¿Qué quiere decir?

—¿Crees que con todo este pifostio que hemos montado va a llegar de rositas el tal capitán, le vamos a dejar como si tal cosa que se lleve a dos muertos y a Saiz a un país con el que no tenemos convenio y santas pascuas?

—Entonces, es un farol…

—O no del todo.

Los estaban esperando en las dependencias policiales.

—Castro, tenemos un problema.

—Estoy al tanto, Velasco. ¿Qué propone?

—Por un lado, veamos hasta qué punto ofrecen algo a cambio. Los números, la lista de códigos que acaba de dictar el personaje de la botella de oxígeno…

—Sí.

—Dígale a De la Calle si podría ser la serie que buscamos

para desencriptar la parte oculta del ordenador que dejaron en la habitación del Capital. Y si accedemos, qué hay ahí, qué coño puede haber que nos pueda ayudar.

—Correcto. Se pone a ello.

—Y por otra parte, tenemos que proteger la vida de Saiz. Si tiene que salir el avión, que le den pista, hágame caso, jefe. Tienen a uno de nuestros hombres de rehén. Y apuesto a que el que llaman «el capitán» ya está dentro, en la bodega o donde sea.

—No me…

—Es lo más sensato, Castro.

Suspiro y largo silencio.

—Está bien, cuente con ello.

—Ponen otro vídeo —advertía Saiz desde dentro.

—Seguro que te están escuchando, Toño, diles que tendrán vía libre a la hora prevista. ¿De acuerdo?

—Ok.

Se pudo oír cómo repetía la consigna de la inspectora. También la voz ahogada en ronquera dándole órdenes a su rehén:

«Acércate de nuevo al cajón de donde sacaste la pluma. Verás una caja de madera, labrada, dentro hay un jarabe, un bote azul, te lo vas a tomar y descansas mientras llega quien se va a poner a los mandos.»

—Toño, vamos a sacarte de ahí. —Benítez no se resignaba.

Saiz debió tomarse el somnífero. No se le volvió a oír. Desde la torre de control contactaron con el Falcon 900 Oceanic, les respondía una voz metálica, distorsionada.

—Lo dicho, estaba dentro.

—¿Salaberri, jefa?

—Imposible saberlo ahora mismo. Analizaremos la voz cuando podamos.

Pista libre. La aeronave encaraba la salida, en orientación norte de despegue. 20:15 horas, puntual. Un vacío e impotencia en el pecho de Velasco. Un ahogo de ansiedad en el de Benítez. Veían cómo se alejaba, tomaba altura, se iba a convertir en un punto en el horizonte, en una estela dibujada en blanco en un día muy luminoso todavía a esa hora de verano.

Un fogonazo cruzó el cielo, un estallido que les llegó a esa distancia como el chasquido de la piedra de un encendedor de mecha. Se prendió una nube, en rojo, una explosión naranja y gris en esquirlas que se difuminan, que se desintegran en la nada, sin vuelta atrás. Sin más.

—Pero ¿qué cojones ha sido eso? —el grito despavorido de Benítez y el ahogado por las manos en la boca de Velasco ante lo que no querían creer.

Un fogonazo en el cielo. Silencio.

Fundido a negro.

2

*E*l funeral en recuerdo del subinspector Toño Saiz tuvo los honores que se tributan a los hombres de valor, a los policías que dan su vida por una causa. Su ataúd, donde no descansaban más que su uniforme de gala y algunos recuerdos que quiso incluir su familia, fue portado por oficiales del cuerpo de Policía a los que se quisieron unir sus hermanos y Ricardo Benítez. La madre de Saiz lloraba desconsolada, protegida tras un velo negro, agradeciendo las muestras de dolor de la plana mayor del Ministerio, que se desplazó hasta Zaragoza. No lo hicieron su mujer ni su hijo, el chaval de cinco años que quedó ingresado en observación tras la prueba que le practicaron en el hospital de Madrid al día siguiente de que su padre se fuera al cielo. El pronóstico no era bueno, no.

De vuelta a Madrid, Benítez le habló de sus planes más inmediatos a Velasco:

—Aprovecharé las vacaciones para ir a Ecuador. Ya sé que no voy a convencer a Mariana de otra cosa, pero necesito ver a mi hijo.

—¿La sigues queriendo?

—A los dos. Mucho. Pero con un océano de por medio es difícil demostrarle que he cambiado, que me he centrado, que no me hace falta ir con el pastillero en la mano todo el día. Me he rehabilitado, usted lo sabe, jefa. A mi edad, seré un número, por mi mala cabeza, pero soy un hombre bueno.

—¿Te podré tutear cuando seas comisario?

—Creo que las ministras pueden tutear a los comisarios, sí.

—Descansa, Benítez. Te veo en septiembre.

Se despidieron. Primero con un apretón de manos.

—Dame dos besos, Ricardo.

A continuación, Velasco subió al despacho de Castro.

—¿Da usted su permiso?

—A veces creo que solo quedamos usted y yo entre los clásicos.

No supo si tomárselo como un halago.

—He visto el informe. Tengo que repasarlo con más detenimiento. ¿Cerramos por nuestra parte la que llegamos a llamar «Operación Sopa de sobre»?

—La cerramos. Como ocurre otras veces, ahora que sea la Fiscalía, en la instrucción del sumario, la que se haga todas las preguntas que quedan por hacerse. A mí me asaltan muchas dudas, desde luego. Lo que es evidente es que al acceder a la parte oculta del disco duro, ahí están documentados todos los casos que conocemos, y nos abre la puerta para alguno más.

»Siempre estuvimos buscando una hilazón: qué unía a todas las víctimas, aparte de su ejecutor o ejecutores; qué podían tener en común; si era una venganza; si se trataba de saldar cuentas pendientes; si solo existía una sed de protagonismo, de llamar la atención con los giros de las series; si eran escogidos al azar. Nunca dimos con la clave. En realidad, había un poco de todo eso.

Una organización criminal de apuestas clandestinas. Apuestas hechas a través de la *deep web*, captando a incautos que en su propia desesperación vendían literalmente el alma al diablo. En la más acerada cara de la puñetera crisis, en el país donde había un caldo de cultivo sociológico ideal para poner el trapo y que embistieran algunos ambiciosos, sí, pero muchos desesperanzados, capaces de lanzarse al vacío con una cuerda que no podían llegar a comprobar si les daba las suficientes garantías. No en vano, ¿qué negocios han proliferado surgiendo como setas en locales enormes en cada esquina de los barrios más obreros y humildes en una ciudad como Madrid? Exacto. En los locales donde hubo un videoclub hasta los 90, se instaló una inmobiliaria que cerró en 2008, criaron ratas unos años, y en 2014 se remozaron para ser casas de apuestas. Esto consistía en buscar el riesgo por elevación. ¿Conseguirán encontrarte si te secuestramos? No se lo dijeron así a Arlet. Le ponían un precio. Un millón de euros era la cantidad que se cruzaba habitualmente en la apuesta. Podía participar un malayo desde un locutorio con navegador de la *deep web* hasta un respetable pastor evangelista de Wisconsin. ¡Hagan juego, señores! Si llegan a tiempo, Arlet y Marta se llevan el pastizal. Si no, lo que perdía ella era la vida.

Velasco intentó romper el silencio pesaroso de su superior:

—Un sistema en el que la banca no perdía nunca.

Tampoco en el mundo real; a la banca la rescataban los que ponían el menudeo. Y así con todos. Un empresario en riesgo de quebrar. ¿Quieres salir a flote? Te proponemos un juego. No era Houdini; no salió de la cabaña. Lo quemaron vivo. No se llevó el millón de euros. Ganaron todos los que apostaron desde cualquier lugar del mundo que ese iba a ser el final para Raúl Pinedo Aduriz, o para el militar retirado, sobre el que la Policía ya había averiguado que previamente se había gastado todos sus ahorros en apuestas comunes, de las que anuncian en la tele, de las que se han adueñado de los descansos en los partidos de fútbol.

—¿Y Salaberri estaba al frente de la organización en España?

—Eso parece. Era el gran captador. Y estaba metido en la cocina del enemigo, aquí mismo.

—¿Se ha comprobado si era quien pilotaba el Falcon?

—No hay coincidencias suficientes. Ni en la limpieza de voz de la grabación distorsionada de quien se comunicaba con la torre de control, ni del ADN que se ha podido recuperar entre los miles de pedazos del avión. Casi todo se desintegró. De lo que se ha analizado, hay coincidencias solo al 50 por ciento.

—¿Y con las imágenes y datos que tenemos sobre el cabecilla, el que ya despegó muerto, el de la botella de oxígeno? Veo que se había emitido una orden de busca y captura internacional contra él.

—Héctor Aguirre.

—¿Héctor también?

—Sí, hay varios por el mundo. Este es mexicano. De origen. También tiene pasaporte norteamericano, estadounidense quiero decir. Estuvo casado con Raquel Zafiro y vivieron en Los Ángeles en los setenta. Fundaron la productora Shaphiro. Hicieron alguna película de serie B, y especialmente telefilmes que compraban televisiones locales. Ninguno pasó a la historia. Sin embargo, ponerle el apellido de ella a la productora parece que fue premonitorio. En un divorcio que tuvieron que litigar en los tribunales, todo pasó a ser propiedad de ella, que se hizo llamar desde ese momento Rachel Shaphiro.

»Cambió la suerte también para el negocio. Produjeron una de las grandes series de la época, sobre disputas dinásticas entre gente adinerada de Beverly Hills. Ese fue el embrión para que creciera la empresa. Él la acusaba de haberse apoderado de una idea que engendró él. Según Aguirre, Raquel se alió y se lio con el productor ejecutivo. Fueron cómplices del expolio. Le quitaron la idea y todo el patrimonio. Todo en sí ya parece sacado de la ficción. La mansión de Rachel y Tom Goldberg —su nueva pareja— ardió en extrañas circunstancias y pudieron salvarse de las llamas a altas horas de la madrugada, de milagro. Testigos y pruebas, además de un móvil evidente, incriminaban a Aguirre. Él siempre lo había negado desde paraderos remotos, llevaba más de treinta años huyendo de la justicia. Parece que, a la vez, trazaba en la realidad esta serie de series macabra de la que hemos sido víctimas.

—¿El falso holandés, al que hemos llamado Ned, fue una forma de llamar nuestra atención?

—No solo eso. Aguirre no daba puntada sin hilo. También apostaba. Y fuerte.

310

3

*L*a apuesta sobre el mito de Tarzán queda documentada. Se adjuntan vídeos 01, 02 y 03 en las fases en las que se ha puesto en práctica el experimento.

Todas las fuentes enciclopédicas y científicas consultadas coincidían en señalar que, si a fecha de nuestros días, en este mundo que habitamos hay un lugar donde pueda morar el ser humano con un *modus vivendi* y unas costumbres arraigadas en nuestro pasado más remoto, ese lugar es la isla de Sentinel del Norte. Hasta allí nos desplazamos corriendo los riesgos que ya vivieron en otro tiempo antropólogos y aventureros de distintas nacionalidades que, tal vez, albergaron una razón parecida a la de nuestro noble propósito, porque solo así, de esta manera en la que vamos a enriquecer el conocimiento sobre nuestra especie, puede entenderse la misión; la difícil misión que nos hemos encomendado.

Contamos con la hostilidad con la que recibieron a sus visitantes en anteriores ocasiones. Muy probablemente porque no los veían como semejantes, sino como el enemigo. Sabemos que así reaccionan en su territorio, pero ¿cómo lo harían en el que conocemos como un mundo, este, con una sociedad civilizada y desarrollada? ¿Podría Tarzán adaptarse a Nueva York? ¿Cabe en la mente de una persona primitiva la capacidad de asimilar que el nuevo orbe que se muestra ante sus ojos es el suyo también? ¿La mente enviaría información a su corazón para que no se colapsara y tuviera el temple necesario para adaptarse a lo que está ocurriendo?

Cualquier disposición de efectivos y logística para llegar a la meta se nos antoja pequeña. Hemos podido arribar a destino, escoger a nuestro hombre, al elegido, reducirlo al quedarse rezagado de su manada con una simple inyección de somnífero lanzado con un certero dardo. Se le ha suministrado una dosis superior en el trayecto de Bangladés a Madrid. Las constantes no han mostrado ninguna anomalía. Es un ejemplar fuerte y sano. Se ha dispuesto, tal y como se ve en las imágenes, la estancia llamada para entrar en la historia: por el versículo de Romanos 6, 23, habitación 623 del hotel Capital.

Amplio ventanal. Cortinas descorridas. No se le ha inducido más al sueño. La naturaleza ganará a la química y el despertar del día, único referente biológico en sus ritmos circadianos, le abrirá los ojos al 22 de marzo. Su supuesto secretario lo ha inscrito con pasaporte holandés a nombre de Edwin Jong Blind. Se le ha dispuesto sobre la butaca y no sobre la cama con el fin de evitar los mareos de una incorporación brusca tras la metabolización del agente químico que actuó como somnífero. Frente a él se dispone una fotografía de la que detectamos que era su familia, su núcleo de convivencia en la isla. También se presentan con ropajes de uso elegante en el mundo occidental; en la misma línea que se le viste a él.

Apostemos por cuál será su reacción al despertar en un mundo desconocido para él. ¿Cómo se puede explicar estar bajo techo, las luces, los muebles, las telas, el olor tal vez nauseabundo del perfume, ver a su familia sin estar allí? ¿Se identificará en los espejos? ¿Reconocerá el movimiento de sus brazos o las muecas de su cara? Apostemos. Hay quien cree que se quedará aturdido esperando ayuda, auxilio, alguna explicación posible. Sin embargo, yo el millón de euros lo puse a la opción a la que me llama el sentido común.

El miedo nos salva. El miedo nos hace huir ante la amenaza, la sombra y las garras de lo desconocido. Y así fue. Huyó hacia delante. Frente a él, la gran cristalera. Un material que no conocía; pensaría que es magia negra lo que hace que sea translúcido y sólido a la vez.

Nuestro hombre optó por lo que se decantó la humanidad hasta nuestros días; por la razón por la que hemos logrado subsistir, y seguiremos haciéndolo. Se lanzó a la desesperada huyendo no se sabe de qué y de todo al mismo tiempo. Ahora que sé que me quedan pocos días de vida, no me iré sin haber dejado testimonio que corrobore mi teoría de manera firme, incontestable y empírica: siempre huimos de nosotros mismos.

Héctor Aguirre S.
Madrid, a 22 de marzo

4

*E*ra complicado elegir entre los «Bastones de cecina y mousse de pato con arena fría de pistacho y aceite de humo de encina» y los «Lomos de sardinas marinadas con sopita de tomate, aceite de hierbabuena y gelée de cítricos», porque también le llamaban la atención los «Pañuelos de morcilla sobre hilos de piquillo y toque de mango».

«¿Sabes qué? Que si él escoge algo de eso, a mí me va a resultar más sencillo pedir el "Carpaccio de pulpo con carne de tomate y aceite de pimentón".»

No podía decirle que no. Habría sido una mal educada. Y ella podría haber aprendido mucho de la asertividad esa de la que tanto había leído, y que él ya había mentado dos veces esa noche, por cierto, pero maleducada, nunca. Y si se habían dicho —bueno, ella le había dicho— «Nos llamamos», pues había que ser formal y cumplir. Sobre todo porque de alguna forma debía redimirse. Aunque no había sido culpa de ella.

Menuda jornada, aquella del aeropuerto. Pero es cierto que le insistió para que se sumara a aquella puesta en común, y al final, aunque hubiera sido por una causa de fuerza mayor, no le había dado ni las gracias, ni había tenido oportunidad de disculparse. «Menuda desahogada», le habría dicho su madre y ahora ella pensaba que doña Adela tendría toda la razón. Así que allí estaban, cenando con una finalidad exclusivamente de protocolo y profesional, en un restaurante de la sierra, en el más selecto de Moralzarzal.

«Al doctor Escuder le va a salir por un pico», hacía cuentas Isabel Velasco.

—¿Qué puede llevar a una persona a cometer ese tipo de

actos, a jugar, en el sentido más literal del término, con los destinos de los demás? ¿Es una perversión que tiene que ver con el afán de trascender?

—Algo de eso hay, inspectora.

—Espere un momento. —Miró el reloj—. Son más de las diez de la noche. Hace un rato, aunque estemos aquí hablando de asuntos profesionales, ha acabado mi jornada. Podría llamarme Isabel, Alejandro.

A muy pocos kilómetros de allí, superando las curvas del puerto por el que se accedía a esa zona de la sierra, Fernando Salgado estrenaba un nuevo deportivo que se había comprado a cuenta de las colaboraciones que facturaba a precio de estrella. Muchos cilindros y más potencia. No era de justicia que ese lujo durmiera en un grasiento garaje de Madrid, así que lo adecuado era que la casa donde lo hicieran el coche y su dueño estuviera a la altura, a algo más de 900 metros sobre el nivel del mar.

Salgado conducía abstraído, repasando los cinco o seis puntos que se había trazado como los titulares de la noche con los que iba a romper la pana en el programa de sucesos de una de las cadenas pujantes de la TDT. Nadie había relacionado el accidente del avión privado con el caso, y el gran periodista de investigación del mundo moderno, sin su garganta profunda, pues que ni las olía. No las veía venir. Como le ocurrió con la enorme moto, de color negro, hecha un caballo desbocado, relinchando cilindros, que se le echó casi sobre el morro.

La llevaba un jinete desafiante, con el casco de visera opaca, cabeza en alto, frente a frente, o sales tú o te arrollo yo. El periodista aguantó la porfía décimas de segundo, pero cuando la colisión iba a ser inevitable, un volantazo se llevó a Salgado y a su Lexus hacia el terraplén donde lo único que lo esperaba era la muerte agazapada tras el tronco de un cedro. No hay airbag que amortigüe eso.

Desde la cuneta, el motorista irguió al bicharraco sobre el caballete, se quitó los guantes, se sacudió la manos, para después levantar la solapa del bolsillo de la casaca, el derecho, introducir la mano, alisar el forro interior, rebuscar en la pelusilla que se hubiera podido acumular en los últimos cinco minutos, recogerla imaginariamente juntando en piña todos los dedos excepto el meñique, sacudirla enérgicamente como si estuviera bendiciendo el aire en dos golpes secos consecutivos, para volver a alisar la solapa y pasar al bolsillo del lado izquierdo.

Bajo el casco es posible que se le escuchara mascullar algo que sonó a: «Maldito gilipollas, no estabas contando la historia bien. Al menos, ahora vales un millón de euros».

Agradecimientos

A Silvia y a Nuria, porque prefirieron cuentos que salieran de la cabeza de su padre.

A Teresa, por hacerme creer que sí. Siempre y en todo.

A mis padres y a toda su saga, que merecería ser novelada.

A todos los creadores de mundos e historias porque me hicieron llegar esta.

A Blanca Rosa Roca y a Silvia Fernández, por su entusiasmo y su espléndida generosidad.

Y a Esther Aizpuru, por dejarme ser su alumno.